グラン&グルメ

〜器用貧乏な転生勇者が始める辺境スローライフ〜

1

えりまし圭多

illustration 榊原瑞紀

Contents

gran & gourmet 01

プロローグ

「悪ぃ！　グラン一匹漏《も》れた！　そっちに行く！」

離れた場所から聞こえてきたパーティーメンバーが叫ぶ声に、床に転がっている魔物の死体から素材を回収する作業を中断して、声が聞こえた方を振り向いた。

「グオオオオオオ！！！」

咆哮《ほうこう》を上げながらこちらに向かってくるのは、大きな赤いトカゲのような姿をした手負いのサラマンダー。

急所から少し外れた場所に大きな切り傷があり、そこから血を噴き出しながら爆走しているところを見ると、パーティーの誰かが仕留めそびれたのが逃げて来たのだろう。たまたまその先に俺がいたという状況のようだ。

このままだと、床に転がっている素材を回収しきれていない魔物の死体も俺と一緒に轢《ひ》かれてしまう。そうなると、せっかくの素材が傷ついて価値が下がってしまうので、それは困る。

俺は慌てて床に転がっている魔物の死体をまるごと〝収納〟スキルで回収して、〝身体強化〟のスキルを発動させ突っ込んできたサラマンダーをひょいっと横に躱《かわ》した。

同時に横を通り過ぎるサラマンダーの腋《わき》に剣を突き刺し、サラマンダーの勢いに押し負けないように踏ん張る。突き刺した剣はサラマンダー自身の突進の勢いで、そのまま脇腹《わきばら》を引き裂き、そこから大量の血液と内臓が飛び出した。

「おっと」

内臓もサラマンダーの大事な素材だ。剣を脇腹から引き抜いて、飛び出している内臓を左手で掴《つか》んで右手の剣で体から切り離し、そのまま収納スキルで回収する。

そして、腹を切り裂かれたサラマンダーは俺の横を完全に通り過ぎたあたりで、ズシンと音を立てて倒れた。

絶命していることを確認してから、サラマンダーが走って来た方向を見やると、パーティーのメンバー達が次々に現れる魔物の群れを効率よくサクサクと殲滅《せんめつ》しているのが見えた。

ここはとあるダンジョンの中、その中でもとりわけ魔物の数が多いエリア。

その場所で魔物を狩っている冒険者のパーティーに、欠員補充のために臨時に雇われて、雑用係兼荷物持ちとして俺は参加している。

ダンジョンは高濃度の魔力が具現化して形成された空間で、ダンジョン内で死んだ生命体は、時間の経過と共にダンジョンの持つ魔力により分解されて消えていく。そうなる前に、倒した魔物から有用な素材を抜き取り、回収するのが俺の役目だ。

「グランー!!　こっちもあらかた片付いたから、こっちの回収も頼むー!!」

「はいよー！」

数が減ってきた魔物を捌《さば》きながら、パーティーリーダーの大剣使いの男が声を上げた。俺はそれに応えて、点々と床に落ちている魔物から手早く価値のある部位を抜き取り、回収していく作業を再開した。

「Aランクのパーティーともなると、荷物持ちもポーターじゃなくてBランクの冒険者なんすねー」

俺と同じくパーティーの欠員補充で参加している、片手剣使いがこちらを見ながら言った。

まだあどけなさが残る少年だが、Cランクの冒険者だ。機動力を生かしたスタイルで瞬間火力は俺よりも高く、魔法も使いこなせる将来有望株だ。

彼と同じパーティーになるのは、今回が初めてだ。

「むしろグランは戦力で、荷物持ちはついでだよ。グランがいれば、パーティーにポーターが不要になるってことだ」

そう応えたのは、このAランクパーティーのリーダーである大剣使いの男。

Aランクの冒険者で、俺が冒険者になった頃からの知り合いの一人だ。

魔法は苦手だが、鍛えられた肉体と、物理攻撃に特化したスキル持ちのとんでも火力で、このパーティーのメインアタッカーだ。

ちなみにポーターというのは、荷物持ち専門の冒険者の事だ。

持ち込む物資《ぶっし》や戦利品が多くなりがちなダンジョンアタックや、町から離れた場所への遠征などは、荷物持ちに特化したスキルや魔道具を持つ冒険者を雇うことが多い。

戦闘能力は低いが荷運びの能力に特化した低ランクの冒険者を、戦闘要員のパーティーメンバーとは別に安価で雇うのだ。

今回の俺の場合は、そういったポーターとして雇われたのではなく、荷物持ちを兼ねた戦闘要員としてパーティーに参加している……はずなのだが、俺以外のパーティーメンバーが強すぎて、ほとんど戦闘に参加していない。というか、参加するまでもなく敵が溶けているので、ひたすら回収役をしているという状況だ。

なんというか、戦闘面ではほぼ空気である。報酬《ほうしゅう》はパーティー全員で稼ぎを頭割りなので、自分でもなんだか申し訳ない気はしている。

「えー？　でもグランさん、ほとんど戦わないで回収ばっかじゃないすか？」

うん、全くその通りだから反論のしようがないな。

「流れ弾の飛んでくる乱戦中でも、ほぼとりこぼしなく素材回収できるのがグランの強みなのさ。なんならサラマンダーに体当たりされたくらいなら、涼しい顔してポーション飲んで勝手にリカバリーするしなぁ？　高ランクの魔物の出る狩り場でも、グランなら安心して連れ回せる、戦闘スキルの低いポーターだとこうはいかないしな？　結果、低ランクのポーターを雇うより、グラン入れる方が稼げるし快適《かいてき》ってこった」

いや、サラマンダーに体当たりされるのは、結構痛いので全力で避《よ》けるけど？　ポーションも勿《もっ》体《たい》ないしな。それに、高ランクの魔物の出る狩り場を連れ回されたら、完全に火力不足で置物状態だ。

ダンジョン内に設けられている人工的なセーフティーエリアで、パーティーのメンバーがそんな話をしているのを聞き流しながら、今夜一晩過ごすための準備を進める。

今回のダンジョンアタックは十日間ほどの予定で、その間ダンジョン内で寝泊まりする事になる。それが俺がこのパーティーに、雑用係として呼ばれた理由だ。そして今日はその初日だ。

「グーラーンー、おなかすいたー、ごはんまだー？」

「もうすぐできるからちょっと待ってくれ」

浄化の魔法で戦闘時の汚れを落とした女魔法使いが、携帯コンロで食事の準備をしている俺の所にやってきた。

「肉がいい肉がー！　さっきのサラマンダーの肉で何か作ってよ」

「あれはまだ血抜きも何もしてないからダメだ。別の肉を用意してあるからそっちで我慢《がまん》してくれ」

肉好きの彼女は、このパーティーの正規のメンバーだ。見た目は華奢《きゃしゃ》でかわいい女性だが、これまたとんでもも火力の魔法使いだ。

「俺も肉がいいなー。魚も捨てがたいけど、今日は肉の気分だな？　あと甘い物も食べたい」

魔法使いに続いてやって来たのは、棍棒使いの男。この男も正規のパーティーメンバーで、そこそこ付き合いは長い気心《きごころ》の知《し》れた相手だ。

ヒョロっとした体型に似合わず、防御系と攻撃系のスキルをバランス良く持っていて、パーティーのタンク兼火力を担っている。魔力はそこまで多くないが、回復魔法と補助魔法も得意な、鈍器《どんき》系魔法戦士だ。

「はいはい、デザートもちゃんとあるから、テーブルと食器の用意を頼む」

収納スキルで収めていた、簡易テーブルと椅子のセット、そして食器を取り出して、魔法戦士の男に渡す。

「出た！　グランの何でも出てくる不思議マジックバッグ!!」

マジックバッグじゃなくて収納スキルなんだけどね。

収納スキルはレアスキルらしいので、普段は〝マジックバッグ〟という、見た目より多くの物を収納できる魔道具を使っているという事にしている。そのため、いつもダミー用に、ポーチ型のマジックバッグを持ち歩いている。

俺の収納のスキルについては、一部の人にしか教えていない。このパーティーだと、俺が冒険者を始めた頃からの付き合いのパーティーリーダーが知っているだけだ。

収納スキルは魔物からの戦利品を回収するだけではなく、日帰りできない行程《こうてい》に必要な多くの物資の持ち込みにも役に立つ。

特化した戦闘スキルはないが、俺の収納スキルは収納した物が劣化しないという少し便利な機能がある。そのため、戦闘要員兼補佐役として今回のように知り合いのパーティーに駆り出される事が時々ある。

なお、表向きは「時間停止機能のある、特大容量のマジックバッグ持ち。このバッグは所有者登録してある魔道具だから、俺にしか使えないよ」という事にしてある。

時間停止可能な収納スキルは、珍しいスキルで悪用もできてしまう。

『よろしくない連中に目を付けられるから内緒にしておけ』と、冒険者になったばかりの頃に面倒を見てくれた人達に散々言われて、当時世話になった数人以外には基本的に秘密にしている。

魔法戦士の男にテーブルのセッティングを任せている間、俺は食事の準備をする。

今日、魔物から回収した肉はまだ使えないので、持ち込んだ肉を使う。

肉を細かく潰《つぶ》し、みじん切りにして炒めたタマネギと、卵とパン粉を混ぜ、塩と胡椒そしてナツメグで簡単に味を付けて捏《こ》ねた。

それを手のひら程度の大きさの楕円《だえん》形に丸めて焼いて、挽《ひ》き肉のステーキにする。仕上げにトマトから作ったソースをかけて、収納からクレソンを取り出して横に添えればメインディッシュは完成。

それに加えて、あらかじめ作って収納スキルに鍋ごとしまっておいた野菜たっぷりのできたてミネストローネを、バターロールと一緒にセッティングされたテーブルの上に並べると、匂いに釣られて大剣使いの男と片手剣使いの少年がやってきた。

「お、肉か？　やっぱ働いた後は肉だよなぁ！」

大剣使いの男がテーブルに着き、カトラリーを手に取る。

「たくさん焼いてあるから、好きなだけおかわりしてくれ」

「えぇ……ダンジョンの中なのに携帯食じゃない……Aランクのパーティーは飯も豪華なのか……」

「Aランクのパーティーが云々《うんぬん》というより、グランをパーティーに入れると、オプションで飯が豪華になる。そんなことより、お前も座って飯食え」

大剣使いの男に促《うなが》され、テーブルの前でブツブツ言っていた片手剣使いの少年も、椅子に腰を下ろし食事に手を付け始めた。

少年の言う通り、依頼中の冒険者の食事は手軽な携帯保存食の事が多い。そしてそのほとんどが乾物《かんぶつ》の類《たぐい》で、あまりおいしくはない。乾物なので水で戻したり、スープにしたりと、結局は食べるまでに多少の手間もかかってしまう。

だったら、収納スキルで食材と携帯できる調理器具を持ち込んで、簡単な料理をした方がよくない？　簡単な物ならそんなに手間もかからないし？　そもそも収納スキルの中なら劣化しないし？　どうせ食べるならまずい物は嫌だし？

そんな感じで、出先《でさき》で料理するようになって、パーティーを組んだ折《おり》にメンバーにも振《ふ》る舞《ま》っていたら、それを買われてこうしてパーティーに誘われる事も増えた。

うん、わかる。どうせ食べるなら美味しい物の方がいいよね？　それに乾物ばかり長く続くと、体にも良くないしね。

「え？　何これ？　俺が普段行ってる飯屋の料理より美味いんだけど!?」

「だろ？　グランがパーティーにいると美味い飯がもれなくついてくる」

褒《ほ》められて嬉《うれ》しくなったので、収納に入れていたオヤツ用のアップルパイを取り出してテーブルに並べた。

「くっ……そんな、食い物で懐柔《かいじゅう》なんかされないんだからな！　俺は成長期の真《ま》っ直中《ただなか》でお腹が減るから、いっぱい食べるだけだからな！　飯は美味いし感謝もするけど、こんなことで絆《ほだ》されたりしないからな！」

なんだ、この少年ツンデレ君か。

おおよそダンジョン内での食事の光景《こうけい》には見えない晩餐《ばんさん》の様子にほっこりした。

Bランクというそこそこ高いランクの冒険者でありながら、戦闘面ではなく雑用係としてパーティーに参加する時には、初見《しょけん》のメンバーから辛辣《しんらつ》な言葉を投げられる事も少なくない。

実際、火力に特化しているわけでもなく、かといって防御に特化しているわけでもないので、戦闘力重視のパーティーに付いて行くのはしんどい。汎用《はんよう》というか凡庸《ぼんよう》というか、全体的に平均よりちょっと上の器用貧乏と言ったところだ。

それでもこのパーティーのリーダーのように、この汎用さを便利とか快適とかと言って、買ってくれている人もいるのは、本当にありがたい事だと思っている。

それでも戦闘に特化した彼らが、ちょっぴり……いやかなり羨《うらや》ましい。

そこそこ戦えて、雑用もこなせる便利なBランク冒険者——それが俺の冒険者としての立ち位置だ。

◆◆◆

ダンジョンは基本的に奥に行くほど、出現する魔物は強くなる。

このパーティーでダンジョンに入ってから、今日で十日目——帰還予定の日だ。

ダンジョンには、そのダンジョンを管理する国もしくは領主や冒険者ギルドが、きりのよい階層ごとに帰還用の魔法陣を設置している。

今日の狩りを終えたらその魔法陣で、ダンジョンから引き揚げる予定だ。

そして今、本日最後の戦闘になると思われる大型の魔物とその取り巻きとの戦いの真っ最中だ。

ゴーゴンという鉄の表皮を持つ牛の魔物の群れが、この階層のボス的存在のようだ。

その中でもひときわ大きな図体に立派な角を生やした雄の個体が、この群れのボスだと思われる。

鉄の牛と言っても実際に鉄なのは表皮部分だけで、中身は普通に牛肉である。ちなみに少し歯ごたえのある食感だが、脂が多くてわりと美味しい。

高熱の蒸気ブレスや石化効果のあるブレスを口から吐き出してくる事もあるが、石化ブレスは一度当たったくらいでは皮膚がパリパリと硬くなる程度で、放っておいても自然に治癒するのであまり脅威ではない。

だが、ブレスに含まれる石化ガスを吸い込んでしまうと、気管や肺はダメージを受けるので気を付けなければいけない。また、何度も重ねてブレスに当たってしまうと、その部分は石になってしまう。そうなると、石化回復効果のあるポーションか、治癒魔法でないと治せないので、少々厄介《やっかい》になってくる。

どちらかというと石化ガスより高熱蒸気のブレスの方が脅威で、無防備な状態でくらうと重度の火傷《やけど》を負《お》う事になる。

ゴーゴンの群れは二十頭ほどで、数が多く死角からのブレスや突進が脅威だ。

乱戦になると危険なので、タンク役の鈍器使い君がボスを一人で相手して隔離しているうちに、他のメンバーで先に取り巻きのゴーゴンを倒しきり、最後にボスを倒すという戦法だ。

今回は俺も戦闘要員として取り巻きのゴーゴンの殲滅に参加しているのだが、他のメンバーがほぼ一撃で一頭を仕留めるのに対して、俺は二発かかる。

鉄の部分が表皮だけとはいえ硬いのだ。

そのため、先に足を折り、鉄に覆われていない腹の部分から心臓を突き刺してとどめを刺している。これを複数のゴーゴンの攻撃を躱しながら、となると時間がかかってしまうが、討ち漏らしはしたくないのでこの戦法になる。

こういう場面だと、自分に火力特化のスキルがないのが悔しい。

「グラン！　数が減ってきたから回収に回っていいぞ！」

取り巻きがほとんどいなくなったあたりでリーダーが俺に指示を出す。

俺はゴーゴンの突進やらブレスをヒィヒィ言いながら躱して、ようやく三頭目にとどめを刺したところだった。周りを見るともう僅《わず》かしか取り巻きのゴーゴンは残っていなかった。

うん、これは俺が殲滅遅い分だよな？

俺は火力要員でパーティーに呼ばれているわけではないとわかっていても、へこむし申し訳ない気持ちになる。

「了解！」

返事をしたちょうどその時、片手剣使いの少年君の剣がゴーゴンの鉄の表皮に弾《はじ》かれて折れるのが見えた。

咄嗟《とっさ》に強い酸性の液体が入った瓶を取り出して、そのゴーゴンの顔面に向けて投げつける。ゴーゴンが酸に怯《ひる》んだ隙に自分の使っていた剣を少年に向かって放った。

「俺はもう回収に回るからその剣使え！」

アダマンタイト製の剣なので魔法とは相性は悪いが、鉄よりも遥《はる》かに硬いのでゴーゴンの装甲に負ける事はないはずだ。

「助かる！」

少し躊躇《ちゅうちょ》したものの、少年は俺の剣を振るって目の前のゴーゴンの首をすっぱりと斬り落とした。

同じ武器でも俺だとあんな綺麗《きれい》に斬り落とせないんだよなぁ……へこむー！

剣を渡してしまったし、回収に回っていいとのことなので、得物をアダマンタイト製の解体用の短刀に替えて転がっているゴーゴンから素材を回収する作業に入った。

取り巻きのゴーゴンは全て殲滅され、少し離れたところでパーティーのメンバー達がボスのゴーゴンと戦っている。決着がつくまでそう時間はかからないだろう。

戦力外の自分に少し複雑な気持ちになりながら、俺はいつものようにもくもくと素材を回収した。

◆◆◆

十日間のダンジョン引き籠《こ》もり生活を終え、拠点である王都の冒険者ギルドに帰還した。今回の稼ぎを分配して解散になったのは、陽も沈みかけ、空が茜色《あかね》になった頃だった。

さすがダンジョン慣れしているAランクのパーティーだけあって稼ぎも相当なもので、分配には結構時間を食った。

メンバーに合わせた役割分担を振り分け、無理なく効率よく稼ぐパーティーだったおかげで、まるで自分が機械の歯車の一つになったように、自分に割り当てられた仕事を淡々とこなす十日間だった。効率的にメンバーを回せる優秀なパーティーリーダーの見事な手腕だ。

効率良すぎて完全に脳死作業状態で、気が緩みそうになるのが怖いくらいの十日間だった。

自分の仕事だけしていればいい、というのは楽だけれど、これに慣れたら怖いな。――そんな感覚になった。

彼のパーティーに参加した時は毎回こんな感じだ。強いのは俺ではなくて、他のメンバー。勘違いしないように!!と強く自分に言い聞かせる。

「グランさん!」

冒険者ギルドの建物を出た所で、パーティーを組んでいた片手剣使いの少年に声を掛けられた。

「色々失礼な事言ってすみませんでした! そして、ありがとうございました」

ガバっと目の前で頭を下げられる。

「お、おう?」

何か言われたっけ?

「俺もはやくグランさんと同じBランクになれるようがんばります!」

「おう、無理はするなよ? 優先することは命を大事にだ」

「はい! あと、ごはん美味しかったです! また機会があったらパーティー組んでください!」

「ああ、また何かあったらよろしくな」

「きっと追いつきますから！　じゃ！」

そう言い残して、少年は手を振って走り去っていった。

なんだ？　デレ期か？

それに、追いつくも何も、俺よりつえーじゃん？　ランクもすぐ追い抜かれそうだし？

少年の背中を見送っていた俺に、大剣使いの男が声を掛けた。

「懐かれた……つか、餌付《えづ》けしちまったかー」

「ダンジョン産のサラマンダーのステーキ美味かったしな」

「そうじゃなくて……まぁ、サラマンダー美味かったな。ところでグラン、俺達のパーティーに正式に入る気ないか？　俺達のパーティーならそれなりの後ろ盾と実績もある。グランのスキル狙いの面倒くさい連中からも守れるし、悪くないと思うが？」

「ごめん、ありがたい誘いだけど遠慮しとくよ」

高ランクのパーティーに所属するメリットは大きい。権力者や大きい商会と繋《つな》がりのあるパーティーなら、その後ろ盾で守られる事になる。有用なスキル持ちの冒険者は、有力な庇護《ひご》者がいるパーティーに入っておいた方が面倒事に巻き込まれにくい。

その反面、後ろ盾になっている権力者や商会からの〝お願い〟が断りにくく、しがらみも増える。

「やっぱダメかー？　グラン仲間にして数か月単位で、ダンジョン籠もってみたいところなんだけどなぁ？」

「勘弁してくれ、ちゃんとベッドで寝たいし、風呂も入りたい」

ダンジョンに籠もるのは嫌いじゃないが、月単位はさすがに勘弁してほしい。

「まぁ、仕方ないか。また誘うからその時はよろしく頼む」

「あぁ、また呼んでくれ」

そう言って手を振り、冒険者ギルドの前を離れた。

◆◆◆

「パーティーかぁ……嫌いではないんだけどなぁ」

無意識に独り言が漏れた。

むしろ、他人と協力するのは嫌いじゃないし、仲間と難度の高いダンジョンや依頼を完遂《かんすい》した時の達成感を共有できるのは好きだ。

だが、それと同様に自分のペースで自分の好きなように——気ままに依頼を消化して、ダンジョンを探索するのも好きだ。

決まったパーティーに正式に所属してしまえば、そのパーティーの活動中心の生活になってしまう。今回お世話になったような高ランクのパーティーなら、長期間のダンジョンアタックで拘束される期間も長い。

采配に長《た》けたリーダーの下、強いメンバー達と共に与えられた役割をこなし、効率良く報酬を得られる生活は魅力的だ。

しかしやはり心のどこかで、Bランクから伸び悩んでいる自分の火力の無さに引け目がある。

自分なりの仕事はしているつもりでも、強すぎる人材に囲まれた時の劣等感はジワリと心にくる。

冒険者になって六年。トントンとランクが上がってスタートダッシュは快調そのものだった。

最初は同年代の冒険者より頭一つ抜けていたが、気付いたら平均程度に納まって、そこからは伸び悩んでいる。

向いていないのか、潮時なのか。

そんな事を思いつつ、だらだらと依頼をこなし、時折知り合いのパーティーに参加する日々が続いている。

あー、やだやだ、せっかくいい稼ぎだったんだし、気分転換に普段行かない場所にでも行ってみるのも、悪くないかもしれない。

そんな事を考えていた俺の目に映ったのは、たまたま通りかかった不動産ギルドの掲示板に張り出されていた広告だった。

◆◆◆

子供の頃からわりと器用で、何でも要領よくこなしてきたと思う。

少し触れば、なんとなく、で、できてしまうし、理解もしてしまう。

そのせいで子供の頃は神童みたいに言われていたけれど、気が付けば普通の子になっていた。

兄弟が多くどちらかというと貧しい家庭だったので、十二歳の頃に田舎にある実家を出た。

王都で登録した冒険者ギルドのランクは、一年足らずでFからCランクまで上がって、期待のルーキーと当時はもてはやされたが、その後伸び悩んで十八歳になった現在で一ランクだけ上がってBランク。

Bランクと言えば一応上級冒険者扱いではあるが、平均より幾分か強い、上の下程度の冒険者といったところだ。

何でもそつなくこなすけれど、何かに特化しているとこがない。器用貧乏――それが俺の評価である。

そして俺には大きな欠点がある、魔法が使える者が多いこの世界において、魔法が全く使えないという事である。

魔力がないわけではない。

むしろ魔力はそこらへんの魔法使い達よりも多いくらいで、その質も悪くない。しかし、体内の魔力を外部に放出する回路に恵まれず、魔法という形で魔力を具現化できないのである。

できるのは、自分自身や直接触れた物への魔力を使った〝スキル〟の使用くらいだ。

つまり魔力はあっても、その魔力で自身を強化して物理攻撃をするしかないのだ。

手持ちのスキルや遠距離武器である程度カバーできるが、やはり魔法が使えない事による手数不足には常に頭を悩ませられている。

そして、悲しいかな、魔法以外はだいたい何でもそつなくこなせるが、これといって特化したスキルはない。

平均よりはちょっと上だが、突出しているわけではない。オールマイティと言えば聞こえがいいが、要はやはり『器用貧乏』である。

冒険者として活動していると他の仲間とパーティーを組むことも多く、利害の一致や相性の良さで特定のパーティーに長く所属することもある。もちろん俺も特定のパーティーに所属して冒険者活動をしていた事もある。

しかし、特化した能力も技術もないので他の特化した能力を持つメンバーに火力としてもサポートとしても劣る事が多く、何となく役に立っていないような居心地の悪さを感じて、だんだんとパーティーを組むことが減ってきた。

戦闘面以外の雑用もある程度こなせるが、やはり戦闘がメインである冒険者としては、火力の不足はどうしても負い目を感じてしまう。

一人の方が気楽で良いと感じる事が多くなった頃には、そろそろ潮時かなと思っていた。

◆◆◆

そんな感じで少しネガティブになりかけていた俺は、今、王都から遠く離れた森の中にいる。

あの日、俺の目に飛び込んできたのは、王都から遠く離れた地方への移住者の募集広告だった。

その場の勢いだったんだと思う。いや、運命を感じたと言った方がロマンティックかもしれない。

そのまま広告を張り出していた不動産ギルドの扉を叩いた。そして、気付いたら貯《た》め込んでいた金で家を購入していた。人はこうやって衝動買いをするのだな、とその時思ったとかなんとか。

王都から乗合馬車を乗り継いで二週間ほどかかる田舎で、跡取りに恵まれず放置され、森に飲まれかかった状態で格安で売りに出されていた家付きの農場を、冒険者として稼いだ金をつぎ込んで買い取ったのだ。

その中古の農場を取り巻く森には、多少の魔物や獣はいるものの、薬草や果実といった自然の恵みが豊富という話だった。

周りの土地も手をつける人がおらず持て余されており、開墾できるなら自由にしてもいいとのことなので、かなりのお得物件だと思うんだ。

一番近くの町には小規模ながら冒険者ギルドの支店もあり、難度の高くない仕事がそこそこあるようだ。

他にも、もう少し王都に近い場所とか、近くに大きな街のある場所とかの物件もあったのだが、俺が買った物件は大きな街道が近いものの近くには小さな町があるのみ。

その町までは徒歩で二時間近くかかるという聞くだに不便そうな場所だった。

不便そうな場所のせいか、相場に比べ敷地も広く屋敷と倉庫付きで、他の物件に比べてびっくりするほど安かった。

まぁ、暮らしてみてダメそうなら売り払ってまた大きな街で冒険者として稼げばいいかな、くらいの軽い気持ちの衝動買いだった。

〝思い立ったが吉日〟

記憶にあることわざに従ってマイホームを購入、冒険者から心機一転、のんびりと農家もどきでもやりつつ、時々冒険者ギルドの仕事でもしながら田舎生活を満喫してやろう。

器用貧乏すぎて冒険者として伸び悩んだ？　壁を感じた？

確かにそれは大いにある。

だが、それはそれで割り切って、俺にはやりたいことがあった。

冒険者はただの手段、そう思えば気楽である。

のんびりと気ままに己《おのれ》の趣味に没頭する生活を送るために、俺は王都を離れ田舎にマイホームを購入したのだ。

そして、ここなら周りの目を気にすることなく自分のスキルを使う事ができる。

STATUS

グラン

GRAN

性別 男　年齢 18

職業 勇者

攻撃	1148
防御	836
魔力	12460
魔力抵抗	2183
機動力	628
器用さ	18740
運	216

LV. 104

HP 943/943

MP 15550/15550

ST 834/834

［ギフト／スキル］

▶器用貧乏

刀剣	95	盾	68
槍	45	身体強化	85
鈍器	30	隠密	35
体術	68	魔術	34
弓	53		
投擲	39		

▶クリエイトロード

採取	68	木工	18	強化	25
耕作	12	裁縫	35	美術	15
料理	60	調教	11	魔道具作成	42
薬調合	75	分解	61		
鍛冶	38	合成	55		
細工	56	付与	36		

▶エクスプローラー

検索	(MAX)	収納	95
解体	68	取引	28
探索	83	交渉	42
察知	92		
鑑定	15		

▶転生開花

［称号］

オールラウンダー

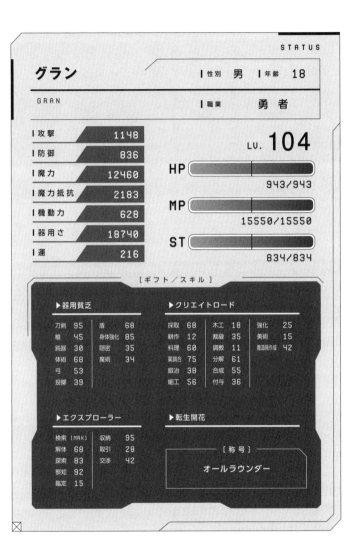

少し他人と違うらしく、人前では使いにくかった俺のスキル。

「ステータス・オープン」

言葉を発すると、目の前には俺にしか見えない四角い半透明の画面が現れる。

これが俺の秘密であり、田舎の家で趣味に没頭しようと思った理由。

俺は自分自身の〝ギフト〟と〝スキル〟、そして自身の数値化した能力を見る事ができるスキルを持っている。

どうやら、このスキルはかなり珍しいらしいが、おかげで俺は自分自身を知る事ができ、やりたい事を効率的に見つけることができた。

そして、この世界の生ある者は〝ギフト〟と呼ばれる神が与えたと言われる加護を、授かる事があるらしい。

〝スキル〟とは技能や能力のことで、その技術や能力に関する行動をしているうちに顕現《けんげん》し、そのスキルを使えば使うほど成長していく。

画面にはずらりと文字が並んでいる。

そしてそのギフトに紐づいたスキルは、才能として開花しやすいという。
▶マークがついているのがギフト、その下にズラリと並ぶのがそのギフトの恩恵を受けるスキルだ。

しかし、このように自身で確認する術《すべ》を持つ者は少なく、教会や魔法研究所などの専門施設で高額の料金を払い、高レベルの〝鑑定〟のスキルを持つ者か、高性能の鑑定用魔道具で鑑定してもらうしかない。

故に、金銭的に余裕のない平民は、自身のギフトやスキルを正しく把握していない場合が多い。

俺が偶然自分のスキルやギフトを知るスキルを発現できたのは、幸運だったとしか言いようがない。

こうして自分の能力を可視化すると、どうしても目に付く〝勇者〟と書いてある職業、そしてなんとなく不安を感じる〝器用貧乏〟という文字。更にはどうしてなのか生産向けのギフト。

そしてもう一つ〝転生開花《てんせいかいか》〟というギフト。

そう、俺には前世の記憶がある。

これは、前世の知識でちょっとズルのできる器用貧乏な俺が、田舎でのんびりスローライフを送りたい話。

gran & gourmet 01

第一章

器用貧乏というギフトと勇者という職業と俺のスローなライフの始まり

俺の名前はグラン、平民なので苗字はない。どこにでもいる平々凡々とした冒険者である。

自分で言うのもアレだが、平均かそれよりちょっといいくらいの顔。たいして珍しくもない赤毛のショートヘアに、やや高めの身長にがっちりめの体格。

冒険者ギルドのランクも平均よりちょっと上のBランク。収入も冒険者にしてはまあまあ良いくらい。飛びぬけて強いわけでもないけれど他より頭一つは抜けている。

人当たりも悪くなく交友関係もわりと良好、ギャンブルや酒も弱くはないが強くもない。

全体的に平均よりちょっと優れている——つまり、ちょっと優秀だが、何か突出して優れているものがない。それが今の俺の特徴だ。

そんな平凡な俺なのだが、他人と明らかに違うところがある。

——俺には、前世の記憶がある——

ここと全く違う世界の全く違う国。魔法も無ければ、魔物もいない。魔物どころか人間以外の知的生物もいなかった。高度な科学文明の上に築き上げられた世界の〝ニホン〟という国で前世の俺は暮らしていた。

前世では平凡な家庭で育ち、平凡な大人になって、平凡な人生を過ごしていた俺の趣味は読書とゲームだった。

今思えば、とてつもなく平和な国に生きていた。

魔法もなければ、魔物もいない、普通に生活していれば武器を握って戦うこともない。だから、そういう世界を模した空想物語や仮想の世界で自分の分身となるキャラクターを動かせる〝ゲーム〟というものに人気があって、自分もハマっていた。

特に自分の分身ともいえるゲーム内のキャラクターを育てたり、ひたすらアイテムを集めたりするゲームが好きだった。

育てれば育てるほど上昇するキャラクターのステータスの数値、ひたすら貯めるゲーム内通貨、大量にストックされた素材アイテムや消耗アイテム、とにかく数字を増やすのがたまらなく好きだった。

仕事の合間にゲームをやりながらただひたすら自分の世界に閉じ籠もり、自分のペースで延々とステータスやアイテムのストックの数字を増やす。そんな作業に没頭していた。

そのために作業を効率化する事もあったが、効率を求めすぎて逆に面倒くさくなることも少なかったので、最終的にはマイペースにやりたいことをやりたい時にやる、というスタイルに落ち着いていた。

まるで中毒のように、ゲーム内の数字を増やすのが楽しかったのをよく覚えている。

俺がその前世の記憶を突然思い出したのは、まだ五歳かそこらの頃だった。

前世の自分がどうして死んだのかは覚えていないが、中年と呼ばれる年齢くらいまでは、普通に働いて、普通に生活していた記憶がうっすら残っている。恋人がいた事はあるが、残念ながら結婚をしていた記憶はない。

前世の記憶を思い出す前から、謎の既視感《きしかん》を覚えたり、教えられていない事を何となく知っている――という事態が時折あった。

五歳くらいのある日、突然前世の記憶という膨大《ぼうだい》な情報が頭の中に湧いて出てきて、ぶっ倒れて数日にわたって寝込むことになったのを覚えている。

そして目が覚め、その情報が前世の記憶だと理解した時、自分の〝ギフト〟と〝スキル〟、そして数値化された自身の強さを見る事ができることに気付いた。

「ステータス・オープン」

このキーワードで、目の前には俺にしか見えない半透明なキャンバスが現れる。まるで前世の記憶にある〝SF映画〟のような絵面《えづら》だ。

前世のゲーム風だと、ステータス画面とも言う。

ちなみにこうして自分のステータスが見られるのは、鑑定スキルの一部のようだ。

前世の記憶があるという事に気付いた時に、唐突にこうやって己のステータスを可視化できる事が〝解《わか》った〟のだ。

そして、そのステータス画面上で、ひときわ存在感を放つ〝勇者〟という文字。

職業が勇者となっているのを見た時は、自分でも意味がわからなかった。前世を思い出して、自分のステータスを見ることができるようになった時に、自分の職業が勇者になっていることをはじめて知った。

もちろん、運命の日に母親に起こされて、偉い人の元へ連れて行かれるというようなこともなかったし、父親は伝説の勇者でも王様でもなく、平凡な一般人だった。

初めて勇者という文字を見た時は胸が躍った。

物心ついた頃から、周りからは「物憶えがいい」「聡《さと》い」などと言われ、前世の記憶が戻る前から、自分でも同年代の子供より少しばかり秀でている自覚はあった。

自分のステータスに勇者などという文字を見てしまえば、もしかすると自分は物語の主人公のような特別な存在なのかもしれない、と思うのは当然の事だと思う。

〝器用貧乏〟というギフトには、前世の記憶からやや不安を感じたが、勇者を目指してみるのもいいかもしれないとその時は思った。

しかし、すぐにその道は諦めようと思う事になる。

田舎の子供は、大人の手伝いで村の外に薬草や野生の果実を採りに行く事が多い。その時、時折出くわす小型の弱い魔物や獣を狩ることで、徐々に狩りというものを覚えていく。

自分も他の子供達と同様に、そういう子供時代を過ごしていた。

武器を持てばすぐにスキルがステータス画面に発生してきて、最初のうちはトントン拍子にスキルが伸び、周りの子供達よりサクサクと狩りをこなしていた。

しかしある程度までスキルが上がると、急にスキルが上がりづらくなって、気付けば周りの子供達とたいして変わらなくなっていた。

そして決定的なのは、魔法が使えない事だった。

同世代の子供達が次々と魔法のスキルを覚える中、俺だけはどうやっても魔法が使えなかった。ステータス画面を開けば、他のステータスよりＭＰや魔力は突出して高い数値が見える。なのに全くもって魔法が使えなかったのだ。

正直かなり落ち込んだ。

前世の記憶の中で魔法というものに憧れもあったから余計に、だ。周りの子供達が、低級ながらも魔法を使えるようになっていくのを見ていると、羨ましさと劣等感を覚えた。

十歳になる頃には、自分の能力は平均より少し上程度――突出した者には劣る――程度に落ち着いてしまっていた。その上、魔法が使えない劣等感もあった。

挫折というものを感じるには十分だった。何とも言えない挫折感を抱いた俺は、勇者なんてどうでもよくなってしまった。

それに拍車をかけたのが、いたって平和なこの世界だ。

確かに魔物もいるが、それは自然のサイクルの範囲内のようにしか思えない。勇者といえば対として悪の権化である魔王でもいるのかと思っていたが、そんな話は全く聞かない。魔族と呼ばれる亜人種達の国があり、その国の王を魔王と呼ぶ事もあるらしいが、特に侵略や戦争の話も聞かないしむしろ普通に交易がある。

どうして勇者なんだろうな？　勇者ってなんなんだろうな？

そんな疑問も芽生えたが、いつの間にかそれすらどうでもよくなっていた。

俺がこの勇者という職業がどういったものなのかを知る事になるのは、冒険者となった後の話である。

それでも、毎日のように村の外に出て薬草や山菜を集め、出くわす獣や魔物をせっせと狩る事は続けていた。

前世の記憶から、生きていく上で知識というものの必要性を理解していたので、大人達の手伝いの合間に村の教会に通い、読み書きも覚えた。

田舎の穏やかな日々の中、緩やかながらステータスもスキルも伸びるし、魔物や獣から得た素材を村にある小さな商店で売れば小遣いも貯まるのでいいかな、などと思いつつ子供時代を過ごした。

兄弟が多く、上には兄もいていずれ家を出る身だったので、冒険者ギルドに登録できる十二歳になったのをきっかけに独り立ちをする事にした。

家族には表面上は心配もされたが、どちらかと言うと貧しい田舎の大家族だったので、食い扶持《ぶち》が減る事もあって強く引き留められることもなかった。

早く冒険者になりたかったのには俺なりの理由もあった。勇者についてはすっかり興味を無くしていたが、その代わりに他の楽しみができていたのだ。

〝エクスプローラー〟

探索や検索とその管理に特化したギフトだ。その対象には無形有形全てのものが含まれる。探し物や調べ物、それらの収集・保存・管理をまとめてこなせるという、なんとも便利でインチキくさいギフトだ。

その中の〝収納〟というスキルは、倉庫のような仮想空間に命のないもの、正しくは意思のないもの――生きているものだが、植物や微生物といった類のものも含まれる――を収めておける、とてつもなく便利なスキルだ。

収納できる量や内部の時間経過速度は使用者の魔力とスキルに依存する。なお、命の無いものといってもアンデッド系の魔物は生物扱いらしく、収納できなかった。

このスキルを習得したばかりの頃は、あまり多くの量を収納できず、収納した物もリアルタイムとさほど変わらない程度の劣化速度だったが、スキルや魔力が上がるにつれ収納量も増え、劣化速度だけではなく内部の時間経過速度も任意で弄《いじ》れるようになった。

そのため、このスキルが芽生えて使い方がわかって以来、ひたすら魔物を狩って鍛錬しながら、素材を集め続けていた。

そしてこの収納のスキルで収納した物は〝検索〟のスキルで一覧化できるのだ。

「インベントリ・リスト」

言葉と共に目の前に、びっしりと文字が詰まった半透明の画面が現れる。

それは前世でやっていたゲームのアイテム一覧画面そのものだ。

ずらりと並んだアイテム名とそのストック数に、無意識に唇の端が上がるのがわかる。

勇者がどうでもよくなった俺が、新たに目覚めた――いや、思い出した楽しみ。

収納スキルが実用レベルになってから、コツコツと溜《た》め込んだアイテム。冒険者となって各地を回り、時には前世の記憶を利用して、とにかく気の赴《おもむ》くままに魔物を狩ったり、ダンジョンに入ったり、未開の地に足を運んだりして素材をひたすら集め続けた。

「あーーーーーー！　最高！　はーーーーー素材アイテムを溜めるのマジ最高ーーーー！」

癒《い》やされるううううう！　心が洗われるうううううううう！

溜め込んだ素材の数を見て悦に入る、まさに至福の時。

ずらりと並んだ持ち物のリストと、そのストック数を眺めるだけで、心が洗われる気分だ。

勇者を目指すことがどうでもよくなった俺が、日々家の手伝いでもくもくと薬草を集め、弱い魔物を狩りながら生活するうち見つけた楽しみ――いや、前世のゲームの快楽の記憶ともいうのかもしれない、それがひたすら素材を溜め込むという事だった。

ガチ効率プレイより、マイペースに金策と生産を楽しむ方が好きだった自分には〝勇者〟より〝その他大勢〟の方が性に合っているという事を自覚した瞬間だった。

念願のマイホームことマイ拠点を手に入れた俺は、己の収集欲を満たしつつ、集めた素材と自分のギフトとスキルを使って、自由気ままな生活の第一歩を踏み出す事にした。

器用貧乏というギフトも、頂点を目指さなければ何でも平均以上にこなせる便利なスキルである。

平均より少し上のBランク冒険者という立場も、社会的地位と収入面そして自由度においても悪くない。

ああ、そうだ。せっかくある生産スキルと溜め込んだ素材を生かして、職人を目指すのも悪くない。ある程度のものなら自分で採取に行けるだろう。

田舎の森暮らしの偏屈職人というのも、なかなか格好良くて悪くない。

◆◆◆

実家を出て冒険者になった後に知った事なのだが、俺のステータスにある勇者という職業は、複数の武器スキル及び複数の魔法スキルに高い適性がある者に見られるものらしい。魔法系のスキルに適性があったら〝魔法使い〟とか、武器系のスキルに適性があったら〝戦士〟という具合だ。

ステータス上の職業というのは、実際に就いている職の事ではなく、適性のあるスキルに紐づいた天職みたいなもんらしい。

どうやら珍しくはあるがこの世に勇者という職業の者は、複数存在するという話だ。

なんだ、別に俺が特別ってわけでもないじゃん。というかそんな抽象的な職業を、天職と言われても非常に困る。

つまり勇者と言っても、前世の記憶にある物語の登場人物のように、世界を救うために戦うとか、魔王を倒す力があるとか、そんな事は全く関係ないらしい。まぁ、細かい紛争はあれど、基本的に平和な世界だしね。うん、平和最高。

このステータス上の職業は、他人のスキルやギフトを知る事のできる上位の鑑定スキルでも確認できるらしい。

つまり、上位の鑑定スキルを持つ人に鑑定されてしまうと俺の天職が勇者というのがバレてしまう。

かっこいい？　いや、もう物語の勇者に憧れるような年でもないし、習得しているスキルが誰でも習得できるような平々凡々な物ばかりで逆に恥ずかしい。

恥ずかしいので今は職業やスキルを隠蔽する効果のある装備を常時つけて、戦士に偽装している。

うん、凡人万歳。

ところで勇者には魔法スキルにも高い適性があるなら「なんで俺は魔法が使えないの？」ってなるのだが、俺は適性はあっても魔力を外部で具現化する魔力回路がないため、魔法が使えない。そして魔法が使えないため、魔法系のスキルが一切顕現しないのではないか、と、以前知り合いの魔法使い様に言われた事がある。

最高に宝の持ち腐れかな？

むしろ、生産系のスキルもギフトもあるなら、生産系の職業の方が天職ではないかとすら思うが、それ以上に戦闘系のスキルに適性があったのではないか、と言われた。

でも、俺の戦闘系に恩恵あるギフトって器用貧乏だよ？

俺のこの器用貧乏というギフト、とりあえず少し試してみればたいていのスキルを習得してしまうので便利と言えば便利。ただし魔法以外。

魔法はほら、体質のせいで使えないし……まぁ、これは軽いコンプレックスだから、もう窓から投げ捨てよう。

そうだ、もう勇者とかどうでもいいから、スローライフだよスローライフ！

今の俺には、勇者とかいう器用貧乏でちょっと便利な天職より、念願のマイホームでスローなライフを送る事の方が重要なのだ！

スローなライフを送りながら、己の収集欲を思う存分満たす生活のための拠点にと、田舎町の郊外に屋敷付き農場を買い取ったわけだが、中古物件だけあって家屋はあちこちに傷みが目立つ。それに弱いとは言え近所の森には魔物や獣もいる。

そんなわけで、まずは魔物対策と住居の修理をしよう。

「インベントリ・リスト」

収納スキルの中に貯め込みまくっている素材の一覧を表示して、在庫の中から必要な素材を吟味する。冒険者をやりながらひたすら貯め込んだ素材の中には、建築向けの素材も数多くある。

他人の収納スキルがどうなっているかは知らないけれど、無計画に収納スキルで回収した物を一覧化できる検索スキルは便利すぎる。

むしろ、こんだけ大量に突っ込んだ物を把握するスキルがもしなかったら……と、想像しただけでもうんざりしてくる。

あってよかった検索スキル！　ありがとうエクスプローラーのギフト！

目の前の画面に映し出される収納空間の中身一覧を眺めながら、自分のスキルとギフトに感謝した。

さて、住居の改修用の資材もたっぷりあることだし、まずは敷地の周りを囲む魔物避《よ》けの柵を作ることにしよう。こんな時も器用貧乏の恩恵はある。なんとなくで大工作業もそれなりにできてしまう。

そしてここで大活躍するのが〝クリエイトロード〟というギフトである。

その名の通り、物作りに恩恵のあるギフトだ。

こんないかにも「職人！」って感じのギフトを持っているのに、ステータス画面の職業は勇者って言われてもなぁ。まぁ、せっかくのギフトなのでクリエイトロードには、これからいっぱいお世話になろうと思っている。

このクリエイトロードというギフト、兎《と》にも角にも「物を作る」という事に関してのスキルを次々と習得できてしまう。

そしてすぐにスキルが成長する。しかも器用貧乏のギフトのせいで、途中から伸び悩むかと思っていたがそうでもない。

冒険者稼業の合間に、必要に応じて作っていたポーションのおかげで勝手に成長した薬調合。野営中の自炊でいつの間にか上達している料理。剣を研いだり、装備を繕ったり、小遣い稼ぎに魔物素材をアクセサリーに加工したりで、いつの間にかそれっぽいスキルが習得されてすくすくと育ってしまっている。

しかも、やっていて単純に楽しいから、やはり冒険者より生産者の方が性に合っているのではないかと思っている。

やっぱり勇者なんてなかったんだ……何かの間違いだったんだよ。

そんなクリエイトロードのおかげで魔物避けの柵もさくさくと組み上がっていく。

魔物避けの柵は、収納のスキルで溜め込んでいたエンシェントトレントの枝を材料にしている。

エンシェントトレントは大木の魔物で、樹木とは言えその樹皮は下手な金属より硬いので強度には問題ない。

エンシェントトレントはそこそこ強い魔物で、その素材にはトレント由来の魔力も豊富に含まれており、弱い魔物はトレントの気配を恐れて近寄ってこないので、魔物避けにはぴったりだ。

柵が組み上がったら念のため、魔物の嫌う香りのする植物から作った塗料を塗って完成。

元農場だけあってそれなりに広い敷地なので、一気に全てやるというのは無理なので、毎日できるところまでコツコツと進める事にした。

中古物件を購入したため、改修工事をしないといけなくなると予想はしていた。

そのためレンガや材木、粘土などの建築用素材もあらかじめ購入して、収納スキルで収めて持ってきていたので材料には困らない。

しばらくの間働かなくても問題がないくらいの貯蓄はあるし、収納で貯め込んでいる物の中には食材もあるので、まずは快適な居住空間を作る事を優先するつもりだ。

劣化が進んでいる家屋の方も、エンシェントトレントの材木やレンガを使いながら修繕と補強を進めた。

天気の悪い日には、内装や家具を整えた。

母屋《おもや》は複数世帯が暮らしていたと思われる大きめな家屋だったが、かなりの時間放置されていて、あちこちボロボロだった。そこに、貯め込んでいた素材を使用して修理をしたところ、かなり快適なものになった。

そして、住まいに隣接して建てられている倉庫、こちらもおおまかな補修が完了した。

老朽化《ろうきゅうか》していた水回りも修理して、水を出せる魔道具を取り付け、キッチンと風呂トイレ洗面所も使えるようになった。

前世の記憶があるせいで水回りにはこだわりがあるので、特に力を入れた。

下水の処理は、下水を溜める池を作って、そこで森で捕まえてきたスライムを飼育して浄水させる事にした。

臭いに関しても風の魔石を使って空気を浄化できるようにした。衛生管理ホント重要。

余談だが、スライムはなんでも食べてしまうので、この世界ではゴミ処理用に家庭で小さなスライムを飼育する事はポピュラーだ。

とはいえ、ゴミ処理で過剰に栄養を与えすぎると、巨大化したり分裂して増殖したりするし、与えた物によっては危険な性質に変化することも多々あるので、そこは気を付けないと大変なことになる。

まぁ、一般家庭程度の下水や廃棄物の量なら、そういう問題はあまりない。むしろ、ゴミが足りないと逃げ出すこともあるくらいだ。

ちなみに、家庭ゴミや汚物を食べすぎて大きくなったスライムは、スライムの体を構成しているスライムゼリーを回収して、乾燥させて粉末にすれば肥料になる。

スライムという生き物は体内にある魔石が核になっているので、その魔石を壊したり取り出したりしなければ死なないので、スライムゼリーは採り放題。なんとなくお得な生き物だ。

もちろん俺の収納の中にも、色々な種類のスライムゼリーが詰め込まれている。

そして、今世の生活で欠かせないのが、前世には存在しなかったが、今世ではあちこちで見かける〝魔石〟と呼ばれる石。

これは魔力が濃縮され固形化した結晶の総称で、鉱石や宝石のような形状をしており、魔術の触《しょく》媒《ばい》や魔道具の動力、武器や防具、装飾品などの素材として使われる事が多い。魔石には様々な属性があり、その属性に応じた使い方がされている。

前世の記憶にある〝デンチ〟みたいな物だ。

魔石は、魔力を帯びた生物こと魔物の体内で生成される事が多く、強力な魔物ほど大きな魔石を持っている。

なお、人間は魔力が多くても、体内で魔石が生成される事は極稀《ごくまれ》だ。逆に体内で魔石が生成されてしまうと、血液や魔力の循環に支障をきたし、生命に危機のある病気として扱われる。

魔石は魔物以外にも、鉱石に混ざって採れる物や、魔力を蓄積できる鉱物に人為的に魔力を注入して作る事もできる。

魔石は魔道具の動力源として欠かす事ができず、魔石に含まれる魔力を利用して魔力を持たない者でも使用できる魔道具は、人々の生活に深く浸透《しんとう》している。

かく言う俺も魔法が使えないので、魔石を利用した魔道具には大変お世話になっている。

そんなわけで、スライムやら魔石やらを駆使して水回りが完成したら、キッチン周りにも力を入れて、使いやすいように改装した。

元々あった窯《かま》を撤去して、〝断熱〟の効果を付与したレンガと炎の魔石を使って、前世の記憶にある〝クッキングヒーター〟を参考にしたコンロを作った。

一人暮らしだからそんな大がかりな物ではなくていいのだが、せっかくなので鍋を三つ同時に使えるようにして、足元にはオーブンを付けておいた。

収納スキルがあるとはいえ、食品を保存のためだけではなく、冷やすのにも使いたいので、低温を維持できる保存庫もほしい。ついでに氷も作りたいので、これも前世の記憶にある〝冷蔵庫〟を思い出しながら、氷の魔石を使って冷蔵と冷凍に区切った食料保存庫をキッチンに作った。

キッチンを整え終わって、まだレンガも余っているので、思いつきで屋外にピザ窯を兼ねた燻製用の窯も作ってしまった。

前世では庭のない集合住宅に住んでいたので、前世の俺はピザ窯とか燻製窯とかある庭は憧れだったんだよね。

周りに人が住んでいないので、近所迷惑を考えず庭でモクモクと煙を出しても許される。ソーセージとかベーコンとか作りたいよね？　あー生ハム！　生ハムの原木とか憧れるわ〜。

前世はずっと独身だったので、結構料理していた記憶があるし、冒険者をしていると野営の時には簡単な料理をするので、料理をすること自体には慣れている。

ハマるとのめり込む性格なのと、前世で暮らしていた国の食文化レベルが高かったせいで、食事にはそれなりにこだわりがある。

だってわざわざ金払ってまずい物食べたくないし、どうせ自分で作るなら、できるだけ美味しい物作った方がいいじゃん？

この世界は物流が前世の記憶にある世界より未発達で、都市部といえど近隣で入手できる食材以外は割高だ。調味料や香辛料の類も種類は少なく、質もあまりよくないわりに、庶民からしたらいいお値段である。

そのため、平民の間の料理はあっさりした薄味で単調な料理が多い。健康には良さそうだけれど少し物足りないんだよね。

塩はまぁまぁな価格だが、砂糖は高い。どちらも一般的に出回っている物は品質が低く、色もあまりよくない。胡椒なんて他の国から輸入しているせいでめちゃくちゃ高い。

なので、冒険者の頃に調味料欲しさに各地を駆け回って、ごっそりと集めて収納の中に保存してある。

塩は海へ行った折に〝分解〟のスキルで大量に作ってやった。

分解のスキルで海水から不純物やにがりを分離して、真っ白の塩が大量にできたので、これで一儲けできるかと思ったら、当時の仲間に「市場をぶち壊す気か!?」と言われた。

確かにこの世界の文化レベルに合わない物を作り出したかもしれない、と、そっと収納にしまって身内で楽しむことにした。

砂糖は、市場で売っている質の低い砂糖を購入して分解のスキルで不純物を取り除いて使ったり、糖分を蓄える性質を持つ植物や魔物を探し出したりしては、砂糖に加工してちまちまと貯めている。

ちなみに砂糖よりハチミツの方が安価なので、この世界の甘味は砂糖よりハチミツを利用した物が多い。

大型の蜜蜂の魔物が存在するため、その駆除の際に大量のハチミツが手に入るのと、その魔物自体の養蜂技術も確立されて養蜂場もあるので、ハチミツは比較的お手頃価格なのだ。

胡椒はどうしようもないので、生産国まで行って金で買った。胡椒のない料理に耐えられる気がしないので、これぱかりはいたしかたない。

白い塩や砂糖を作るのに大活躍な分解というスキル、最初のうちはただ組み立ててある物をバラすだけのスキルかと思っていたのだが、スキルが上がるにつれ、より細かく精密に分解できるようになってきた。

スキルが上がると、命の無い物なら構成している物質単位に分解することすらできるようになった。

しかし、どうやらこの構成している物質単位というのが、自分の想像力に基づくため、自分の持っている知識の範囲でしか分解できないようだ。

そりゃ、含まれている物質を知らないと、分解してそれだけ取り出すって無理だもんね。

そしてこの分解と対をなすのが〝合成〟というスキルで、複数の物を魔力を使って合体させることができる。しかしこのスキルは魔力の消費が大きいうえに、魔力操作が難しくスキルが足りないと失敗も多いので、スキルを使わず混ぜられる物はスキルを使わないでやった方が楽である。

錬金術に近いスキルなのかなって思った事もあるけれど、平民の俺はその手の学校なんて通ったことないし、錬金術師に遭遇する機会もほとんどなかったので、そのへんの事はよくわからないまま、フィーリングでこのスキルを使っている。

フィーリングで使っても、すごく便利なスキルである事はよくわかる。

そんなわけで、前世の記憶と生産系のギフトのおかげで生活空間はなんとかそれっぽい形にはなった。あとは使いながら不便なところが出たら直していけばいいだろう。

貯めていた素材を結構使ったけれど、それなりに快適な居住空間が出来上がったので満足だ。素材を貯めるのも楽しいけれど、必要な時にドーンと使うのもまた楽しいのだ。

改修の終わった我が家を見てニヨニヨとする。

ここまでの作業期間、約一か月。ひたすら居住環境を整えるため、マイハウスを弄り続けた。

さて、住む場所は整った、次は敷地の大部分を占める農場部分だ。

整備して耕作を始めたいところだが、敷地の中まで森が侵食している場所もあり、たまに草を毟《むし》ってはいたがまだまだ荒れており、ここら辺を農地として使うには農具も用意して整えないといけない。

こうして考えるとスローライフって意外とやること多くて忙しいな!!

それと、そろそろ一度買い出しに行きたいし、こちらの冒険者ギルドには顔を出していないし、先に町を見てきてもいいかもしれないな。

そういえば、ここに越してきてからほとんど家に籠もって、修理と改装に明け暮れていたから、全く人に会っていないし会話もしていない。これはスローライフではなくただの引き籠もりライフなのでは？

ずっと一人で自宅を弄っていたので、身なりも酷い事になっている。髪もボサボサだし無精髭《ぶしょうひげ》も生えて、仙人か何かかな？　風呂にはちゃんと入っているので臭くはないと思うけど、これはないな。

それに、職人を目指すなら商業ギルドにも登録して、取引先を探さないといけないしな。そろそろ引き籠もりの無職生活から脱出しよう。

身なりも整えておこう。取引先を探すなら見た目は重要だ。

◆◆◆

翌日、うちから一番近い町に買い出しに行く事にした。ついでに冒険者ギルドと商業ギルドにも行ってこよう。

ボッサボサだった髪も、無精髭もスッキリさせたし、風呂も入ってどっからどう見ても好青年だ。

一番近くの町は確かピエモンと言ったかな、歩けば片道二時間程度の距離だ。

身体強化のスキルを使って駆け抜ければ、三十分足らずで到着しそうではあるが、特に急いでいるわけでもないので、のんびり道草でもしながら向かう事にした。

道端に生えている薬草を摘んだり、時々飛び出してくるゴブリンやホーンラビットといった、小さい魔物や獣を切り捨てたりしながら、のんびり町へと向かった。

ちなみに、魔物と獣の違いは、その身に魔力を宿しているかどうかだ。魔力を宿せるものは魔物、もしくは魔獣と呼ばれ、宿せないものは獣という扱いだ。

魔物から採れる素材は魔力が蓄積できるので魔法付与や魔道具の素材になるが、獣から取れる素材は魔力が蓄積できないのでそういった用途には使えない。

獣素材は魔力が蓄積できないといっても、肉は食用に、毛皮も衣料素材として需要があったり、骨や内臓も製薬素材として使えたりするので狩っても無駄にはならない。

動物素材は早めに血抜きをしないと使い物にならなくなるものも多いが、こういう時は収納スキルを使ってしまえば時間経過が無くなるので、スキル様々だ。

道端に生えている野草の中には、強力な効果はないものの、日常生活で役に立つ効能の薬や飲食物に加工できるものも多く、目についたら収納スキルで回収しながら町へと向かう。

まさに道草である。

道端に生えている一見雑草に見える薬草を摘んで、鑑定のスキルを使ってみる。

自分のステータスやインベントリ・リストを見る時と同じように、俺にしか見えない半透明の画面に、鑑定の結果が表示された。

ITEM

ヤーロ草

レアリティ	品質
E	普通

効果：止血／解熱

用途：調合に用いる、食用可能だが不向き

備考：どのような環境にも適応しやすく生命力、繁殖力が強い
僅かではあるが魔力を含むため、ポーションの素材にもなるが効果は高くない
花を含め全ての部位が使用可能

鑑定スキルは、こんな感じで対象の情報を知る事のできる便利なスキルだ。

しかし、鑑定スキルは魔力を使って対象を解析するスキルなので、魔力を具現化することのできない俺は、自分が触れている物にしか鑑定のスキルが使えない。

俺の鑑定スキルは、知能の高低関係なしに意思のあるものには効果がないようだ。つまり生きているもの以外の、生物なら死んでいるもの限定になる。もちろん、死んでいると言っても、収納スキルと同じで、アンデッド系の魔物には効果がない。

そしてこちらも収納スキルと同じく、植物や微生物は意思がないものとして判定されるらしく、精霊や魔物の類に分類されるものでなければ鑑定できる。また、魔力を消費する事により、対象を

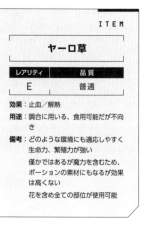

より詳しく知る事もできる。

ちなみに、生きている物も鑑定できる上位の鑑定スキルも存在し、この上位の鑑定スキルの所持者はかなり稀少《レア》である。他人のギフトやスキルまで見る事のできる鑑定スキル持ちは、教会や役所に高待遇で勧誘されるそうだ。

多少制限のある俺の鑑定スキルだが、すごく便利なスキルには変わりない。

鑑定スキルは、前世の記憶が戻る前からすでに発現していたが、スキル値が低かった事もあり、何となくわかる程度の効果で今のように可視化もされていなかった。

しかし、前世の記憶が戻り、前世の知識が流れ込むと同時に、鑑定の精度が飛躍的に上昇し、今のように鑑定結果が自分限定で可視化されるようになった。

魔力が使用者の想像力に影響される特性がある事から考えると、おそらくは前世の記憶にある〝ゲーム〟のイメージの影響を受けているのだと思っている。レアリティの表記なんか、まさしく前世のゲーム画面のそれである。

道端に生えている植物や、落ちている石も立派な素材だ。鑑定スキルで品質も確認できるので、回収した素材の品質を確認しながら、収納にポイポイと放り込んでいく。ここら辺で採取できる物の品質は〝普通〟～〝上〟の物が多いようだ。

ITEM

陽輝石

レアリティ	品質
E	上

属性：無

効果：痛み止め／魔力触媒

用途：調合、魔力付与などに用いる

備考：太陽の光から魔力を僅かながら吸収し蓄積した石

ITEM

マロ草

レアリティ	品質
E	上

効果：皮膚再生

用途：調合に用いる、食用可

備考：水はけが良く日当たりが良い場所を好む

僅かではあるが魔力を含む為、ポーションの素材にもなるが効果は高くない

葉と茎は食用可、花は茶にすると咳止め効果有

ITEM

ヨモ草

レアリティ	品質
E	普通

効果：解毒

用途：調合、料理に用いる

備考：どのような環境にも適応しやすく生命力、繁殖力が強い

料理、薬用に使えるが、魔力を蓄積しやすく、ポーションの素材にも向いている

葉と茎は食用可、花は茶にすると咳止め効果有

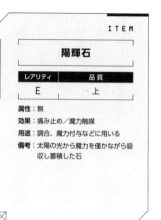

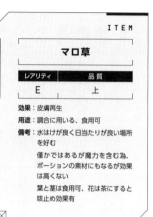

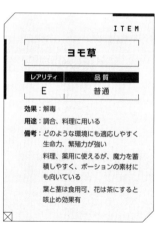

こういった感じで、鑑定スキルは素材集めととても相性がいいので、とても重宝している。この鑑定スキルの便利さも、つい素材を貯め込みたくなる原因の一つである。

そうやってのんびりとした歩みで町に到着したのは、太陽の位置が真上に近くなる頃だった。

◆◆◆

今世、俺の住んでいる国はユーラティア王国という。大陸の西側に位置し、豊かな森と肥沃《ひよく》な大地を領土に持つ大国だ。

そのユーラティア王国の王都ロンブスブルクから、街道沿いに東へ馬車を二週間ほど走らせた所にあるソートレル子爵《ししゃく》領の町ピエモン。王国の東側の田園地帯から森林地帯への境目に位置する町だ。そこが俺の家から一番近い町だった。

国境へと続く街道沿いの町ということもあって、王都から離れた田舎町といえど、そこそこの人と物の行き来がある町である。森林地帯へ向かえば魔物も生息しているため、町には小規模ながら冒険者ギルドもある。

また、辺境地方との中間点にもあたるので、物流の拠点として商業ギルドと宿場街もあってそれなりに賑《にぎ》わっている町だ。

適当な店に入って昼飯を済ませた俺は、冒険者ギルドへと向かった。

こちらに来て住居の手入れを優先したため、一度も足を運んでいなかったが、活動拠点を近くの町に登録し直しておいた方が便利なので、この町のギルドの様子見も兼ねて冒険者ギルドを訪ねた。

昼過ぎのギルドは、冒険者達も出払い閑散としている。受付のおねーさんが、人もまばらなロビーの受付カウンターに暇そうに座っていた。

まずはおねーさんに声を掛けて、活動の拠点を以前登録していた王都の冒険者ギルドからピエモンのギルドへと変更の手続きを申し出た。

冒険者ギルドは、魔物の討伐や護衛から調査や素材の収集、町や家屋の清掃まで様々な仕事——主に力仕事を請け負って、登録をしている冒険者達に仲介してくれる場所だ。各国の首都にその国の冒険者ギルドの本部があり、各地に支部が置かれている。

登録している冒険者にはランクがあり、仕事の達成状況でランクが上がったり下がったりする。ランクは個人を特定できる魔道具のギルドカードで管理されており、国境を越えて冒険者ギルド全体で情報が共有されている。

仕事をどんどんこなせばランクは上がるし、失敗したり依頼人や他の冒険者とトラブルが多かったりすると、ランクを下げられる事もある。

冒険者ギルドは様々な素材の売買もしており、こちらから素材を持ち込んで売るだけではなく、持ち込まれた素材を市場に出す前に安めに売ってもらうこともできる。

他にも、手数料はかかるが別の町の冒険者ギルドへの輸送サービスや、預金口座サービスもある。

活動拠点として登録した町のギルドに、自分宛ての荷物を輸送して預かってもらえるのは、あちこち遠出の多い冒険者にはとても重宝する。

Bランク以上になると、少し高めの保証金がかかり荷物のチェックも厳しくなるが、自分の身元や活動拠点を相手に知らせず荷物のやり取りをできたりもする。

この国の通貨は硬貨なので、大量に持ち歩くのは重量面にも安全面にも難があるため、冒険者ギルドでは金銭の預かりサービスもやっている。預けたお金は、どこの冒険者ギルドの支店でも引き出す事ができるし、遠方のギルドや依頼人から受けた依頼料をギルド経由で受け取ることもできる。

ちなみに冒険者ギルド以外にも商業ギルド、運送ギルド、土木ギルドなど他のギルドでも同じようなサービスがある。

ここらへんのサービスは、ギルドに登録していなくても利用できるが、登録しないで使うと保証金の意味合いもある手数料がバカ高くなる。

本拠地を変更するための書類を記入して、ギルドカードと共に受付のおねーさんに渡すと、カードを見て驚いた顔になった。

「Bランクの方ですか!?」

「あぁ、近くに越して来たので、この町を活動拠点にしようと思ってね」

「うちの支店は高ランクの方が少ないので、Bランクの方に拠点にしてもらえるととても助かります」

おねーさんの表情がとてもキラキラしている。

あまり強い魔物のいない地方では、活動する冒険者が多くなく、それに比例して高ランクの冒険者も少ない。どうやらピエモンも例外ではないようだ。

「Bランクだが、そんなに強くないので期待しないでくれ」

これは謙遜ではなく本音だ。

「それにまだ越して来たばっかりだし、自宅も町から離れてるので、しばらくはそんなに仕事しない予定かな」

「そうですか……残念ですね。気が向いた時でいいのでC～Bランクの依頼を受けていただければ助かるのですが」

「生活が少し落ち着いたら協力させてもらうよ」

当たり障りのない返事をしておく。

しかしあまり依頼を受けないでいると、ランクが下げられる。それが長期間ともなると登録抹消になる事もあるので、合間を見て余っていそうな依頼を受けようとは思っている。

ギルドに登録していると貰えるギルドカードは、身分証明書にもなるし、Bランクの冒険者だとそれなりに信用度も高いのであると便利なのだ。

冒険者ギルドのランクはFから始まって最高でSまである。ただし、Sランクの冒険者は全世界を見回っても両手で数えられるくらいしかいない。

Sランクに次ぐAランクの冒険者も、ほとんどが大規模な都市や、実入りの多い魔物が生息する地域、ダンジョンのある地域に集中して滞在している。

ピエモンのようなダンジョンもなく、魔物も多くない地域では、Bランクの冒険者ですら高ランク扱いされることが多々ある。

高ランクの冒険者が少ない支店は、その少ない高ランクの冒険者に高ランクの依頼が集中して、スケジュールが過密になりやすい。

それはできるだけ避けたい。登録者の少ない冒険者ギルドは、結構な確率でブラックな職場になる傾向がある。

チラリと依頼の張り出されている掲示板を覗《のぞ》いて、残っているCランク以上の依頼を確認する。

張り出されているのは、Bランクでもそう難しくないものばかりだったので、次に来た時にまだ残っていたら受けるくらいでいいかな。

冒険者ギルドでの用事を終わらせた後は、商業ギルドへと向かった。

商業ギルドは商人のためのギルドだ。以前から小遣い稼ぎの露店を出したりもしていたので、商業ギルドにはすでに登録はしてあるが、出店するためには各都市で商業ギルドへの申請が必要だ。

店舗を構えず、マーケットエリアでの露店の出店だけなら比較的安い年会費で商業ギルドの会員になれる。

せっかく生産向けのギフトがあるので、たまに露店を出しての小遣い稼ぎは以前からの趣味だ。

ちなみに、商業ギルドのランクは、商業ギルドに支払う登録料と年会費で変わってくる。年会費を多く納めるほど、商業的な特権が増えてくるのだ。

ただし、SランクやAランクといった高位のランクになるには、登録料と年会費だけでなく、実績と有力者からの推薦、一定の規模の店舗もしくはキャラバン隊としての登録も必要になってくる。

俺はせいぜいバザーで露店を出すくらいなので、登録料も年会費も安い、最低ランクのEである。

商業ギルドのランクは取引先との信頼にも関わるので、大手の商会や貴族と取り引きするのならある程度のランクまで上げた方がいいのだが、露店しかしないのなら最低ランクで十分である。

ピエモンへの登録移転の申請が終わってギルドカードも更新してもらい、商業ギルドの掲示板を確認する。掲示板には、登録されている商店からの取り引き案内や求人、バザーやフリーマーケットの予定などが張り出されている。

毎月五の付く日に行われるバザーに出店の申し込みをして、商業ギルドを離れた。

商業ギルドを出たあとは、食料品と日用品の買い出しのため、市場へと向かった。あまり人口の多い町ではないので市場の規模はそう大きくないが、大きな街道沿いの町ということもあって、品揃《ぞろ》えは悪くない。

野菜、調味料を中心に買い物をし、ついでに畑に植える野菜の種をいくつか購入した。

買い出しも無事に終わり、ピエモンの町を出て家路についた。

王都方面へ続く大きな街道をしばらく進み、自宅のある森へと続く道の分岐手前まで来た時、街道の道のど真ん中に大きな影と砂煙が見えた。

目を凝《こ》らすと、砂煙の中に巨大な生物が二匹絡み合っているのが見えた。

なんだ？　あれは。

街道のど真ん中で砂埃《すなぼこり》を上げて絡み合っている二匹の大型の生物が目視できた。近づくにつれ、それが大型の猪と蛇だとわかった。

「グレートボアとロックパイソンか」

二匹の魔物はどうやら戦いの真っ最中のようだ。

魔物同士が縄張り争いで戦うというのはよくあることだ。おそらく近くの森にいたのが、戦っているうちに街道まで移動してきてしまったのだろう。

とは言えこんなところで戦われては通行の邪魔だ。どちらも魔物素材としての価値もあるし、肉は食用にもなるので、ここは漁夫らせていただくことにしよう。

グレートボアは約三メートル弱、ロックパイソンは全長二十メートル近くありそうだ。

ロックパイソンは長い体でグレートボアを絞め上げようとしているが、グレートボアはその巨体と怪力で、巻き付こうとしているロックパイソンを引きずりながら、勢いをつけて付近の岩や木に体当たりしている。

このまま戦い続けられると、グレートボアの毛皮やロックパイソンの皮といった外皮素材が傷つき、価値が下がってしまうのでさっさと倒してしまおう。グレートボアもロックパイソンもCランク程度の魔物なのであまりは強くない。

剣を抜いて身体強化のスキルを発動し、二匹の魔物が戦っているところに乱入した。

勢いをつけて高く飛び上がり、ロックパイソンの首を狙って体重をのせ剣を振り下ろす。その名の通り岩のように硬いロックパイソンの表皮だが、たやすく切り裂いてスッパリと首を落とした。

さすが、硬さと切れ味に定評のあるアダマンタイトの剣だ。

今まで体に巻き付いていたロックパイソンから解放されたグレートボアが、乱入者である俺の方に意識を向ける前に、グレートボアの首も一気に刎《は》ねた。何が起こったのか理解できていない表情で、グレートボアの首が地面に転がった。

剣を軽く振るって刃についた血液を落とし、取り出した布で汚れを拭ってから鞘《さや》へと収めた。

そして、地面に転がっているロックパイソンとグレートボアの死体を収納スキルで回収したところで、街道の脇で道から外れ脱輪して傾いている幌付きの馬車に気付いた。

あちゃー、誰か戦っていたのか？　収納スキルを使うところを見られたかもしれない。まぁ、少しでっかいマジックバッグと言ってごまかそう。

それより、誰か先に戦っていた人がいたとなると、こちらが横殴りしたことになるから面倒くさいかな？

周りを見渡すが、ぱっと見人影はない。

道から外れ、段差に車輪がはまって傾いた幌馬車と、足を怪我《けが》して動けない様子の馬が路肩で立ち往生しているだけだ。

馬車は魔物二匹の戦いに巻き込まれたようだ。

倒れた馬車から投げ出されたのか、それとも逃げたのか。ロックパイソンに丸のみされた可能性もないとは言えない。

とりあえず馬車の持ち主を探すことにした。

町の外で、魔物や野盗に襲われ運悪く全滅した現場を発見した際、そこに残されている遺品は発見者が回収して自分の物にして問題ないとされている。

野盗に襲われた場合、価値のある物はほぼ残っていない事が多い上に、持ち主を探して返却するのも手間がかかるからである。

しかし、町に近い場合は身元が判明する可能性も高く、後のトラブルを回避するために町を警備している兵団や冒険者ギルドに届けて、可能なら遺族に引き渡すこともある。その場合、あらぬ疑いを掛けられる事例もあり、どちらにせよ面倒である。

面倒さを感じながらも馬車の持ち主が生きているなら、この状況で放置して去るのも後ろ髪を引かれるので、馬車の周りを探してみる事にした。

幸い御者らしき人物は、すぐに見つかった。

道から外れ傾いた馬車の御者台から投げ出されたのか、道から外れた草むらの中に小柄な少年が倒れていた。

気を失っているが、生きている。顔と腕に擦り傷や、地面に落ちた時できたと思われる打ち身の痣《あざ》は見えるが、特に大きな外傷もないようだ。

抱き上げて馬車の近くまで運び、収納からマントを取り出して地面に敷いてその上に寝かせた。

荷台の荷物を見た感じ、商人だろうか。脱輪して傾いた衝撃で荷崩れを起こして、荷台の中に荷物が散乱しており、破損している物もある。

時間は夕刻近くなので、このままここにいたら日が暮れてしまう。とりあえず、足を怪我している馬の所に行き、馬を落ち着かせながら、いったん馬を馬車から外し、傷口にポーションをかけた。

賢い馬で助かった。馬は手当てされているのがわかるのか、大人しくされるがままになっている。

収納から桶《おけ》と水の魔石を取り出して、桶の中に水の魔石で水を注ぎ、それに体力を回復するポーションを加えて馬に与えた。

馬が水を飲んでいる間に、脱輪して傾いている馬車を、身体強化のスキルを使って持ち上げて道に戻した。道端に寝かせていた御者らしき少年を馬車の荷台に乗せ、馬を馬車に繋ぎ直す。脱輪していた車輪も、特に壊れている様子はなく普通に走れそうだ。

他に近くに人がいないか探してみたが見当たらなかった。少年はまだ目を覚まさない。太陽は西の山にかかり、空はオレンジ色になり始めている。

どうしたものかな。

商人のようなので商業ギルドに連れていけば、このまま目を覚まさなくても、身元はわかるかもしれない。日暮れまでには家に帰りたかったけれど仕方ないな。

「お前、馬車を引けるか？」

別に返事を期待したわけでもないが、馬に話しかけるとブルルンと元気よく首を振った。どうやら、馬車を引いてくれるようだ。

御者台に座って手綱を握り馬車でピエモンの町へと引き返し、町の入り口に近づいた頃、荷台から甲高い声が聞こえてきた。

「うわあああああああああ!!」

馬車を道の端に寄せて止めて御者台から中を覗くと、少年が目を覚ましていた。

「お、起きたか？」

「うわあああああ!!　商品がああああ!!　え？　ていうか誰？　そういえばでっかい魔物が！」

「おちつけ、魔物は倒した。荷物は馬車が傾いて荷崩れしていた。とりあえず日が暮れそうなのでピエモンの町に向かっている。あと、俺は通りすがりのただの人だ」

「え？　あ？　通りすがりのただの人……？　って、あのでっかい魔物を倒したのですか!?」

「ああ、グレートボアもロックパイソンもデカイだけでそう強くない魔物だからな。ところで、とりあえずピエモンに向かってるが問題ないか？」

「あ、はい。ピエモンの町に帰る途中だったので。えっと、助けてくれた？　んですよね？」

「あぁ、ちょうど通りかかったからな」

「ありがとうございます！　……っ、あいたたたたたたっ！」

少年が立ち上がろうとして、膝を曲げて悲鳴を上げた。

「馬車が傾いて投げ出されたようだったから、その時に怪我したのだろう。ヒーリングポーションだ、使うといい」

ポーチからポーションを取り出して少年に渡した。

「えぇ？　ポーション？　あ、ありがとうございます」

ポーションとは、魔力が含まれ即効性のある魔法薬の事を指し、多くの種類がある。飲むタイプが主流だが外傷には直接かけても効果は出る。

傷を回復するもの、魔力を回復するもの、体力を回復するもの、毒消しや麻痺回復などの治療用から、衝撃を加えると爆発するものや強く発光するもの、煙を出すもののような攻撃的なものまで多くの種類がある。

高価なものになると重傷に値する負傷も治すことができ、世の中にはエリクサーと呼ばれる、欠損クラスの負傷すら治せるというポーションも存在する。

「動けそうか？」

「はい、すみません、すっかりお世話になってしまって」

ポーションを飲んで回復した少年が、立ち上がってペコリと頭を下げた。

「僕、キルシェって言います。ピエモンの町で両親の店を手伝ってます。お礼がしたいので、このままお店まで一緒に来てもらえませんか？　ポーションのお代も払いたいので」

「たいした事してないからお礼なんていらないよ。ポーションも家の周りに生えてる薬草で作ったやつだし」

「え？　ポーションを作れるんですか？　っていうか家の周りに生えてる薬草!?」

うちの周りの森、薬草豊富なんだよねぇ……ポーション作り放題。

「ああ、うん。初歩的なポーションなら作れるよ」

「あの！　やっぱりこのままお店に来てください！　お礼もしたいし、商売の話もしたいです！　お願いします！」

その後も、子供とは思えないものすごい迫力で迫られ、結局根負けしてキルシェの両親が営んでいるという店まで行く事になった。

空の色は夕暮れ色から夜の色にグラデーションし始めていた。

◆◆◆

「俺はグラン、冒険者だ」

出会ったばかりの馬車の持ち主の少年に、簡単に自己紹介をした。

冒険者と言ってしまったが、ここ一か月以上冒険者ギルドの依頼を全くこなしていないので、無職みたいなもんだけど。

「冒険者さんでしたか。なるほど、だからあんなでっかい魔物も倒しちゃえるんですね」

キルシェと名乗った小柄な黒髪短髪の少年と馬車の御者台に並んで座り、彼の両親が経営しているという店へと向かっている。

「冒険者さんって事は、どこかの宿に泊まってる感じですか？」

「いや、近くの森の傍《そば》に家がある」

「え？　森の中？　森の中って魔物や獣がいっぱいいるのに⁉」

「いっぱいいかどうかはわからないが、多少はいるけどそんな強いやつはいないし、一応魔物避けの柵もあるから普通に住めるよ」

「そうなんですか、ポーションの材料も森で？」

「そうだな。ところでさっき言ってた商売の話ってポーション？」

商業ギルドに登録して、何かしら商売をしようかと思っていたところなので、実のところキルシェの言っていた商売の話は少し興味がある。ピエモンでは人との繋がりが全くないので、商人と縁ができるのは悪い事ではない。

「はい。ピエモンでずっと薬屋やってたお婆さんがもう年で、つい最近お店畳んでしまって……それで他に薬屋がなくて、今ピエモンはポーションが不足気味なんですよ。急遽うちで隣の町からポーション仕入れて取り扱うようになったのですけど、輸送の手間もあって割高になるし、供給できる数も多くなくて困ってるんです」

「なるほど、それで俺からポーションを仕入れたいと？」

「できればそうさせてもらえるとたすかります。でも冒険者さんなら、そっちがメインだと難しいですか？」

「うーん、条件次第かな？」

低レベルのポーションなら家の周りに生えている薬草でいけるし、高レベルのポーションで薬調合のスキルを育ててみるのも面白そうだから、条件が良ければポーション作りをするのもいいな。

「ホントですか!? あ、お店にそろそろ着きます！ 続きはお店で」


キルシェの両親が経営しているという店は、ピエモンの町では比較的大きな店構えで、地元住民向けの日用品を主に取り扱う店のようだった。

『パッセロ商店』

という看板が軒先にぶら下がっていた。

日も落ちて辺りは暗くなり、人通りも疎《まば》らになって店は閉店準備をしているようだった。

「ただいまー」

カランカラン、と、ドアベルを鳴らしながらキルシェが店のドアを開けた。

「おかえりなさい、キルシェ。遅かったわね」

中から若い女性の声が聞こえた。

「帰る途中で魔物が街道にいたんだ」

「ええ？　そんな……怪我はなかったの？　大丈夫？」

「うん。たまたま通りかかった冒険者のグランさんに、助けてもらってなんとか帰って来れたんだ。お礼しようと思ってお店まで来てもらったんだ。グランさん、僕のねーちゃんのアリシアです」

店の中から、長い黒髪がゆるくウェーブした、ナイスバディで優しそうな顔の、めちゃくちゃ美人な女性が出て来た。

優しそうな鳶《とび》色のタレ目に、ぷっくりとしたツヤツヤの唇、その右下には色気を倍増させる艶《つや》黒子《ぼくろ》、そしてなんだそのけしからんバストは！

つまり、大人の色気出しまくりの、ダイナマイトボディの美人である。

「はじめまして、キルシェの姉のアリシアです。妹を助けていただいたみたいで、ありがとうございます」

黒髪巨乳美人のアリシアが頭を下げると、ぽよんと揺れる胸に目がいく。俺がスケベなのではなく、これは男の本能だ。

「いえ、たまたま通りかかって魔物がいたから倒しただけなので……って、え？　妹？」

今、妹って言ったよな？

「街道沿いが安全だって言っても、女一人は危ないから、仕入れに出る時は男っぽい恰好してるんです」

キルシェが苦笑いしながら頭を掻《か》いた。

「グランさん、中で待っててもらっていいですか？　急いで荷物を降ろしてくるよ。ねーちゃん、グランさんに応接室で待っててもらってて、できればとーちゃんにも聞いてもらいたい話あるんだけど」

「お父さんはまだ具合悪くて起きれそうにないから、もう店じまいだし私が一緒にお話を聞くわ」

「うん、わかった。じゃあ荷物降ろしてお店を閉めるから、グランさんとねーちゃんは先に応接室で待ってて」

「荷物を降ろすのなら手伝うよ。女性一人で降ろすのは時間がかかるだろう」

決して、美人なアリシアの前でいい恰好をしたかったわけではない。女の子一人に力仕事させるのは、紳士としてよろしくないと思っただけだ。決して、巨乳美人の前でいい恰好をしたかったわけではない。決して。

「じゃ、じゃあお願いします！」

馬車から荷物を降ろして店の中に運ぶ作業など、身体強化のスキルがあれば楽なもんである。荷物を降ろし終えて店を閉め、キルシェに案内された応接室に行くと、アリシアが紅茶を用意して待っていた。

「すみません、お店の事なのに手伝っていただいて」

「いえ、冒険者なので力仕事には自信があるので」

別にデレデレなんてしていない。男が力仕事をするのは当たり前だ。そう、当たり前なのだ。

案内された部屋で、キルシェと向かい合ってソファーに腰を掛け、キルシェの隣にアリシアが座る。

「改めて、グランさん、今日は助けていただいてありがとうございました」

キルシェが丁寧に頭を下げ、一緒にアリシアも頭を下げる。

「妹が大変お世話になりました」

「それで、お礼の件なんですけど、お金かもしくはお店の商品で何か気に入った物があればと」

とキルシェに言われたものの、特に金が欲しいわけでもなく、欲しい物もすぐに思いつかなくて困る。

こういう時は素直に金銭を貰うのが無難なのだろうが、相手が商人——しかも見た感じ、この町では結構大きい店のようなので、コネクションに利用させてもらう方がいいのではなかろうか。

「そうだな……俺はまだこっちに越してきて日が浅い、何かしら商売でもしようと思って商業ギルドに登録はしてるのだが、まだ何をするかまでは決めてないんだ」

何か職人みたいな事がしたいなとは思っていたのだが、こっちに来てから身の回りの整理ばかりしていて、その先を何も考えていなかったため、はっきりと何をするかまで思い至っていなかった事に気付いた。

「バザーで露店でもしようかと思っていたのだが、よければこちらの店の一角を貸してもらって、委託販売というのはできないだろうか？　もちろん場所代は払う。そうだ、さっき話してたポーションでもいい」

「えぇ？　むしろポーションはこっちがお願いしたいくらいで、委託ではなくて買い上げで、纏めて売ってほしいくらいなんですけど」

「それでもかまわないよ。じゃあポーションは買い上げてもらう事にして、他に何かある時に、場所を借りて委託販売お願いするという事でいいかな」

「えぇ、むしろそれだけでいいんですか？」

「あぁ、ちゃんとした商売なんてこれまでやった事がなかったからな。露店をやりつつ模索しようと思っていたところなんだ。冒険者と兼業のつもりだったから、軒先でも借りられるならありがたいかな」

「そういうことなら！」

「グランさんはポーションが作れるんですか？」

キルシェの横で話を聞いていたアリシアに訊《たず》ねられた。

「ハイポーションくらいまでならいけるかな。エクストラポーションは作れない事はないが、材料が厳しいしスキル的に品質も低くなりそうなので、それならハイポーションの高品質の方がコスパ良く安定して供給できると思う」

「ハハハハハイポーションまで作れるんですか!?　薬師《くすし》じゃなくてグランさん冒険者ですよね？」

アリシアの声が裏返った。

「冒険者をやってるとポーション代もバカにならないので、材料があれば自分で作ったりもするんだ」

そのせいで勝手にスキルが上がるので、冒険者の中には本業薬師もびっくりなくらい、薬調合のスキルが高い者もいる。

「これが自作のポーションになるけど、鑑定スキルがあるなら鑑定してみてくれ。品質は悪くないはずだ」

ポーチの中から、ポーションを数種類取り出してテーブルに並べた。

「鑑定スキルなら、私もキルシェもありますので、早速鑑定させていただきますね」

さすが商人、鑑定スキルは普通に持っているようだ。

「ヒーリングポーションにヒーリングハイポーション、マナポーション、解毒ポーション、疲労回復に麻痺回復……どれも高品質ですね……」

「これだけ作れるなら、うちの町にいた薬屋の婆さんよりすごいっていうか、隣の町で仕入れてくるのより品質が高い」

アリシアとキルシェが顔を見合わせる。

「「うちと正式に取り引きしてください!!」」

二人の声がハモった。

「材料の供給次第なとこもあるから、あまり大量には無理だが可能な限りで」

「強い魔物も少ない地域ですし、人口もそんな多くない町で冒険者の方も多くないので、大量ってほど需要はないですよ。普段はハイポーションより普通のポーションの方が需要は多いですね。あとは、高齢の方が多いので疲労回復のポーションや滋養強壮の薬、蛇や虫の毒が解毒できる下級の解毒ポーション等の需要が多いです」

キルシェの説明が終わると、アリシアがとても眩《まぶ》しい笑顔を向けてきた。

「キルシェ、契約書を取ってきて」

「はーい」

「それでは、細かい数字を詰めていきましょうか?」

アリシアの目がキラリと光った気がする、これは商人の顔だ。

アリシアは、お店の看板娘的なおっとり系巨乳おねーさんだと思っていたのだが、商売の話になると、前世の記憶にあるところの、バリバリのキャリアウーマン系だった。ビシッとしたスーツのタイトスカートに、ハイヒールとか似合いそう。

そのハイヒールに踏まれたいとかなんて事は、決して思っていない。

そんな煩悩にまみれた想像をしているうちに、ニッコリとした一見優しい笑顔でさくさくと話を進められ、気付けばがっつりと詰められた契約書が出来上がっていた。

「すっかり遅くなってしまいましたね。ご自宅は町の外なんでしたっけ。でしたら今日はうちに泊まって行ってくださいな。もちろん、夕食も用意しますのでご一緒にいかがですか？」

笑顔に勝てなくてあっさり承諾してしまった。おそるべし、巨乳美人。

夕食の席で、キルシェとアリシアが、彼女達の両親とその店――パッセロ商店について話してくれた。

パッセロ商店の店主こと、キルシェ達の父親のパッセロさんは、少し前から体調を崩して倒れ、寝込んでいるらしい。母親もその看病に手を取られ、今のところ店はキルシェとアリシアで何とか回しているそうだ。商品の仕入れも元は父親がやっていたが、父が倒れてからはキルシェがやっているということだ。

キルシェ達の母親が夕食前に一度顔を出しに来たが、その表情は看病疲れからか憔悴《しょうすい》しきっていた。医者に見せても原因がよくわからないそうだ。

病の類はポーションや回復魔法で治療できないので、医者に頼るしかない。

しかし、前世の世界ほど医療技術が発展しておらず、医者の数も少ないこの世界では、平民は技術の高い医療を受けられる機会が少なく、病理も判明せず治療が難航することが多い。

上位の鑑定スキルの中にはそういった病を解析できるものもあるが、かなりのレアスキルだ。

俺の使える鑑定もそうだが、キルシェやアリシアの鑑定スキルも生命活動をしていないものが対象なので自我のある生き物には効果がない。

俺にはどうすることもできないので、早い回復を祈るしかない。

そんな話を聞いた翌朝、キルシェの店で売っていた調合用の大型鍋にすり鉢とポーション用の小瓶を購入して帰路《きろ》に就《つ》いた。

◆◆◆

パッセロ商店に定期的にポーションを買い取ってもらう事になったので、今日はポーションの材料確保と作成をしなければならない。

ピエモンでの需要は冒険者向けより住民向けのものが多いようで、効果はほどほどで安めのものが好まれるとの事。

また、ヒーリング系のポーションより体力回復用ポーションの方が需要があるらしい。付近にあまり強い魔物がいないせいで、冒険者向けでもハイポーションまではあまり必要なく、値段の安い通常のポーションの方が人気らしい。

帰りの道すがら、収納スキルで保存している素材の一覧を表示しながら考えて、近所で手軽に確保できる素材を材料にしたポーションを作ることにした。

収納スキルで保存している中にポーションの素材になるものは数多くあるが、継続して納品することを考えると、遠くまで材料確保に出向かないといけない素材より近場で間に合うものにしたい。

それに、高すぎる効果は求められていないので、コスパ優先で可能な限りの品質アップを目指す事にした。

ポーションの素材は案外身近にあるもの——道端に生えている植物など——もポーションの材料になったりする。

日当たりのいい場所にならわりとどこでも生えているヤーロ草やマロ草、ナズ草はヒーリングポーションの材料になる。どこでも見かけると言えばヨモ草もそうだ。こちらは解毒ポーションになる。

あまり好んで使う人はいないが、土を掘り返せばどこにでもいるミミミズという手のひらサイズのミミズの魔物も解毒ポーションの材料になる。

ポーションの素材は、素材に込められる魔力の量に比例して完成した時の効果も決まる。つまり、魔力を多く込められる素材ほど効果の高いポーションが作れるのだが、値段も比例して上がっていく。

そこで、込める魔力を水増しするために触媒となる魔力を内包した素材を使うこともある。しかし、触媒を多く入れすぎると元の素材が魔力に耐え切れず失敗してしまうので、加減が重要である。

その触媒となる素材は、ぱっと見はその辺で拾える石ころだが、太陽の光の魔力を溜め込んでいる陽輝石《ようきせき》というものである。日当たりのいい場所ならわりとどこにでも落ちている。

こういった素材は身近にたくさんあるのだが、意外と知られていない。鼻歌交じりに素材を回収しながら自宅へと帰ってきた。

◆◆◆

帰宅してまずやること。昨日倒してそのまま収納スキルで回収した二頭の血抜きである。

ロックパイソンの内臓や骨はポーションの材料になり、肉は食用になる。ついでに皮や牙も服飾の素材として需要があるが、馬鹿デカいのでとても面倒である。

首を刎ねたロックパイソンの死体を適当な長さに切って敷地内の大きな木に引っ掛け、ついでにグレートボアも血抜きのために木に吊《つる》しておく。

庭が少し血生臭いが、後で上から土をかけておけば魔物避けの柵があるのでそうそう魔物は入ってこないだろう。

ロックパイソンとグレートボアはいったん血抜きのために放置して、ヒーリングポーション作りへ。

ヒーリングポーション用に採ってきたヤーロ草、マロ草、ナズ草はどれも内包魔力が少ないので、陽輝石を混ぜて魔力を水増ししなければならない。

陽輝石をポーションにするには粉末状にしなければいけないので、これを粉砕する作業に入る。

とはいえこれは分解スキルでいけるので楽である。

この分解スキル、分解以外に粉砕にも使えるので、岩石を粒状にすることもできる。どのくらい細かく分解できるかはスキルの成長具合に依存している。

ただ細かく分解するだけならそんなに難しくはないが、複雑な分解や魔力が多く含まれる素材ほど難しくなる。石を粒状に粉砕するのは今のスキルの成長具合ならそんなにたいしたことはない。

ちなみにこの分解スキルも、生きている者には効果がない。生きている者にまで効果があると最強クラスの攻撃スキルとなるのだが分解スキルの効果が及ぶ範囲は例によって収納や鑑定と同じ、意思を持たないものたちだ。

大きな器の上で陽輝石を両手で掴み、魔力を流して粒状にしていくだけの簡単なお仕事。感覚としては、砂の固まった柔らかい石を素手でほぐしていく感じだ。

それが終わったら、パッセロ商店で買ってきた大きなすり鉢に、よく洗ったヒーリングポーション用の薬草を入れ、魔力を込めながらゴリゴリとすり潰していく。様子を見ながら陽輝石の粉末を少しずつ加えて、ペースト状になるまでひたすらすり潰す。

魔法は使えない体質だが、こういった物に直接触れて魔力を流し込む作業は得意な方だと思う。魔力も有り余っているので、延々と作業ができる。

滑らかになるまですり潰したら、これもまたパッセロ商店で買ってきた大きな鍋に水の魔石から出した魔力の籠もった水を張り、薬草と陽輝石をすり潰してペースト状にしたものを入れて、含まれている魔力が均等になるように調整しながらグツグツと煮込む。

一時間ほど煮たところで火を止めて冷めるまでそのままにして、先ほど血抜きのために放置していたロックパイソンとグレートボアの所へ。

収納から取り出した敷物の上に血抜きの終わったロックパイソンを下ろして、解体作業に取り掛かる。魔物解体用の大きなナイフを手に持ち、〝解体〟のスキルを使いながら部位ごとに丁寧にバラしていく。

この〝解体〟はクリエイトロードのギフトの恩恵を受けるスキルで、魔物を捌いたり建築物を解体する作業などが非常に効率的になる。

解体のスキルが高いと、硬い魔物の肉にも柔らかい粘土でも切るようにスッとナイフが食い込み、まるで手引きでもされているかのようにスイスイと、切り分けたい部分にナイフが入っていく。

分解と解体は何となく似ているが、分解の方は魔力を使ってバラすスキルで、解体の方は物理でバラす技術のスキルである。

ロックパイソンが終わったら、次はグレートボアも解体する。

どちらの解体も終わったら、ロックパイソンの内臓以外は収納空間に放り込んでおいた。

ロックパイソンの内臓は、肝臓は毒消しに、それ以外は疲労回復効果のあるポーションの材料にする予定だ。

だが、そのままでは使えない。

ポーションにするにはカラカラに乾燥させて粉末状にしてから使うのだが、これらを乾燥させるのはとても時間がかかる。

そこで収納スキルである。

新しく収納空間を作り、そこにロックパイソンの内臓を収める。俺の収納空間内部の時間経過は、任意で加速減速できるのだ。

このあたりの作業は〝インベントリ・リスト〟を開いて、ゲーム感覚で操作しながらできる。我ながら便利でズルいスキルだと思う。

ロックパイソンの内臓を入れた収納空間の時間経過を加速にして、乾燥を待つ間に再びポーション作りに戻る。

冷めるまで放置していた、鍋に入っているヒーリングポーションを、パッセロ商店で買った小瓶に小分けして、出来上がったものは確認のため鑑定しておく。

ITEM

ヒーリングポーション

レアリティ	品質
E	特上

効果：傷回復D

用途：軽度の傷の回復と痛み止め効果

副作用：なし

普通〜上品質の薬草と陽輝石を使ったけれど、出来上がったポーションの品質は特上だった。

ポーションの品質には素材の状態と調合時の魔力操作が影響する。素材の状態が一定以上なら、魔力操作次第で特上品質のポーションを作る事も可能である。そこらへんを含めての調合スキルである。

もちろん調合スキルが低く、魔力操作の技術が足りなければ、いくら状態のいい素材を使っても、出来上がったポーションの品質は低くなる。

そして、魔力を多く含み効果の高いポーションの素材は、要求される調合のスキルと、必要な魔力操作の技術が高くなり、失敗しやすくなる。

俺くらいの半端なスキルだと、無理して高いスキルを要求されるエクストラポーションを作るより、普通のポーションやハイポーションで特上品質を目指す方がコスパもいいし効果もバラつきなく安定する。しかも、今回は普通のポーションでいいので特上品質を作るのは楽なのだった。

ちなみにポーションは効果によって大きく三段階に分けられており、効果がC以上の物は俗にハイポーションと呼ばれ、A以上でエクストラポーションと呼ばれている。

ヒーリングポーションが出来上がったので、次はヒーリングポーションと同じ手順で、ヨモ草を使った解毒用のポーションの作成に取り掛かった。

ヨモ草がたくさん自生していたので、今回はミミミズは捕ってこなかった。

途中で腹が減ったので簡単なものを作ってつまみつつ、ポーションを作る作業を続けた。

一人暮らしだと、つい食事が疎《おろそ》かになりがちである。

解毒ポーションも出来上がったので品質を確認しておく。

さすがのヨモ草、どこにでも生えているレア度の低い薬草なのに、効果がD＋＋だ。

ヨモ草はわりとポピュラーな毒消しの薬草で、ポーションにしなくとも解毒効果があり、丸薬や軟膏にしたり、煎じてお茶として飲んだりする馴染みの深い薬草だ。

手軽に手に入るわりにはその解毒効果は高く、解毒ポーションの素材の中で最もコスパのいい素材の一つである。

ITEM

解毒ポーション

レアリティ	品質
E	特上

効果：解毒D＋＋
用途：軽度の毒の解毒
副作用：なし

解毒ポーションの作成が終われば、次はロックパイソンの内臓をポーションにする作業に移る。時間を加速させておいた収納空間から取り出したロックパイソンの内臓は、いい感じにカラカラに干からびていた。

これらをすり鉢ですり潰して粉状にして、あとは他のポーションと同じように触媒になる陽輝石の粉と混ぜて煮詰めると完成である。

まずは肝臓から。これは解毒ポーションになる。同じ毒消しポーションでもヨモギ草よりロックパイソンの肝臓から作った物の方が効果は高い。

そして、心臓。これは疲労回復系のポーションことリフレッシュポーションになる。肝臓以外の他の部位もリフレッシュポーションになるが、心臓だけは他の部位より特に効果が高いので、心臓だけ分けてポーションにする。

残りの部位もポーションにして品質を確認したら、今日のポーション作りは終了。

ITEM

解毒ポーション

レアリティ	品質
D	特上

効果：解毒C
用途：中度の毒の解毒
副作用：なし

ロックパイソンの肝臓から作った毒消しポーションを鑑定すると、これも特上品質だった。

ロックパイソンの肝臓から作った解毒ポーションは、通常は効果Dのポーションなのだが、特上品質になると解毒効果がCになり、ポーションでもハイポーション並みになる。よって表記上は特上品質の通常のポーションでも、取り引きする際の扱いは通常品質のハイポーション相当だ。

ITEM

リフレッシュポーション

レアリティ	品質
E	特上

効果：体力回復D
用途：軽い疲労回復
副作用：なし

ITEM

リフレッシュハイポーション

レアリティ	品質
C	上

効果：体力回復B－
用途：高い疲労回復効果
副作用：なし

　心臓以外の内臓から作ったリフレッシュポーションの品質は特上だったが、心臓から作ったリフレッシュハイポーションの品質は上だった。

　やはり効果の高い素材で安定して特上品質のハイポーションを作るのはまだ安定していないようだ。効果はB－《マイナス》なので、おそらくは特上に近い上なのだろうが、ハイポーションも安定して特上品質で作れるようになりたいところだ。

　ピエモンは、ハイポーションよりただのポーションの方が需要があるようなので、この上品質のリフレッシュハイポーションは自分用かなぁ。

　出来上がったポーションを収納スキルに収め、キッチンを片付けて外を見ると、すっかり夕暮れ時である。

せっかくコンロは三つあるのに大きな鍋が一つしかないので、一種類ずつしか作れなくて時間がかかってしまった。

パッセロ商店へ行った時に大きな鍋を追加で買って来るかなぁ。

しかしキッチンがそこまで広くないので、あまり大量の物を作るのに向いていない。そこでふと思い出したのが母屋の隣の倉庫だった。

あそこ、改装するか。

◆◆◆

ポーション作りを一日で終わらせた翌日は、作ったポーションをパッセロ商店に納品するために朝からピエモンの町に来ていた。

パッセロ商店に到着した時は開店準備中だったようで、キルシェが店の前の掃き掃除をしていた。

この世界には珍しい、女性のショートカットでボーイッシュな恰好をしているが、改めて見ると女性らしい整った顔立ちだ。

それに、黒髪に鳶色の目という配色が前世で暮らしていた国の住人のそれと近い配色な事もあり、なんとなく親近感が湧く。

そのキルシェがこちらに気付いて手を振った。

「グランさん、おはようございます！」

「おはよう、キルシェ。ポーションが出来上がったから持ってきた」

「え？　昨日の今日でもう!?　中で確認するので入ってください」

促されて店の中に入ると、アリシアが商品を棚に並べているところだった。

「おはよう、アリシア」

「おはようございます、グランさん」

相変わらず、輝かしい笑顔と、けしからんまでの巨乳である。

「ポーションを持って来たので、確認をお願いしたい」

ポーションをマジックバッグから取り出して、種類ごとに分けてカウンターに並べた。

「早速これだけの量を納品していただけるなんて、在庫があったのですか？」

「いや、材料が近場ですぐ集まる物ばかりだったので、昨日まとめて作ったんだ」

「こんなにたくさん、しかも特上品質ばかりで助かります。これだけあれば一週間は在庫が持ちそうです」

「じゃあ、また一週間後に同じくらいの数を持ってくればいいかな？」

「お願いします。それでは、確認して代金を用意するので、少々お待ちになってください。キルシェ、開店準備お願いね」

アリシアを待ちながら、店の商品を眺めていると、カランカランとドアベルの音がして男が一人店に入って来た。

「すみません、まだ開店してないので少々お待ち……あら」

「やぁ、アリシアさん。開店前の忙しい時にごめんね」

「ロベルトさん、おはようございます。ちょっと待ってくださいね」

「あれ、開店前なのにお客さん？」

俺より頭一つ背の低い、茶髪の細い男と目が合ったので、軽く会釈しておいた。

「いえ、新しい取引先さんです。ポーションを定期的に売ってもらう事になったんです」

「へー、ポーションを？　今日はそのポーションの話で来たのだけど、もしかしてもう仕入れは間に合いそうなのかな？」

「はい、おかげ様で、十分な量の高品質ポーションを売ってもらえそうなので、商業ギルドさんのお手を煩わせなくてよさそうです」

「そうでしたか。それなら僕はこれで失礼しますね。パッセロさんが復帰されるまで大変だと思いますので、またお困りでしたらいつでもどうぞ」

ロベルトという男はそう言って、こちらをチラリと見て店を出て行った。

「今の人は？　ポーションの話がどうとか言っていたけど？」

「はい。ロベルトさんは商業ギルドの職員の方で、うちがポーションの仕入れ先を探していると知って、一緒に探してくれていた方です。なかなか条件に合う仕入れ先が見つからなくて、少し離れた大きな町の薬屋に一緒に直接交渉に行かないかって話だったのですが、グランさんに引き受けていただいたおかげで、遠くまで足を運ぶことにならなくて済んで良かったです」

遠くの町に一緒にねぇ……。

できるだけ意識しないようにはしているが、やはりアリシアの巨乳に意識がいく。

「日帰りでいけない距離の町に、ねーちゃんと二人で行こうとか、下心しかない奴だよ！」

キルシェがぷんぷんと息を荒くしながら、床の掃き掃除をしている。

「そうは言ってもね、キルシェ。グランさんに会えなかったら、ポーションの仕入れがままならなくて、うちだけじゃなくて町の人達も困るとこだったのよ。グランさんがいなかったら、商業ギルドに頼るしかなかったのよ」

アリシアが頬に手をあて、困ったように首を傾《かし》げた。

「ねーちゃんはもっと男を警戒するべきだよ！　この店に来る男なんて、子供から年寄りまでねーちゃんの胸ばかり見ているんだから！　ねぇ？　グランさんもそう思うでしょ!?」

俺に振るな、俺に。

「まぁ……人それぞれじゃないかな」

その人それぞれに、俺も含まれるわけだが。

コホン。

アリシアが咳払いをした。

「グランさん、代金の用意ができましたよ。確認お願いします。それと領収書と納品書がないのでしたらこちらで用意しますので、サインをお願いします」

そういえば、商店と正式に取り引きをするならそういった書類も用意しないといけないのか。すっかり失念していた。

冒険者は、報酬や物品の買い取り価格から税金を引かれていたから、今まで全く気にしていなかったけれど、商売をするなら税金を自分で計算しないといけないのか……面倒くさいな。

しかし、領収書とか納品書なんて聞くと、生産者っぽくなった気分だ。

「そういえば、よかったらお裾分けなので、ご家族でどうぞ」

マジックバッグから、昨日解体したグレートボアの肉を取り出して、アリシアに渡した。

「まぁ、ありがとうございます」

「先日、キルシェが遭遇したグレートボアの肉だ」

「えぇ～？　馬車から落っこちてすぐ気を失っちゃったので、あまりよく覚えてないのですが、あのでっかい奴らですよね？　ボアだからイノシシみたいなほうですよね？」

「あぁ、蛇のほうもあるけどいるか？」

「蛇はちょっと……」

「蛇の肉は淡泊で結構うまいのに」

「おいしくても蛇は……ていうか、グランさんあんなでっかい魔物を解体したんですか？」

「あぁ、冒険者だからアレくらいなら解体できるよ」

「ほぇ～」

俺は収納のスキル持ちだからあまり関係ないが、収納系のスキルもマジックバッグもなければ、持って帰れる量に限りがある。どちらもない冒険者は、狩った獲物はできるだけ早く解体して、必要な部位を厳選しなければならない。解体の腕前は稼ぎにも直結するので、冒険者をやっているとある程度の解体の技術は自然と身に付くのだ。

「ところで、こないだ買った鍋と同じくらいのサイズか、それより大きいくらいの鍋が欲しいのだが、在庫はあるだろうか？　あとポーション用の小瓶も欲しい」

ポーション用の小瓶は、ポーションの品質保持のために〝停滞〟という劣化防止効果が付与された専用の瓶が使われる。

ポーションを取り扱っている商店が専用の瓶も取り扱っている事が多く、使用済みの小瓶は買い取って浄化して再利用される。

ポーションは自分でも使うし、商店に定期的に売る事を考えたら少し多めにストックしておくに越したことはない。

「あります、あります！　お肉を貰ったからその分値引きします！　いいよね？　ねーちゃん？」

「もちろんですよ、今後とも御贔屓《ごひいき》に」

肉は差し入れだったんだけどな？　結局こちらがオマケしてもらう形になってしまった。

全く知らない土地に来て、知り合いがゼロからのスタートだったけれど、早々に感じのいい姉妹と仲良くなれてよかった。

◆◆◆

パッセロ商店にポーションを納品して家に戻ってくるとまだ昼前だった。少し早いけれど先に昼飯食って、前から考えていた倉庫大改装計画に取りかかろうかな。

ピエモンの町で買ってきたサンドイッチを取り出して齧《かじ》りながら、思いつくままに紙にメモをしていた改造計画と設計図を確認する。細かいところを練り直し、収納空間にある素材と照らし合わせて準備を始めた。

母屋に隣接している倉庫は石造りの屋根裏付きの二階建てで、地下室もあり高さにも広さにもゆとりがある。地下室は少しだけ修理をしてスライムの飼育場、一階を作業場にして二階を冷蔵の倉庫に、屋根裏は冷凍倉庫に、という予定だ。

結構な数の魔石と素材と手間がかかりそうだな。

検索スキルで収納空間の中に収めてある素材類の在庫のリストを開いて、倉庫を改装できるくらいの素材は十分ある事を確認した。レンガとか建材とかは引っ越し前に多めに購入しておいたので、まだまだ余裕がある。

快適マイホームのためには手間を惜しみたくない。

前世で暮らしていたのは国土の狭い国だったので、今世に比べてこぢんまりした家が多く、俺が住んでいたのも狭い集合住宅だった。

今世でも、田舎のあまり裕福ではない平民の生まれで、実家はそこまで大きくなく兄弟も多かったので、自分だけの空間というものはほぼ無かった。

だから、ようやく手に入れたこの自分だけの広い土地と家を好き勝手弄るのは楽しくて仕方ないのだ。自分の手で少しずつ、手探りながら自分好みの空間に仕上げていくのがとても楽しい。

さぁ、頑張って改装するぞーーーーー!!

まずは一階にレンガで大型の窯というか、調合用の大鍋が複数使えるサイズのキッチンを作ることにした。

母屋のキッチンと同じく、火を使わないで炎の魔石を使った、前世の記憶にあるクッキングヒーターをイメージしたものだ。一度母屋のキッチンで同じものを作っているので、同じ要領でサクサク作れる。一度作ったものなら二回目以降やたら簡単に作れるのも、ギフトの恩恵なのかもしれない。

母屋のキッチンと同じく、内側は断熱効果を付与したレンガを積み上げて周りは熱と衝撃に強いレンガで囲む二重構造。複数の調合作業を同時進行できるようにコンロは四つ配置した。

その横に作業スペースとツルツルしたタイルで流し台を作る。

ちなみに、レンガやタイルの固定は、分解スキルで貝殻を粉々に粉砕して燃やして作った灰と砂を水で捏ねた漆喰《しっくい》もどきでやっている。

貝は貝でも魔物の貝なので、その素材は魔力を含んでいる。魔力を含んでいる物は合成スキルで強引に加工が可能なのでとても楽である。合成スキルで纏めて固めてしまうと、乾燥の待ち時間がなくなるので、作業がはかどりまくるのだ。

そして、火も水もその属性の魔石で事足りるからとても便利だ。

コンロの炎も、蛇口から出る水も全て魔石が解決してくれる。こういうところは前世より今世の方が圧倒的に便利で楽だ。

キッチンが完成したら、壁に分解スキルで穴を開けて排気用の窓を作り、洗い場からの排水は家の裏にある下水処理用のため池に流れるように排水溝を作った。

排水用の溝も、魔力の消費は激しいが分解スキルでボコボコと地面に溝を掘ればそんなに時間はかからない。

合成スキルで無理やり土と粘土を混ぜ合わせた物を使って、掘った溝を岩盤のようにしてコーティングした。

合成スキルは魔力を含んでいる物の形を変化させたり、他の物質と合体させて別の物質を作り出したり、物質の構成を組み替えて変化させる事ができる非常に便利なスキルだ。非常に便利ではあるのだが魔力の消費が激しいため、乱用すると疲労を感じてしまう。

前の住人が母屋に残していった使っていないテーブルと椅子と棚をこちらに運び込んで、鍋やら食器やらという器具をそこに収めたら調理場はだいたい完成だ。

まだまだ弄るところはたくさん残っているが、とりあえず形だけは何とかできた。これだけの事を前世の記憶となんとなくでやって一日でできてしまうのだから、クリエイトロードのギフトおそるべし。

熟練職人ほどの出来ではないけれど、そこまで悪い出来ではないと思う。むしろ手作り感ある方が、スローライフっぽい？

ここまで作ったところですっかり日も落ちて薄暗くなってきたので、改装作業はここまでにして続きはまた明日に。

夜は、ピエモンで五の付く日にある〝五日市《いつかいち》〟という、バザーに出店するための商品作りをする。夕飯と風呂を済ませたら自分の部屋に戻り、せっせとアクセサリーを作っては夜が更けていった。

◆◆◆

翌日も早朝から倉庫改装作業の続きを始めた。今日は倉庫の二階を冷蔵倉庫に、屋根裏部屋を冷凍倉庫に改造するのだ。地下はスライムの飼育場にする予定だが、これはスライムを捕まえてきて水槽を並べるだけなのでいつでもできる。

冷凍庫をどこにするかは最後まで悩んだのだが、どうせ全ての壁に断熱効果を付与してしまうので屋根裏に追いやってしまう事にした。

まずは下に冷気が漏れないように、断熱効果を付与できる素材で一階と二階から上を仕切る。

二階と屋根裏部屋の床は、エンシェントトレントの材木で作った板を隙間なく敷いた。石造りの壁には、エンシェントトレントの樹皮を壁紙代わりに同じく隙間なく張り付けていく。

この床板や壁紙の貼り付けには、エンシェントトレントの樹脂から作った接着剤を使った。

冒険者として活動していた時に、アホのように大発生したエンシェントトレントを狩る機会があり、その時の素材をほぼ残していたのでエンシェントトレント素材には困らない。

ちなみに、エンシェントトレントとは、動き回る木の魔物で、サイズは樹齢によってかなり幅がある。

エンシェントトレントの素材は魔力を取り込みやすく、付与素材に適しているので、木工製品の素材としても、建材としてもとても人気がある。

床、壁、天井とエンシェントトレントの素材を張ったら、隙間をエンシェントトレントの樹脂で埋めていく。

そして、張り付けた素材全てに断熱の効果を付与する。

断熱はよく防具に付与される効果で、炎や冷気に対する耐性が上がる効果だ。トレント素材は防具にもよく使われ、断熱とは相性のいい素材だ。

二階と屋根裏に断熱を付与したら、それぞれの入り口にこちらもエンシェントトレントの材木で作って同じく断熱を付与した扉を付ける。最後に氷属性の魔石を取り付けて、温度設定の魔道具と組み合わせたら完成。

冷蔵と冷凍の倉庫は作ったけれどまだ入れる物がないので、出番が来るまでは魔石を起動させないでおく予定だ。氷の魔石は水属性の上位の魔石になり、他の属性の魔石に比べて魔力の消費が激しいので、節約のため使う時まで起動はしないでおく。

エンシェントトレントの樹皮を壁紙代わりにしたせいで壁の表面がガサガサなので、はやめにスライムを養殖してスライムゼリーでコーティングしてしまいたい。

丸二日かけて倉庫の大改装は完了。あとは使いながらその都度手を加えて行く予定だ。そして、明後日はピエモンの五日市に出店するので、次はその売り物も作らないといけない。

あれ？　なんか冒険者をやるより忙しい気がしてきたけど？

いや、きっと家の改修が落ち着いたらのんびりできるはず。

◆◆◆

世の中には魔法が使える人と、魔法が使えない人がいる。

そして魔法が使えない人は、魔力があるのに魔法が使えない人と、魔力がほとんどないもしくは全くない人の二種類いる。

ちなみに俺は魔力があるのに魔法が使えない系だ。

魔法とは、魔力を目に見える形に具現化したものだ。

魔法には魔導と魔術とあり、自分の魔力をイメージから直接具現化させ魔法を使うことを魔導といい、魔法陣や詠唱、触媒などを使って魔力を具現化させて魔法を使うことを、魔術という。

同じ魔法でも魔導として発動するより、魔術として発動した方が魔力の消費は抑えられる。しかし、魔法陣や詠唱などの予備動作を必要とせず魔法を発動できる魔導は、魔術の上位互換というのが世間一般の認識だ。

ただし、己の魔力だけでは具現が難しい上位の魔法を、詠唱や魔法陣、触媒を併用して使うことは少なくない。

一般的に魔法とは魔導を指す事が多い。

しかし実際には少し違う。イメージと魔力に余裕があれば、魔術の知識がなくても魔法は使える。

逆に知識がなければ魔術で魔法は使えない。

この魔術というやつ、知識さえあれば魔法が使えなくても魔力がある者なら一部扱う事ができる。

そして、魔石を動力源に使えば、魔力がない者でも魔法と同等の効果を再現することができる。

魔力を蓄積できる素材に、魔法陣や文言を書き込み魔力を与える事で、その素材に相応の効果を与える事を〝付与〟という。

簡単な効果なら、付けたい効果に適応した素材に、効果をイメージしながら相性のいい属性の魔力を込めるだけでいい。どの程度の効果が付与できるかは、製作者の付与のスキルに依存する。

複雑な効果の付与や制作者の技量を上回るような付与は、魔術のスキルで魔法陣やそれに類する文言を付与対象に刻む必要がある。

魔法陣や文言と併用することにより効率が上がるので、簡単な付与でも付与スキルだけよりも魔術スキルと併用するのが普通だ。

これらの技術で作られた道具は魔道具と呼ばれ、攻撃的な物から守りの要になる物、人々の生活にも関わる日用品まで幅広く存在している。また、魔道具以外にも付与は至る所に使われ、人々の生活に浸透している。

武器や防具、装飾品などにも付与が施される事が多く、冒険者の俺も付与付きの装備には何度も助けられている。

俺の場合、魔力はあるのだが魔力回路がないため、魔術として魔法陣や詠唱を使っても魔法として魔力を具現化することができない。しかし、触れている物には魔力を流す事ができるので、魔力を使った付与や物の加工、身体の強化などはできる。

俺の持っているスキルにも魔力を消費する物が多いので、魔法が使えないからといって魔力があることが無駄なわけではない。

しかしその魔力を使うスキルも、俺自身もしくは俺の触れた物に対して発動するものばかりである。

俺のような、魔力があっても魔法を使えないという人は案外少ない。魔力を持つほとんどの者は、どんなに細くても魔力を具現化させる魔力回路を持っている。

その証拠に、〝生活魔法〟と呼ばれる僅かにしか魔力を消費しない簡単な魔法は、広く人々の間でも使われ生活に浸透している。

もちろん俺はその生活魔法すら使えない。

まぁ、使えないものは使えないので、やさぐれていても仕方ない。

それに、付与を使って色々な物を作るのは性に合っていて楽しいし、付与やスキルに使いまくっても、そうそう枯渇することがないくらいの魔力がある。魔法に未練はあるけれど今はそれでよしと思っている。

「ふんふんふん～♪」

鼻歌を歌いながら、魔法銀と呼ばれる魔力を帯びた銀を、魔力を加えながらグネグネと変形させて指輪の形にしていく。そして、その銀の土台が柔らかいうちに、細工用の針でささっと魔法陣を書き込んだ後、小さな土の魔石をはめ込む。

「できた！　名付けて、重力の指輪！」

指輪が触れた物体の重量を少しだけ軽くする効果のある指輪だ。

魔法銀の指輪に刻まれた魔法陣は重力操作の効果を付与して、土の魔石がその動力源になっている。非力な女性向けのアクセサリーで、魔石のおかげで装着者に魔力がなくても効果は発動する。

ITEM

シルバーリング

レアリティ	品質
E	マスターグレード

素材：魔法銀／魔石〔土〕
状態：良好
耐久：14
魔石魔力：9／9
<付与効果>
・重量軽減　レベル1
備考：重量軽減効果が付与された魔法銀製の指輪

鑑定してみると品質はマスターグレード――つまり高品質だ。

装備品の品質はノーマルグレード↓ハイグレード↓マスターグレードと分類されるのが一般的で、後者になるほど品質は高い。同じ素材の装備品でも品質が高いほど性能は良くなり、高い付与効果を付けやすくなり、更には耐久度も高くなる。

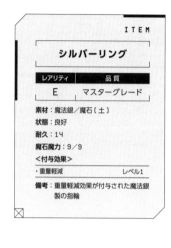

明日はピエモンで五の付く日に開かれるバザー「五日市」の日なので、今日は五日市に参加するための売り物を作っている。

特殊な効果を付与したアクセサリー作りはわりと好きなので、楽しんで作業をしている。アクセサリーを作るのも楽しいし、あれこれ効果を付けるのも楽しい。たまにやりすぎて方向性が迷子になることもある。

ピエモンではどのような物に需要があるのかいまいちわからないので、今回は様子見を兼ねて思いついた物を色々と作っている。

魔力を帯びた糸で織られた布に氷属性で冷却効果を付与した「ひんやりハンカチ」

イヤリングに風属性の魔石を嵌《は》め込んで音の感知能力アップを付与した「聴力アップのイヤリング」

光属性の魔石をあしらって幻惑効果を付与した、肌が少しだけ白く見える「美白のサークレット」

などなど、気休め程度の属性耐性や身体強化効果を付与したアクセサリーを商品として用意した。

ピエモンのバザーは初参加だから、どれくらい売れるかもわからないのでそんなに数は作らない事にした。売れ残ったらキルシェとアリシアにあげよう。

◆◆◆

商品作りが一段落したところで昼食を簡単に済ませ、気分転換に午後は森に散策へ行く事にした。

途中で休憩のとれる場所があればそこでおやつタイムを取るのも悪くない。と、サンドイッチを作って収納空間に収めておいた。

俺の家のある辺りは広大な森の入り口付近である。

奥の方は地元の住人や冒険者もあまり踏み込まないようで、何があるのかさっぱり情報がない。

昔はうちよりも少し奥の辺りまで開拓され農場もあったらしいが、たいした産業もないピエモン周辺から景気のいい大きな町に引っ越す者が増え、町から離れた場所では高齢化が進み後を継ぐ者もおらず、一時は開けていた土地も人手不足で放置されて再び森に飲み込まれてしまったらしい。

その証拠に、森に入ってしばらく進むと、元は農場だったと思われる建物や柵の残骸が、木々に飲まれながらも点在している。

あまり強い魔物もいないので冒険者としての稼ぎも微妙な場所ではあるが、植物系の素材は豊富だ。

高価な素材はないが、森の中で採取できる薬草の品質は森の外のものより良い物が多い。ポーションには向かないが、薬の元になる薬草も多く生えているので、散策しながら摘んでおく。

時々現れる魔物や獣も倒して収納スキルで回収。収納空間にはいくらでも突っ込めるので、あっても困らない。

いつか何かで使うかもしれないから、とりあえず拾っておくに越したことはない。

片付けができない人間の考え方な自覚はあるが、今は収める場所もあるしでついつい残しておいてしまう。まぁ、そのおかげで家の改装の素材には困らなかったりしたので、あながち悪い事ではないと思っている。

森の奥へと進んでいると、急に森が開け小さな湖に出た。

そして、その湖のほとりで水を飲んでいる白馬が目に入る。

水辺にいる野生の白馬は、十中八九魔物である。

これ、冒険者の基本。

白馬がこちらの気配に気付いて顔を上げて目が合った。その額には一メートルほどの黒っぽい角が一本生えている。

ユニコーンという魔物だ。

見た目は美しい白馬のようだがとんでもなく凶暴だ。そして、馬の癖に人型の種族の処女が好きだという性癖の持ち主だ。

処女には媚《こ》びるが、それ以外に対しては激しい敵意を剥《む》き出しにして長い角で串刺しにしようとしてくる。強い部類ではあるが、対処方法を知っていたらあまり苦労もなく撃退できる類《たぐい》の魔物だ。

目の前にいるユニコーンも、例に漏れず敵意を剥き出しにして角を突き出し突進してきた。

腰に下げていた剣を抜き、身体強化のスキルを発動、突進をひょいっと横に避け、すれ違いざまに根本から角を切り落とした。

ユニコーンは額の角を失うと、再び角が生えてくるまではただの白馬になってしまう。

俺に角を切り落とされたユニコーンは驚いた表情をした後、悲しそうな表情になり森の中へと逃げるように消えていった。

魔物がいる森の中、目立つ白色のただの馬として頑張って生き延びてくれ。

それにしても、あまり強い魔物がいない森だと思っていたが、ユニコーンなんか棲《す》んでいたのか。

切り落とされて地面に転がっているユニコーンの角を回収して鑑定をする。

ITEM

ユニコーンの角

レアリティ	品質
S＋	特上

属性：聖／闇
効果：精神防御S／状態異常回復S＋／浄化S＋
用途：調合、細工、付与等に用いる
備考：高い状態異常耐性と浄化作用を持つ素材

ユニコーンの角は、高位の状態回復ポーションの材料や万能薬の材料にもなるし、特殊効果を付与した装備に加工することもできる、とても優秀かつ高額で取り引きされる素材である。

品質も特上だし、ちょっと近所を散策のつもりだったが運がいい。ホクホク気分で回収したユニコーンの角を収納の中に放り込んだ。

お高い素材も手に入ったし、景色もいい場所なので、ここらでおやつ休憩にしよう。保温効果のある水筒を取り出してコップに紅茶を入れ、手ごろな石の上に腰を下ろし、収納空間から昼に作ったサンドイッチを取り出した。

さて、食べよう……としたところで間近に気配を感じて横を向くと、真っ白い大きなカモシカのような生き物が俺の真横に座っていた。

「ふおっ!?」

めちゃめちゃびっくりした!!

てか、こんな間近に接近されるまで全く気配に気付かなかった!?　攻撃されなかったから良かったものの、おやつの準備に夢中でこんな大きな生き物が真横にくるまで気付かないなど、冒険者としてまだまだ未熟だということか。

黒くて長い立派な角を持った真っ白い大きなカモシカは、何をするでもなく真横に座っている。足を折って座り込んでいるのに、目線は石の上に座っている俺と同じくらいの高さである。デカイ。

おそらく獣ではなく魔物なのだろうが、敵意はなさそうに感じる。

そして、その至近距離で見られると非常に食べにくい。

「食うか？」

サンドイッチをカモシカの前に差し出した。ちなみにサンドイッチの中身は、レタスと鹿肉で作ったハムである。

共食いに近いような気もするが、そのカモシカは気にする様子もなくサンドイッチにパクリとかぶりつき、もしゃもしゃと満足気に食べ始めた上に、食べ終わると催促するように鼻を鳴らした。

仕方なく残りのサンドイッチも渡すと嬉しそうにたいらげた。

くっそ、俺のおやつが。

サンドイッチをカモシカに取られてしまったので、収納空間から安い板チョコレートを取り出して齧り始めた。ついでに、収納空間から深めの皿とミルクを取り出してカモシカの前においてやる。

余談だが、この世界のチョコレートは前世のチョコレートに比べて酸味が強く舌触りも悪い。つまるところ、製造過程の技術が前世に比べて圧倒的に低いということだ。

その上、砂糖が割高のため、平民向けの菓子は砂糖控えめでチョコレートもあまり甘くない。しかし、チョコレートの原材料であるカカオはこの世界では気付け作用が強いため、チョコレートは冒険者の携帯食として好まれている。

カモシカがミルクをたいらげた後、チョコレートにも興味を示したので、仕方なしに残りのチョコレートを渡した。食い意地張りすぎだろ。前世の記憶で、修学旅行先にいた観光客慣れしまくった図々しい鹿を思い出した。

というか動物にチョコレートはダメな気がするけれど、魔物だからセーフなのか？　いや魔物じゃなくても、野生動物を餌付けしたらだめだよな？

くそ、つぶらな瞳で、こっちを見るんじゃねえ！

野生動物にはエサをやらない方がよかったのかもしれないが、こうも近くで催促されるとついあげてしまう。なんだかんだで、前世では動物好きだったのが今でも時折出てくる。

「もう、ないぞ」

そう言って、残った紅茶をすすっていると、カモシカが立ち上がり頭を地面に何度かこすりつけた。

ポロン。

カモシカの頭に生えていた二本の黒い立派な角が根元から折れて地面に転がった。

「え？　ちょ？　お前、角折れて大丈夫なのか？　ポーション使うか？」

びっくりして思わずマジックバッグからポーションを取り出そうとした。

魔物のいる森の中で生きている以上、これだけ大きければこいつ自身も魔物だと思うが、カモシカにとって角は重要な武器のはずだ。

それを失うと、生存率も変わってくるだろう。

え？　さっきのユニコーン？　先に攻撃してきたのは奴だから知らん。ついでに処女好きとかいう、変態ロリコンエロオヤジみたいな性癖だし、情けはない。

ポーションを使おうとしたら、白いカモシカはぶるんぶるんと頭をふって、短く鳴いた。するとカモシカの角のあったあたりがポワァっと白く光り、立派な角がニョキっと生えてきた。

そして、カモシカはもう一度短く鳴いて、折れた角を残してそのまま森の方へと去って行った。

「なんだったんだ、あのカモシカ。森の主か何かか？」

カモシカの残した二本の角を拾い上げ鑑定スキルを使ってみた。

ITEM

シャモアの角

レアリティ	品質
S	上

属性：聖／土／水／光
効果：毒耐性S／麻痺耐性S／浄化／土・水・光耐性
用途：調合、細工、付与等に用いる
備考：高い浄化作用と土、水、光耐性を持つシャモアの角。毒と麻痺にも耐性がある。

カモシカかと思ったらシャモアだった。えらく立派な角を置いて行ったけど……やはり森の主かなんかだったのだろうか。

羚羊《レイヨウ》系の魔物の角は優秀なポーション素材になる。おやつのお礼かな？　ありがたく頂いておこう。

ちょっと散策のつもりだったが、優秀な素材が立て続けに手に入ったし、薬草や食材も確保できたので大満足だ。

おやつタイムを終えた俺は、今日はここで自宅へと引き返すことにした。

結構広い森だし、奥の方にはもしかすると強い魔物もいるかもしれない。そのうち泊まりがけでもっと奥まで探索してみるもの良さそうだ。

また何か珍しい素材に出合えるかもしれない。

少し、わくわくした思いを残しながら帰路に就いた。

さて、明日はバザー初参加だ、こちらも楽しみだ。

◆◆◆

ピエモンの町で毎月〝五〟の付く日に行われるバザー〝五日市〟。

今日はその五日市の日だ。

この世界の一年は前世と同じ十二か月に分かれていて、ひと月が三十日なので一年は三六〇日。

一週間は六日なのでひと月はちょうど五週間になる。

今日は五日市で露店を出すために朝からピエモンに来ている。申し込んだ時に貰った参加証を現場を仕切っている商業ギルドの役員に見せて、割り当てられた自分のスペースに行く。

自分のスペースに着いたら地面に厚手の布を敷いて商品を並べて、空き箱を椅子代わりにして腰を掛けた。商品が細かいアクセサリーばかりなので目立たないな。しかも並べただけだと効果もさっぱりわからない。どうしたものか。

というか値札を用意していなかった！　そして、前世も今世も本格的な商売なんてやった事ないからどうやって売り込めばいいのかわからない！

王都にいた頃にも何度かバザーで露店を出した事があったが、王都は人も多いし知り合いもいた。王都のバザーで露店をすると、だいたい知り合いがやって来て買ってくれていた。

全く知らない土地のバザーで露店をするのは、今回が初めてだ。ものすごいアウェイ感があって心細い!!

チラ見はしてもらえるけれど、見られるだけ！　売れない！　商売って難しい!!

結局、午前中は何も売れないまま昼を過ぎ、腹が減ってきたので作ってきたサンドイッチをマジックバッグから取り出して食べ始めたちょうどその時。

「あ、グランさん！　こんにちはー！」

聞き覚えのある声が聞こえてきた。

「五日市でお店を出していたんですねー」

「やあ、キルシェ」

手を振りながら近づいて来たキルシェに、手を上げて応えた。

「これ、グランさんが作ったのですか？」

キルシェが商品を覗き込みながら言った。

「あぁ、付加効果も付いてるけど、どうにも需要と合わないようでな」

「グランさん、アクセサリーも作れて付加効果まで付けれたんですか……。見た目も女性が好きそうなデザインだし、付加効果付きなら売れそうなのになー。どんな効果で、いくらなんですか？」

「この指輪とイヤリングは、気休め程度だが疲れにくくなる身体強化と属性耐性アップが付いて銀貨一枚だ。こっちのは、荷物が軽くなる効果が付いた指輪と聴力アップのイヤリングで大銀貨一枚だ」

値段設定はよくある銀製のアクセサリーと同じくらいで、少し大きめの魔石を使っているものはその分だけ高めの値段設定にしていた。

「え？　ちょ？　そんな効果が付いてるんですか!?　で、この値段!?　それもっとアピールしましょうよ!?　というかちょっと安すぎ!!」

「や、そう言われてもな。まず手に取ってもらえないというか、何というかこう声を掛けたりとかがどうも苦手で」

「なるほど、そういうことなら……」

キルシェが口の端を上げてニヤリと笑った。

「僕を売り子として雇いませんか？　これから三時間ほど銀貨三枚で！　僕が売ってみせましょう！

むしろ売れ残ったら全部買い上げてうちの店で売ってもいいくらいです」

「なんだって⁉　それならお願いしようかな」

全く人が来なくて午前中だけですでに気が滅入っていたので、キルシェの提案は渡りに舟だった。

しかも、売れ残ったら買い上げてもくれるなんて。

「じゃあまず、値段と性能が分かるようにしないと、それと安すぎな物は少し値段を上げましょう」

「十分この値段で利益あるし、今までずっと売れなかったのに、値上げしたらもっと売れないのでは？」

「いいえ、ちゃんと性能が伝われば売れるはずです。それに物の価値に対して正しい値段を付けるのは、その物と作り手に対する評価と敬意なのです。売るために安くすればいい、というわけではないのですよ」

いつになく強い口調で、キルシェが拳を握りなら熱弁する。

「商売の事に疎《うと》いからよくわからないのだが、材料費だけではなく、その物の価値に対して値段を付けろということか？」

「そうそう、価値があれば需要も上がり高くても売れるし、価値がなければ需要がなくて値段も下がるんです。価値のある物に、材料費だけ見て見合った値段を付けないのは、その物とそれを作った人に対する冒涜《ぼうとく》だと僕は思うのです！」

キルシェの気迫がすごい。Bランク冒険者の俺が気圧《けお》されている。

「では、さっそくやりますか！」

キルシェはポケットから紙とペンを取り出し、商品を鑑定してこちらに性能の確認をしながら、サラサラと値段と説明を書いていく。そして紙を器用に折り曲げて商品の側にわかりやすく置いた。

キルシェが設定した値段は俺が提示したものより高めなので、普通のアクセサリーの相場より高い。

キルシェは自信満々だが、材料費も安いし、細工もほぼ素人みたいなもんだし、付加効果も簡単なものなので、やはり高めだと売れないのではと不安になってくる。

不安な思いと同時に、キルシェの商人としての仕事ぶりにも興味があった。


二時間後、売り物が無くなった俺達は露店の後片付けをしていた。

「ふっふっふっ、やっぱり全部売れちゃいましたね！　僕の目に狂いはなかった！」

キルシェがドヤ顔で胸を張っていて、何だか可愛い。

「さすがだな、助かったよ、ありがとう。俺だけだときっと売れなかったよ」

あれほど見向きもされなかった俺の露店が、キルシェに売り子を任せてから二時間足らずで完売してしまった。

本業の商人の売り子に少しは期待していたが、こうもあっさりと売り切ってしまうとは思わなかった。

「いえいえ、お客さんに商品の性能さえ伝われば、買ってもらえる物ばかりだったから」

その……それを伝える事ができなくて午前中ずっと、閑古鳥《かんこどり》が鳴きまくっていたわけだが……。

人と話すのは苦手ではないが、得意というわけでもないし、こちらから積極的にいく方でもない。

見知らぬ人が一瞬足を止めた隙に声を掛けて売り込みをするというのは、俺には少しハードルが高かったようだ。

足を止めて商品を見る人には迷いなく声を掛け、見事に売り込んでいくキルシェの姿は、さすが商人といった感じだった。

小さな町の地元商店の娘だけあって、キルシェの顔見知りも通りかかる事が多く、それも流れるような会話で捕まえていた。商人としての知識や経験もあるのだろうが、本人の人当たりの良さも商人としての資質を大きく底上げしているのだろう。

今回はキルシェに頼る事になったが、次回は自力で売れるように頑張ろうとこっそり決意した。

「ところでグランさん、売り物にあった荷物が軽くなる指輪って、また作れたりしますか？」

「あぁ、魔法銀と土の魔石しか使ってないから、いつでも作れるよ」

「もしよかったら、二つほど売って欲しいです」

「わかった、次回のポーション納品の時までに作って一緒に渡すよ。だいたいのサイズはわかるかな？」

「はい、僕とねーちゃんので。父さんがお店に出られないから、どうしても男手がなくて力仕事もやらないといけないんです。だから、荷物が軽くなるなら楽になるかなと思って」

「なるほど。それじゃあ、身体強化も同時に付与しておこうか？」

「お願いします！　それとグランさんさえよければ、アクセサリーをうちのお店で売りませんか？　前に委託販売したいと言っていましたよね？　うちとしては委託じゃなくて買い上げでもいいです」

「うーん、そうだなぁ……。魅力的な話だけど、アクセサリーはしばらく五日市の露店でやろうかな」

今日の午前中のリベンジをしたい。キルシェの売り方を見る事ができたので、次に参加する時は自力で売ってみたいと思った。

「そうですか、それなら仕方ないですね」

「そうだ、今日手伝ってくれたお礼に何か奢《おご》ろう」

「え？　いいんですか？　じゃあお言葉にあまえて！」

「俺はピエモンの町に詳しくないから、キルシェの好きなとこで頼む」

「そういうことなら、まだバザーをやっているので、見て回りながら食べ物区画でおいしそうなものを探しましょう」

こうして、キルシェと一緒に五日市を見て回る事になった。

◆◆◆

「へー、ずいぶんいろんな物を売っているんだなぁ」

「ですです、バザーの日は他の町からの行商も来ますからね。掘り出し物も結構あるんですよ」

「掘り出し物！」

というわけで、キルシェに案内してもらい、バザーを見て回っている。

掘り出し物探しは前世でも好きだった記憶が残っている。もちろん今でも好きだ。

バザーはもう終盤になっているが、まだ何かが残っているかもしれない、そう思うと急に楽しくなってきた。

「そういえば、今日は店の方はいいのか？」

「はい、五日市みたいな大きいバザーのある日は、お客さんも少ないので、お店はねーちゃんに任せてます。それにこういう市を見て回るのも仕事のうちなんで」

ぶらぶらとキルシェと共にバザーの露店を見て回る。

特にこれと言った掘り出し物は見つけられないが、日ごろ見慣れない物も並んでいるので見ているだけでも楽しい。やはり、そうそう掘り出し物なんてないなと思い始めた頃……。

「これは……」

様々な異国の物を置いている露店にそれはあった。

今世ではなく、前世の記憶に残っている懐かしさを感じる商品が並べられた露店を見つけて、その露店を思わず見入ってしまった。

この国に住む者から見ると、単なる異国の物にしか見えないそれらは、前世の記憶がある俺にはとても懐かしい物だった。

「どうだい兄さん？　遠い国の品だよ」

いかにも旅の商人といったふうの中年の男性が店主のようだ。

「これはどこの国の物だ？」

「ずーっと東の方にある国の物らしいが、俺も隣国の港町で仕入れただけだから、詳しい事はよくわからないんだ。めぼしい物は売れちまったんだが、まだ少しは珍しい物は残ってるよ」

思わず手に取ったのは、横に長い木製の四角い枠の中に、複数の珠《たま》を串刺しにした細い木の棒が、等間隔に何列も並んではまっている品。

細い木の棒に串刺しにされた珠は、上段に一個、下段に四個というふうに区切られており、持ち上げれば串刺しにされた珠が動いて、ジャラジャラと音がする。

「ソロバンだ」

「兄さん、これを知ってるのかい？」

「ああ、本で読んだことがあるんだ」

前世の記憶とは言えないので、そこは適当なことを言ってごまかしておく。

「楽器かと思って買ってみたけど、どうにも売れなくてなぁ。安くしとくからどうだい？」

「よし、買おう。それと、そっちの瓶に入ってる黒い液体も東の国の物かい？」

　この露店の隅っこに置かれている、黒い液体の入った瓶を指さした。

「そうだよ、これも売れ残りなんだけど、安くするからどうだい？　豆から作った調味料らしいけど、匂いが独特で売れなくてね」

「ちょっと、嗅いでみていいかな？」

「いいけど、結構臭いよ？」

　そう言って、店主が瓶の蓋を開けると、独特の臭いが瓶から漂い出して来た。

「それも、買おう。その黒い液体は、それだけしかないのか？　あるなら、あるだけ欲しいのだが？」

「いやー、これだけしかないんだ」

「そうか。この黒い液体は、東の方に行くと手に入るのかな？」

「シランドル王国の東の方にあるオーバロって港町で、たまたま来てた遠くの島国の商人から買ったんだ」

　シランドルはこの国の東側にある隣国だ。

「なるほど、ありがとう。それと東の国の物で、麦に似てるけど、麦ではない穀物とかないかな？」

「穀物はないなぁ……オーバロまで行けばもしかしたらあるかもしれないが。そうだ、同じ商人から仕入れた酒ならあるぞ」

「何!?　それは透明で匂いが結構きついやつか？」

「あぁ、そうだ。少し高いけどどうだい？」

店主が取り出してきた酒は俺が予想していた物だった。

おそらく、俺が欲しいと言った穀物から造った酒だと思われることから、その穀物――〝米〟があるという事は、ほぼ確実になった。

「よっし、これも買った！」

「まいど！」

米が無かったのは残念だが、ソロバンと黒い液体こと「醤油」と米酒を購入して、代金に情報料分の色を付けてお金を渡すと、店主がオマケだと言ってでっかい種をくれた。ソロバンと醤油や酒を仕入れた商人から貰った物だそうだ。

鑑定してみると、俺の前世の記憶にある物に間違いないようだった。

聞いた事のない豆の名前が見えたので、これは前世の記憶にある、醤油の原料の〝大豆〟に近い豆なのだろう。

酒の方も、米から造った酒を〝ササ〟と言うこともあった記憶があるので、おそらく間違いないだろう。

それにしても、〝ササ〟という名前から、なんとなく俺と同じ世界を知っている者の気配を感じないでもない。

今世でも時折、前世の記憶を彷彿《ほうふつ》とさせるものに出合う事があるので、きっと俺と同じように、俺がいた世界の記憶がある者がいる、またはいたのだろうと思っている。

それは置いておいて、東の方に前世で暮らしていた国〝ニホン〟にあった食材に近い食材があるかもしれないということがわかった。

今までも前世の記憶にあるニホンの物を探した事はあったが、芳しい結果は得られなかった。ここに来て僅かながら情報を得る事ができたので、少し遠出になりそうだが一度赴《おもむ》いてみたい。

ニホンという国の住民はどこまでも食に貪欲だった。俺もまたその記憶が残っているので、やはり懐かしい味を求めてしまうのだ。

ITEM

ショウユ

レアリティ	品質
E	普通

原材料：ソジャ豆／小麦／塩／他
効果：料理に用いる
用途：穀物を原材料とした調味料
備考：塩分多め

ITEM

ササ酒

レアリティ	品質
D	普通

原材料：米／水
効果：飲用、料理に用いる
用途：米と綺麗な水から作られた醸造酒
備考：酒精は強めで独特の臭いがある

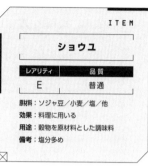

もし俺と同じくニホンの記憶を持ったままこの世界で生きている者がいれば、いつか会うことがあるのだろうか？

そんなことを考えて少しぼーっとしていたら、キルシェが先ほど買った物に興味を持っているようだった。

「グランさん、よかったらさっき買った物って何なのか教えてもらっていいですか？」

「ん？　ソロバンとショウユか？　あとササ酒か」

「はい、見た事ない物だったので、何に使うのかなって」

「なるほど、こっちの珠がジャラジャラ付いているのは〝ソロバン〟って言って計算をする道具だ」

「へー、こんなので計算できるんですか？」

「ああ、単純なわりに桁数が多い計算するのに便利だから使い方教えてもいいぞ。ソロバンは職人に頼めば作ってもらえるかもしれない、ダメなら俺が作ってみよう」

「作るって……グランさん器用すぎでは……。計算が楽になるなら、商人としてはぜひ覚えたいので、使い方教えてほしいです」

細かい作業になるけれど、時間をかければきっとソロバンも作れると思う。クリエイトロードさんと器用貧乏さんが何とかしてくれると信じている。

「で、こっちの黒い液体がショウユと言って豆を原料にした調味料だ。独特の臭いがあるけど美味い。それでこっちの酒は、コメと言う穀物から造った酒だ。酒精は強いがそのまま飲むだけじゃなく、料理にも使える」

「こんな真っ黒なのに美味しいんですね……っていうかグランさん物知りだなぁ」

「冒険者やってるといろんなとこに行くからな」

「冒険者だからですかー。色々な所に行った事あるのは、羨ましいかも。僕は店の仕入れで近くの町に行く程度なので、いつか遠くの町にも行ってみたいですね。商人としても色々見てみたいな」

「じゃあ、その時は俺が護衛しようか」

「……え？」

「遠く行くなら、護衛は必須だろ？　ここら辺はわりと安全だが、場所によってはこないだみたいな魔物がゴロゴロいるからな。こう見えても一応冒険者だから俺が護ってやるよ」

「え!?　え？　は、はい！　そ、その時はお願いします。あ、そういえばあっちに食べ物の屋台があります！　行きましょう！」

急に速歩で歩き出したキルシェを慌てて追いかけた。なんだ、そんなお腹《なか》が空いていたのか、買い物している間待たせて悪かったなぁ。


「グランさん、こっちです」

キルシェの後について食べ物の屋台が並ぶエリアにやって来た。

昼がサンドイッチだけだったせいでそれなりに腹も減っていたので、キルシェに勧められたものをガッツリと買った。約束通りキルシェには奢りだ。キルシェと並んでベンチに座って、買ってきた串焼きを頬張った。

「そういえば、さっき串焼き買った店で、こんなの貰ったんだけど？」

ピラリと一枚の紙をキルシェに見せる。

「あー、それは商業ギルドが出しているお店で買い物すると貰えるくじ引き券ですねー。僕もさっきお昼ご飯食べた時に貰いました。食べ終わったら、くじ引きやりに行きましょうか」

「そうしよう」

「それにしても、いっぱい食べるんですねぇ」

何本も串焼きを手にして口に運んでいる俺を見て、キルシェが目を丸くしている。

「これでも冒険者だからな、体が資本なんだ。それに、昼飯がサンドイッチだけだったから腹が減ってるんだ」

「いっぱい食べられると、あれもこれも味わえて羨ましいかも」

屋台で売っていた串焼きはボリュームがあるので、女性だと二、三本で満腹になりそうだ。色々と種類を多く食べるのはきついだろう。

「まだ、手つけてないやつあるけど少しずつ食べる？　残ったらは俺が食うから、それなら色々食べられるだろう？」

「え？　だだだ大丈夫です！　自分の分だけで、お腹いっぱいになったので!!　それにグランさんお腹空いているんでしょ？　僕を気にせず食べてください」

「そうか？　もっと早く分けて食べればいいって気付けば、キルシェも色々食べられたのにな」

「いえいえいえいえいえ、また次の五日市で食べますから」

そんな他愛のない話をしながら屋台で買った串焼きを食べ終えた後は、くじ引き会場へと向かった。

くじ引き会場へ行くと、バザーも終盤のためか景品はほとんど残っていなかった。

「まだ、特賞は残ってますね」

「いや、あれはちょっと」

確かに特賞は残っていたが……。

ぶらーん。

と、保冷効果のある魔道具に吊されているのは、三メートルを超える魔物の肉の塊。

血抜きと内臓を処理され毛皮が剥《は》がされた、ブラックバッファローと呼ばれる水牛の魔物が、特賞としてくじ引き会場のド真ん中に吊されていた。

ブラックバッファローは成獣になると五メートルを超えるので、ここにあるのは幼獣のものだろう。

いや、しかしこれは当たっても困るのではないだろうか。血抜きと内臓の処理はされているとはいえ、解体するのにも手間がかかる。というか、原形を留《とど》めている状態で皮が剥がされているので、なかなかグロい。

「どうせ特賞なんて当たらないから」

フラグではない。

確かにフラグなんてなかった。

俺はくじ引きの箱から白い玉を引いて、無事に粗品のお菓子を貰った。

そして次はキルシェがくじを引いた。

「あ……」

くじ引きの箱から手を引き抜いたキルシェの手には、金色の玉が握られていた。

「おーめでとうーございまーいまーす!!」

カランカランカランカランカラン!!

「大当たりーー!!　特賞のブラックバッファローの肉一頭分でーーすーー!!」

くじ引き会場の役員の男性が、カランカランと大きなベルを派手に鳴らすと、周りから「おーーーーーッ！」と声が上がった。

「え、あの、これどうしたら……？」

「いや、俺に聞かれても……当たったのはキルシェだから」

「これ、家まで運んでもらえるんですかね？　っていうか解体とかは？」

「運送、解体は合わせて、大銀貨三枚で承りまーす！」

キルシェの質問に、役員の男性がニコニコと笑顔で答えた。

結構いい値段だ。

「えぇ～、高くないですか？」

「自力で持って帰ればお金はかかりませんよ？」

と言う商業ギルドの役員は、張り付けたような胡散くさい笑顔だ。

もしかして運賃と解体料で、景品代補うつもりなのでは!?

たしかブラックバッファローは、冒険者ギルドに持ち込むと、成獣で大銀貨五枚～金貨一枚だ。

幼獣で小さい事と食用処理で毛皮が剥がされて、内臓が抜かれるのでその分の値段を考えると、大銀貨三枚くらいの価値でもおかしくない。


「解体はやろうと思えば自分でも……いや、でもこれだけ大きいとうちの馬で引けるかな……」

キルシェがブツブツと考え込んでいる。

「もうすぐ閉場なので、それまでに取りに来られなければ、当選は無効になりますよー」

「運賃かかって解体の手間まであるなら、別になんの得も……」

なるほど、そういうことか。

高い運賃と解体料を吹っ掛けることで特賞がこの時間まで残っていたのか。運賃と解体料払わせればトントンになるし。屋台のオマケで配っていたくじとはいえ、なんかセコい。

「キルシェ、持って帰るなら、俺が担いで店まで持って行こう」

「「エッ？‥？‥？‥？‥」」

キルシェとくじ引き会場の役員の声がハモった。

「ついでに解体もするぞ」

「え？　そんなグランさんの手を煩わせてまで欲しい物でもないし」

「もちろん、ただとは言わない。腰からケツの辺りの肉と舌が欲しい」

なんとなく、くじ引きの仕組みが気に入らなかったので、役員の男の思惑通りになりたくなかった。ついでに、前世の記憶に残っているお気に入りだった牛肉の部位を貰えるなら、まあ多少の力仕事も悪くない。

「じゃあ、そのブラックバッファロー下ろしていいかな？」

「担いで行くって、人間が持ち上げられる重さじゃないですよ!?」

役員の男が慌てているのを見てほくそ笑む。

「鍛えているので問題ない」

身体強化のスキルを発動して吊されているブラックバッファローを下ろし、肩の上に載せて担ぎ上げた。

「じゃあ、キルシェ。店まで送って行くよ」

「あ、はい。よ、よろしくお願いします」

固まっているくじ引き会場の役員の男を尻目に、キルシェと並んで彼女の家へ向かって歩き始めた。

◆◆◆

「あのぉ、めちゃくちゃ目立っているんですが……」

「そりゃあな」

帰り道、巨大なブラックバッファローを担いで歩く俺とキルシェは、町の人々の視線に晒《さら》されていた。

収納のスキルはレアすぎて人前であまり使いたくないし、ただでさえマジックバッグは高価なのに、このサイズまでしまえるものを持っていることを、セコい商業ギルドの連中には知られたくないので、担ぐという選択をした。

収納スキルにしろ大容量のマジックバッグにしろ、商人にとっては喉から手が出るほど欲しい代物《しろもの》だ。更には大容量の収納スキルなんて持っている事を知られると、囲い込みや勧誘が非常に面倒くさくなるし、下手したら貴族にまで絡まれる。

マジックバッグに至っては、力尽《ちからず》くで奪おうとする輩《やから》も出てくるはずなので、あまり他人に知られたくない。

収納スキルのカモフラージュのためにマジックバッグを使っているが、あまり大きな物を出し入れするところは見られないように気を使っている。

「それにしても『ただより高いものはない』とはよく言ったもんですね」

「まったくだ。そのわりにはガバガバな仕掛けだったがな。身体強化のスキル持ちか、大きめのマジックバッグがあれば持ち帰れるからな」

「ピエモンみたいな田舎に、大容量のマジックバッグ持ってる一般人なんてまずいませんよ。冒険者の人達だって、高ランクの人なんてたまたま通り掛かった人くらいしかいないから、ブラックバッファローを軽々と持ち上げるような身体強化持ちなんて、滅多にいませんよ」

「そういえば冒険者ギルドでも、高ランクがいなくて依頼が滞っているって言っていたな」

「でしょうね。あまり見かけないってだけで、時々強い魔物が出たって話も聞きますからね」

「そういう時はどうしてるんだ？」

「領主様が騎士団を派遣してくれるのを待つか、大きな町の冒険者ギルドに依頼するとかですね。幸い、僕が生まれてから知っているかぎりでは、大きな被害を受けるような魔物が出たって話はないですが」

「大きな森が近くにあるし、そこが緩衝地帯になって強い魔物が人里まで来ないのかもしれないな。森があればそこには野生動物もいるから、食糧にも困らないしな。魔物も馬鹿じゃないから、むやみに人間に手を出せばしっぺ返しをくらうと知っているんだろう」

とりとめのない話をしているうちに、キルシェの家ことパッセロ商店が見えるところまで来た。

「あれ？　お客さんかな？」

店の入り口付近に大柄な男が三人立ち止まっている。

「こんにちは～。うちのお店に御用でしたら、どうぞ中に入ってくださ～い」

キルシェが男達に声を掛けると男達がこちらを振り返り、その中の一人と目が合った、というかガン見された。

そら、こんなデカイ物を担いでいたらな。営業の邪魔しない場所に下ろさせてもらって、解体してしまおう。

「キルシェ、これはどこに置けばいい？　こんなん持ってここにいると邪魔になりそうだから、別の場所で解体しとくよ」

「あ、じゃあ裏庭に案内します」

「えっと、お店の人？」

キルシェにブラックバッファローを下ろす場所を聞いていると、男の一人がキルシェに声を掛けた。

「はい、ちょっと荷物を置いてくるので、御用でしたら中に入っててください。たぶん姉が店番してると思うので」

「あ、あぁ……こちらの御仁《ごじん》は？」

「あ、こちらは色々お世話になってる冒険者の方で、よくしてもらってるんです」

「そ、そうか」

「すまない、ちょっと急用を思い出したから俺帰るわ」

男の一人が足早に去っていった。

「んと……あ、財布忘れた！　また来ることにする！」

「え？　ちょ？　じゃ、そういうことで！」

残った二人も続けざまに走り去って行った。

「もしかして俺、営業妨害した？」

「いえ、そんな事はないかと……何だったんでしょう？」

男達が去って行った方を見ながら、キルシェと二人首を傾げた。

その時、カランカランとドアベルの音がして中からアリシアが出て来た。

「あら、キルシェお帰りなさい。五日市どうだっ……きゃあああああああああ!!」

担いでいた物がアリシアを驚かせてしまったようだ。ブラックバッファローの顔怖いもんな。

毛皮も剥がされて結構グロいから、女性には厳しいビジュアルだよな。悪い事した。

「驚かせてすまない。キルシェがバザーのくじ引きで、ブラックバッファローの肉まるごと一頭分当てたから、運んで来たんだ」

「グランさんすごいよ。こんなでっかいの持ち上げちゃうんですもの」

「えぇ……そうね、びっくりしました」

アリシアがドン引きしたような表情で、グロい肉の塊を直視しないように視線を彷徨《さまよ》わせている。

ほんと、すまんかった。

「アリシアさん！　大丈夫ですか!?　ってうわあああああああああああ!!」

突然、建物の陰から飛び出して来た見覚えのある男が、こちらを見て叫び声をあげて尻もちをついた。

「あら、ロベルトさん？　大丈夫ですか？」

あぁ、商業ギルドの人か。

「ち、近くを通り掛かったら、アリシアさんの悲鳴が聞こえたので……」

「それは失礼いたしました。グランさんが担いでいる牛を見てびっくりして声を上げてしまいました」

「は、はぁ、そうでしたか……強盗とかではなかったんですね……」

「えぇ、強盗がどうかしたんですか？」

「い、いえ、今日は五日市で町の外から来ている人もいるので、商業ギルドとしても見回りをしていたのですよ」

「それはご苦労さまです」

「今なら、強盗に入られてもグランさんがやっつけてくれそう」

「ん？　申し訳ないが、対人はあんまり得意じゃないんだ。せいぜい、訓練されてない盗賊数人程度くらいにしか、対応できないと思う」

キルシェの言葉に、ブラックバッファローを担いだまま首を傾げる。

「はははは……それは頼もしいですね。それでは私は見回りに戻りますね」

そう言ってロベルトは小走りで去って行った。

「商業ギルドも大変だなー。見回りなんて、低ランクの冒険者に任せればいいのに」

「そうですねー、わざわざ五日市で忙しい日に、商業ギルドが見回りに人員を割くなんて、珍しい事もあるものです。あ、荷物を持たせっぱなしですみません。すぐ裏庭案内しますね」

「ああ、頼む」

くじ引き会場の商業ギルドのやり口はセコイと思ったけど、こうやって真面目に町の見回りをしている職員もいるんだな、と感心しつつ、キルシェに案内されて、パッセロ商店の裏庭に向かった。

◆◆◆

「すっごい！　そんなすいすい解体できちゃうなんて！」

俺がブラックバッファローを解体する作業を、キルシェが目を丸くして覗き込んでいる。血も内臓も抜いてあるとはいえ、結構グロいと思うのだが、全く動じないのはさすが商人といったところか。

解体して、肉を部位ごとに分けていく。

〝ランプ〟と〝イチボ〟と〝タン〟は俺が貰う。骨と尻尾もいらないと言われたのでありがたく頂くことにした。

解体と運び賃に、ちゃっかり美味しい部位を指定したのだ。内臓が抜かれているので、ホルモン系がないのが残念だ。

「ほえええええー。舌とか尻尾も食べられるんですか？　骨も何かの素材になるんですか？」

「舌は歯ごたえが独特で、あっさりしてて煮ても焼いてもおいしいぞ。尻尾は煮込んでスープに、骨はスープの素にしても美味しいし、調合素材にもなって魔力付与にも使えるんだ」

「へー、グランさん料理も詳しいんですね」

「冒険者だから野宿も多いし、食べられる物なら魔物でもなんでも食べないといけない時もある。その場で食用にすることも多いから自然と覚えるんだよ」

前世の知識も多少はあるが、冒険者として生活しているうちに、色々とできるようになった事は多い。そして、魔物の肉は美味い物が多い。

「部位ごとに分けておいたよ」

「うわーすっごい量」

「そりゃ、小さい個体とは言え、ブラックバッファローまるまる一頭だからな」

「この量になると、保存にも困るなぁ……傷む前に食べるか、売るかしないと」

「燻製《くんせい》にすると日持ちするし、酒のつまみにも、冒険者向けの保存食にもなるぞ」

「なるほど、そうすることにします。ところでグランさん、よかったら夕飯《ゆうはん》うちでどうですか？　せっかくお肉もいっぱいあるので、ついでにそのまま泊まってもらっても」

「そういうことなら、お邪魔しようかな」

「やった！　ステーキにしましょう！　ステーキに！」

「それなら、この部位だな」

前足の付け根と首の中間辺りの肉を指差した。

「この辺の部位は、牛があまり動かさない部分の肉で柔らかく、一頭から取れる量もごく少ない。そうだ、さっきバザーで買った調味料を使おう」

「あの黒い液体ですか？」

「そうそう、スライスしたニンニクと一緒に焼くと美味いんだ。キッチンを貸してくれたら俺が焼くよ？」

「いいのですか？　お願いします！」

「もちろん」

前世の習慣なのか食には少しこだわりがある、せっかく懐かしい調味料も手に入れて肉もあるので、自ら料理することに何ら抵抗はない。

ジュワアアアアアアアアッ！

しっかりと熱したフライパンにバターを落とすと、溶けたところから泡が立った。

弱火にして焦がさないようにバターを溶かしたら、スライスしたニンニクを入れる。

ニンニクに火が通ってくると、バターとニンニクの混ざり合った香りがキッチンに広がって、空腹感が煽《あお》られる。

そしてこのバターとスライスニンニクを、一旦フライパンから別の容器へと移す。

空いたフライパンは洗わないで、そのまま肉を焼くのに使う。

分厚く切ったブラックバッファローの肉を包丁の背で軽く叩いて、何箇所か切り込みを入れておく。

焼く直前に塩と胡椒を両面に振りかけ、熱いままの先ほどのフライパンの上に載せ、強火で綺麗に焼き色が付いて肉汁が出るくらい焼き、裏返して再び同じように表面に焼き色が付く程度に焼く。

その後、火を弱火にして、もうしばらく焼く。俺は、弱火にした後の焼きの時間で肉の焼き加減を調整している。

焼き加減の好みは人それぞれだが、俺はレアからミディアムレアくらいが好きだ。

最後に、先ほどのバターとニンニクをフライパンに戻し、バザーで買った醤油を足して、弱火のまま煮るようにさっと絡めると完成だ。

熱した鉄皿があればよかったのだが、そんな物はないので、普通の陶器の白い皿に焼き上がった肉を載せた。

キルシェが用意したスープとサラダと一緒にテーブルに並べて、食事の準備は完了。

「ふあああああ……お肉柔らかいいいいいいーー！　香りも味も香ばしいーー!!」

「ブラックバッファローの肉って、こんなに柔らかいのですね。もっと筋張ってて、硬いものだと思ってました」

キルシェとアリシアにはとても喜んでもらえたようだ。

肉の焼き方や焼き加減は、奥が深いし、人によってこだわり方も違う。こだわれば、肉の焼き方で宗教戦争が始まってもおかしくないほどだと思っている。

プロの料理人には遠く及ばないが、俺の焼いた肉が二人の口に合ってよかった。

「父さんが元気だったら、食べさせてあげたかったなー」

キルシェがポツリと漏らした。

キルシェ達の母のマリンさんにもステーキを用意したのだが、父のパッセロさんは体調を崩して臥《ふ》せっており、消化の良い物しか喉を通らないということで、ステーキは無理だった。

うーん、昨日拾ったユニコーンの角が万能な薬の素材になるから治療に使えそうだけど、ユニコーンの角はかなり上位の素材だから、俺には扱える自信がないんだよなぁ。

「それにしてもこの黒い調味料、ショウユでしたっけ？　独特の匂いだと思ってたけど、火を通すとすごく食欲をそそる香りになるんですね。ニンニクともとてもよく合います」

「そうそう、わりと何にでも合う万能調味料なんだ。遠い国のものらしくてなかなか売ってなくてね」

「作り方とか材料はわからないんですか？」

「うーん、知ってることは知ってるけど、すごく手間がかかって難しいから、作れる気がしないんだよなぁ……それに、材料になる豆も、見かけたことがないんだ」

「そうですか。これが出回ると料理に革命が起こりそうなのに」

どうやらキルシェは醬油が気に入ったようだ。

「商人仲間とか商業ギルドにも聞いて探してみようかなー」

「王都にいた頃に、商業ギルドと冒険者ギルドに頼んで探してもらった事があるんだけど、その時は全く見つからなかったんだよね。今日はホント偶然。運がよかっただけなのかも」

「東の方で作ってるんですよね」

「っぽいな。とはいえシランドル王国の東の端の方っていったら、ここから山越えしてシランドル横断しないといけないから、片道一か月はかかるだろうなぁ。更にその先にあるどこかの国からの輸入品って話だし、探しに行くと相当長旅になるな」

「ふえぇー、長期間グランさんいないと、またポーション不足になってしまう」

「行くとしても、当分先かな。家も買ったばっかりだし、しばらくのんびりしたいし」

「よかったー。ショウユは気になるけど、グランさんがいなくなると、またポーションの仕入れ先を探さないといけなくなっちゃいます」

醤油が見つかったのは予想外だったんだよなぁ。冒険者として各地を放浪していた時は、全く見つからなかったのに。

探しに行きたいのはやまやまだけれど、遠すぎなんだよなぁ。シランドルの商人とどうにか繋りが持てたらもしかしたら……もしくは、遠距離の転移魔法が使える魔導士を頼るか。

ふと、王都にいた頃の冒険者仲間の魔導士の顔を思い出した。

アイツだけは……ないな。

うん、この話はまた今度考えよう。

食事のあとは、キルシェとアリシアに、ソロバンの使い方を教えて、その後風呂を使わせてもらって休んだ。

翌朝、朝食をご馳走になったお礼に開店作業を手伝ってから、パッセロ商店を後にして自宅へと帰った。

キルシェとアリシアに、荷物が軽くなる指輪とソロバンを作る約束をしたので、次のポーションの納品時に一緒に持って行けるように用意しておかないといけない。

店の開店作業は力仕事が多いので、女性二人だと辛《つら》いだろうから指輪には一緒に身体強化をつけて、ついでに守りの効果もつけてみるかー。

そうそう、もしもの時のために護身用として、ちょっとした威嚇程度の反撃効果も、付けておいてもいいかもしれない。

アクセサリーへの付加効果を考えるのはとても楽しい。

gran & gourmet 01

閑話❶

器の小さい男の実らない片思い

僕の住むピエモンという田舎町にある、パッセロ商店という日用雑貨屋には、アリシアという名の美女がいる。店主パッセロの二人の娘のうち、姉の方だ。

ピエモンの田舎町に置いておくのはもったいないような美人で、そして何より服の上からでもわかる、はちきれんばかりの豊満な胸が素晴らしい。

商業ギルドの職員の僕は、仕事でパッセロ商店を訪れる度にいつも思う。

彼女のバストを……いや、彼女を僕のものにしたい。

彼女は普段は店の経理を担当しており、店頭にはいつも両親と妹がおり、彼女はあまり店頭には出てこない。

時折、事務手続きで父親と一緒に、商業ギルドを訪れた時に彼女と会話をする機会があるくらいだ。

そこで僕は思いついた。

父親が店に出られなくなれば、彼女が店に出るようになり、店を訪れれば彼女に会えるのでないかと。

だから僕は、彼女の父親を商談と称し何度も食事に誘い、その度にこっそりと遅効性の毒を盛った。

毒と言っても致死性の物ではなく、血液の循環が悪くなり、貧血症状が出るだけの薬だ。蓄積型の毒なので、一度体内に蓄積されてしまえば、普通の解毒ポーションなら複数回飲まないと毒は消えない。

上位の鑑定スキルで鑑定しない限りは、毒という事もバレにくい。医者に診せても、田舎町の医者では、ただの重い貧血としか判断しないだろう。

ピエモンの町で唯一の薬師が店を閉じたため、現在ピエモンでポーションを扱う店は、他の町からポーションを仕入れているパッセロ商店だけになっている。

そのためポーションの買い付けが間に合っていないようなので、そこに付け込んで仕入れ先の斡《あっ》旋《せん》という話をすれば、アリシアの父のパッセロを何度も食事に誘うのは簡単だった。

こうした僕の計画は実を結び、店主パッセロは病床に臥すことになり、母親はその看病に付きっ切りで、店はアリシアと妹のキルシェだけで回すようになっていた。

見舞いという口実で少量の毒を含ませた、病人でも食べやすい食品を差し入れている。その足で店にも顔を出し、いたわるふうをして、アリシアと話をするようになった。

週に一度、妹のキルシェが他の町に仕入れに行くので、その時は店がアリシア一人になるので、手伝いと称して入り浸れる。

そして、ポーションの仕入れ先を紹介するという名目で、遠くの町の大きな商会の商談に誘った。

なかなか色よい返事は貰えないが、仕入れが追いついていないので、粘っているうちに首を縦に振ってくれるはずだ。

冒険者ギルドが独自のルートでポーションを取り扱っているが、そのほとんどは冒険者に流れるので一般市場に流れる事はあまりない。

他の商店がポーションを扱うという話もあるが、商業ギルドからの仕入れ先の斡旋は、適当に話をうやむやにして先送りにしている。

どうせ小さな町なので、ポーションが少々不足してもそこまで大きな問題にはならないはずだ。

僕の計画は完璧なはずだった。

なのに、あのよくわからない男が現れてから、おかしなことになり始めた。

ある日、開店前のパッセロ商店を訪れると、真っ赤な髪をした、やや細身ながら筋肉質な冒険者風の男がいた。

腰に重そうな長剣を差し、ベルトにはチャラチャラと、ポシェットや小刀や投擲《とうてき》用の武器が吊り下げられている。

レザーアーマーを着こなすその男は、装備の上からでも鍛えられた体だということが窺《うかが》い知れた。

そして、顔もいい。十人いたら九人は、イケメンと言うだろうと思われる、万人受けしそうな整った顔立ちをしていた。

しかもその男、ただの冒険者かと思えば、新たなポーションの取引先だという。

カウンターに並べられた大量のポーションが目に入ったので、その一つを秘かに鑑定してみれば、特上品質と見える。

たまたまかと思い、他の物を鑑定してみるが、やはり特上品質だった。特上品質のポーションをこの数を揃えられれば、ポーションの品不足はさしあたり解決するだろう。

高品質のポーションを売ってもらえる事になったと、ニコニコと語るアリシアを見て大きなショックを受け、そしてアリシアと会話している間終始無言だったその男に、得体の知れない威圧を感じ、そそくさと店から撤退することになった。

上手くいきかけた矢先に突如現れた邪魔者にイラつくと同時に、会話を交わしたわけでもないのに、男としての完全敗北感に苛《さいな》まれた。

まさか、アリシアはああいう筋肉質な男が好きなのか!?

更にあの赤毛男、すらりとした高身長で筋肉質であったが、冒険者独特のむさ苦しさはなかった。

高身長で、顔も良くて、細マッチョってズルくないか!? 何か一つくらい、僕に分けてほしい。

細身とは言え、僕から見たらあんなゴリラみたいなマッチョマンに、正面からケンカ売って勝てるわけもない。どうしたものか。

かと言って、僕も細身で筋肉質な細マッチョ系男子を目指そう……というのは、急には無理な話だ。

ちなみにゴリラとは、童話によく出てくる、筋肉を司る筋肉の塊のようなマッチョな妖精だ。

いや、待て。アリシアが強くて逞《たくま》しい男が好きなのなら、そういう男を演じればいいのだ。

ピエモンの町では毎月五の付く日に、五日市と呼ばれるバザーが開催される。この日は町の外から行商人もやって来るので、人の出入りも多い。

五日市のある日は、アリシアの妹キルシェが五日市に毎回市場調査に行っているのと、あの赤毛細マッチョゴリラ野郎——グランという名前らしい——は五日市に売り手として参加するという事は調査済みだ。

つまり、この日は店にアリシア一人だけだ。


僕は前々からの計画を実行する事にした。

✦✦✦

簡単な計画だ。

五日市の日は、ピエモン以外から来たよそ者が多くいる。

ピエモンの住人ではない破落戸《ごろつき》を金で雇い、アリシアしかいないパッセロ商店で悪い客を演じてもらう。アリシアが困っているところに僕が助けに入って、かっこよくて頼りになるところを見せる。

もちろん、その悪い客は僕が金で雇った連中なので、僕が現れたところで適当に退散してもらう。完璧な計画だ。

店の正面から見えない位置に身を潜め、店内から雇った男の声が聞こえてくるのを待った。

あらかじめ打ち合わせて、タイミングを見計らって男が外に聞こえるほどの声で怒鳴り散らし、それを合図にそこで僕が助けに入るという手筈《てはず》だ。

しかし、店の横の路地に隠れている僕の耳に入ったのは、アリシアの悲鳴だった。予定とは違うが、たぶん男達がやりすぎたのだろう。

アリシアを助けるべく僕は路地から店の前へと飛び出した。

「アリシアさん！　大丈夫ですか!?　ってうわあああああああああああ!!」

しかし、路地から飛び出した目の前にあったのは、皮が剥がされ剥き身となりながら、まだ原形を留めている巨大な動物の肉塊だった。驚き、悲鳴を上げて尻もちをついてしまった。

少し漏れた気もする。

あれ？　あの肉の塊、今朝職場で同じようなものを見た気がする。

魔物の肉を丸々一匹、バザーのくじ引きの目玉賞品にするとか何とかと、バザーの担当者が言っていた気がする。

解体費用と運送料を当選者負担にすれば、収支はトントンむしろプラスになるとか何とか、セコイことを言っていたのを覚えている。

「あら、ロベルトさん？　大丈夫ですか？」

アリシアのおっとりとした声に顔を上げると、目の前にはあの赤毛ゴリラが、巨大な牛らしき動物の肉の塊を担いで立っていた。

どう考えても普通の人間が担げる大きさではない物を、その男は軽々と担いでいた。

やっぱりあの肉見覚えあるけれど……まさか……ね？

「ち、近くを通り掛かったら、アリシアさんの悲鳴が聞こえたので……」

驚きと恐怖で、呼吸困難になりそうになりながら、息も絶え絶えで応えた。

「それは失礼いたしました。グランさんが担いでる牛を見てびっくりして声を上げてしまいました」

「は、はぁ、そうでしたか……強盗とかではなかったんですね……」

「えぇ、強盗がどうかしたんですか？」

周りを見回すと、僕が雇った男達の姿は見えない。

「い、いえ、今日は五日市で町の外から来ている人もいるので、商業ギルドとしても見回りをしていたのですよ」

不自然にならないように応えて立ち上がった。

「それはご苦労さまです」

「今なら、強盗に入られてもグランさんがやっつけてくれそう」

「ん？　申し訳ないが、対人はあんまり得意じゃないんだ。せいぜい、訓練されてない盗賊数人程度くらいにしか、対応できないと思う」

巨大な肉の塊を担いだまま、コテンと首を傾げる男に戦慄《せんりつ》する。何なんだこのゴリラ。

「ははははは……それは頼もしいですね。それでは私は見回りに戻りますね」

内股は湿って気持ち悪いし、このとんでも筋肉男から一刻も早く離れたいし、僕は走ってその場を離れた。


くそ！　くそ！　くそ！　なんで!!　僕の方が先にアリシアを好きになったのに!!

後から出て来て何なんだあの男！　ちょっと顔が良くて、ちょっと筋肉質で、ちょっと特上ポーションを作れるだけじゃないか!!

絶対に！　ぜえええええええったいにアリシアは渡さないよ!!

閑話❷

君のいない街

「は？　部屋を引き払った？　それはいつの話だ？」

「そうさね、もうひと月……うーんもうちょっと前かね？　いい子だったから、ずっといてほしかったんだけどねぇ……」

そう言って頬に手を当てて首を傾けているのは、とある若手冒険者の男が常宿にしていた宿屋の女将《おかみ》だ。

付き合いの長かったBランクの冒険者の男が、しばらく冒険者ギルドに姿を見せていない事に気付いたのは、つい最近の事だ。

冒険者なので、長期間の依頼で拠点にしている町に帰って来ない事はよくあるのだが、その男を知っている者に尋ねても誰も行方《ゆくえ》を知らないし、冒険者ギルドで依頼を受けて旅立った様子もなかった。

もしやどこかで事故や事件に巻き込まれたのではと、その男の常宿を訪ねれば一月《ひとつき》以上前に部屋を引き払ったという。

奴の姿を最後に見たのは、十日間のダンジョンアタックを共にして、パーティーを解散した時だ。それが約一月半前になるので、あのダンジョンアタックの後すぐに、王都から姿を消した事になる。

あの後、他の依頼でしばらく王都から離れていたので、気付くのに時間がかかった。

かれこれ五年以上、王都を拠点として活動していた奴が、周りに何も言わず突然姿を消した理由。

最後にパーティーを組んだのは、時期的におそらく俺達のパーティーだ。

あの時、もしくはあの後、奴が姿をくらます原因になるような事があったのだろうか。

パーティーを解散した後に、正式にパーティーメンバーにならないかと誘った。

Bランクながら、広い視野と柔軟な思考と戦闘スタイル、そして戦闘以外にも索敵やパーティーのコンディション管理なども器用にこなし、人当たりもよい優秀な若手冒険者で、今後も更にのびしろが期待できる男だった。

前回のダンジョンアタックの折には、臨時でパーティーに入れた少年が当初は奴に反発があったようだが、本人も気にしていないようだし、最終的には懐かれていたようなので、気に掛けるだけにしていたが……やはり気にしていたのか!?

それとも、パーティーの正式メンバーに誘ったのが面倒くさがられたのか？　いや、これは以前から何度か勧誘していたよな？　全部断られていたけれど！！　あれ？　もしかしてウザがられた？　そんなふうな感じはしなかったけど？　これでも空気は読める方だと自信はあったのだが……。確かに自由人な男だから、何度も勧誘したのはまずかったのかもしれない。

いや、普段からパーティーを組んだ時に、毎度毎度あれやこれやと、雑用丸投げして任せっぱなしだったのがまずかったか!?

え？　もしかして俺が原因だったりする⁇

「あの子がいると食材融通してくれたり、食堂で出すメニュー一緒に考えてくれたりして、すごく助かってたんだけどねぇ。またそのうち戻ってこないかしら」

「お、おう、そうだな。グランならそのうちふらっと戻ってくるかもしれないな……!!」

残念そうな表情で首をひねる宿屋の女将に、別れの挨拶をしてその場を後にする。

この女将も然《しか》り、この町でグランに関わった者からのグランの人気は高い。

冒険者ギルドの連中なんか、グランの一介の冒険者とは思えない料理の腕前にほぼ餌付けされている。そして、グランが姿を見せなくなって、食事事情の悪くなった冒険者ギルドは葬式場状態だ。

その原因を作ったのが俺だとしたら……バレたら間違いなく干されるし、俺だってそろそろグランの飯を食いたい。

しかし、この状況は非常にまずい。

更に何がまずいって、自称〝グランの親友〟のアイツが、そろそろ長期の依頼から、王都に戻ってくる。

そいつが不在の間、時々グランの様子を見ておくように言い渡されていたけれど、結果はこの有様だ。

グランは無自覚だが、稀少性の高い有用なスキルを複数持っている。故にそれを利用しようと近づいてくる奴もいる。グランが冒険者になった頃からの付き合いで、事情を知っている俺や、自称親友のアイツがそれとなく周りを牽制《けんせい》していた。

まぁ、冒険者になりたての頃と違ってグランももう子供ではないから、俺達がどうこうしなくても自衛には問題ないと思うのだが……。

問題は自称親友のアイツの、グランに対する執着心だ。

グランの行方がわからなくなったって知ったらどうなることか。もし、その原因が俺だったら……。

あー、俺もちょっと行方くらまそうかなぁ……パーティーで長期遠征でも行ってこようかなぁ……面倒くさいんだよ、アイツ。

よし！　逃げよう‼　いや、逃げるのではない、少し遠征だ‼　そういえば、東の方で新しくダンジョンが見つかっていたな⁉　新しいダンジョンに稼ぎに行くのも悪くないな⁉　ついでにグラン探しもしよう！！！

グランが行った先で、冒険者ギルドの依頼を受けているとしたら、ギルドの職員ならグランの行き先を知る事は可能だろうが、個人情報だからギルド経由で情報を得るのは無理だろう。

そんな事を考えていると、背後から俺の名を呼ぶ声で足を止めた。

「やぁドリー、探したよ」

それは、今一番聞きたくない声だった。

錆《さ》びついた重い扉を開けるような音がしそうなほど、ゆっくりとした速度で声の主を振り返り返事をした。

「お、おう、帰ってきてたのか」

「今朝戻ってきて、ついさっき解放されたところだよ」

百人中百人が確実に美形と言うだろうほどの、美丈夫魔導士が、満面の笑みをこちらに向けている。

よくグランとつるんでいた、というかグランに執着している自称〝グランの親友〟のAランク魔導士。

元はうちのパーティーのメンバーだが、最近は指名依頼を受けて長期で王都から離れる事が多くなり、一時的にパーティーを抜けていた。

グランが行方不明にならなければ、帰還後はパーティーに復帰の予定だったが、この様子だとグランを見つけるまでは、そうはいかないだろう。

「ところでグランは？　ここに来る前に冒険者ギルドに寄ったら、最近見かけないって聞いたけど？」

奴の笑みが更に深くなった。

「あぁ、うん。俺もつい最近まで王都離れてて、グランにはしばらく会ってない」

「へぇ？　グランが最後にパーティーを組んだのドリーんとこだったって聞いたけど？　何かあったの？」

俺と同じAランクだが、俺より冒険者歴の短い魔導士の笑顔の威圧に気圧《けお》されそうになる。

「特にトラブルは無かったかな？」

「ふーん？　パーティー組んだ時に無茶振りしたとか、無理にパーティーに誘ったとかない？」

「あぁ、いつものようにポーター役と飯の世話は任せたけど、無茶振りはしてない。正式にパーティーに入らないか誘ってみたが、今回も断られた」

「なるほど。まぁいいや」

笑顔の圧力が少し緩んでホッとする。

「グランの行き先に心当たりあるのか？」

「全然？　でもたぶんすぐ見つかるよ」

ニッコリと邪悪ともいえる笑みが浮かぶ。

「そ、そうか、見つかったらよろしく伝えといてくれ」

「覚えてたらね。じゃあちょっとグラン探しに行ってくるね？　パーティーに復帰はグラン見つかった後でいいよね？」

「あぁ、もちろんだ」

疑問形だが、否定は許されないオーラが出まくっているし、俺もグランの行方は気になるところなので、今すぐ復帰しろなんて言えない。

「ふふ、俺がいない間にどっか行っちゃうなんて、グランはホントひどいなぁ……でも、逃がさないよ」

去り際にそう呟《つぶや》いたのが聞こえた。

グランも面倒くさい奴に好かれたな……と思いつつ、変につついて藪《やぶ》から蛇は出したくないので、ふわふわとした足取りで立ち去る奴の後ろ姿を、黙って見送った。

gran & gourmet 01

第二章

胃袋を掴まれし者達

「餅だよなぁ……なんか違う気もするけどモチだよなぁ。餅っぽい物あるなら米っぽい物あってもいいのになぁ」

前世の記憶にある食材を思い出しながら、コーンスターチで打ち粉をしたまな板の上に載せた、人の頭ほどの大きさの茶色い木の実を、包丁で半分に切った。

中から粘度の高い白い果肉がドロリと垂れ、粘着力の強いそれは包丁にも付着して、ビローンと伸びた。

餅なんだよなぁ……どう見ても。

イッヒという背の高い木に生《な》る、茶色い分厚い皮に覆われた人の頭ほどの大きさの実の果肉は、前世の記憶にある〝餅〟という食べ物によく似ていた。というかそのまんま餅だよね？

丸めてオーブンで焼いてみれば、プクーっと膨れるのも、果肉を一度乾燥させて臼《うす》で挽《ひ》いて粉にしたものに、ぬるま湯と塩を加えて練って、薄く丸く伸ばして網の上に載せ炭火で焼けば、少しボコボコした形の歯ごたえのある焼き菓子になるのも、前世の記憶にある物にとても似ていると思う。

イッヒの実の果肉と前世の記憶にある餅という食品は、食感も性質もとてもよく似ているが、餅は〝モチゴメ〟と言われる穀物から作られる物で、イッヒの実の果肉とは少し成り立ちが違う。

まぁ、違う世界だから生態系が違うのは当然か。

そんな感じで、前世の記憶にある食材や素材が、前世の記憶とは少し違う形で今世でも存在していたりする。

魔力を含まない野菜や花とかは、前世の記憶にあるものとほぼ同じだったりすることが多く、逆に魔力を含む植物は前世の記憶に似たような物があっても、微妙に違ったりする。

特にハーブや薬草の類は、前世の記憶にあるものと見た目や性質が似ているものが多く存在する。

しかし魔力を含む影響か、その効能が前世のそれに比べてかなり強い。

素材が違えば食文化も当然変わる。前世の記憶にはない料理も多いが、前世の記憶にある料理と似通ったものも多い。

記憶を辿《たど》ると、前世の食文化レベルは、今世とは比較にならないほど高かった。いや、食文化どころか文明の水準もかなり高かった。

まぁ、前世は魔法というものが存在しない世界だったので、前世と今世を比較して、一概にどちらが良かったなんて思うのはナンセンスだと思っている。

それに前世の記憶があるとはいえ、その記憶を思い出したのは今世の俺の生活習慣や性格がある程度確立された後だったため、今世の俺を前世の俺が上書きするわけでもなく、知識として前世の記憶が俺の中に居座っている感じだ。

多少は今の俺の性格や嗜好《しこう》に影響はあるが、前世の記憶に今の俺の性格がまるごと引っ張られたとかいうことはない。

そんな感じなので、前世と今世の文化や習慣の違いを苦に感じる事は、あまり無い。

ただ、ちょっと前世の記憶にある快適さを再現できるならやってしまおうかなってなった程度だ。

もちろん、やりすぎは良くないというのは、なんとなくわかっている。

つまり、美味しい物が食べたい。

「米食いてぇなー」

前世の記憶に鮮明に残っている馴染みの深い食材を思い出す。冒険者として各地に足を運んだ際に、市場や商店を巡り探したが、結局見つけることはできなかった。

先日、ピエモンの町で行われた五日市で、遥か東方からの商品を取り扱っていた露店に、俺がずっと探し続けている食材――米から作られたと思われる酒が売られているのを見つけた。

そして、その東方の商品を取り扱っていた露店には、前世の記憶にある懐かしい物が他にもあった。

もしかすると、東方の国へ行けば米が見つかるかもしれない。

そう思うと探しに行きたい衝動に駆られるのだが、まだ今の家に越して来て間もない。生活の基盤も整っているとは言えないので、米を探す旅に出るとしてももう少し先の話だ。

それに……

「米とは限らないんだよなぁ」

イッヒの実の白い果肉を、コーンスターチを叩いた手で捏ねながらため息をつく。

前世の記憶にある食材が〝そのまま〟今世に存在しているとは限らない。むしろ似て非なる物の可能性の方が高いし、イッヒと餅のように前世の記憶にある米とは全く違う形状で存在しているかもしれない。

麦は存在しているというか、小麦を使った食品は多く、パン類は階級問わずよく食されている。麦を原料とした発泡酒や、パスタ、オートミールも存在している。麦が存在するという事は、米が存在してもおかしくないと信じている。

そして今まさに使っているコーンスターチの原料、トウモロコシも存在している。

麦やトウモロコシ以外にも前世の記憶にある物に近い食材は多く存在し、似たような調理方法も多数見受けられる。

しかし、前世に比べ物流の水準や文明のレベルが劣っているため、食文化も前世の世界に比べて多様性や華やかさは劣っている部分が多い。

前世の世界では食物の品種改良や耕作技術が進んでおり、世界レベルでの交易も発達していたせいで、俺が住んでいた国の食文化は多様かつ高水準だったのが記憶として残っている。

この世界の移動手段の主流は徒歩と馬なので、遠方との交易に時間がかかる。そのため、遠方から食物の鮮度を保ったまま運ぶのは非常に困難で、手間もコストもかかる。

俺の持っている収納スキルのような大量の荷物を楽に運べるスキルも存在するが、これは珍しい部類のスキルで、更にいうと俺のように時間経過を止めたり、任意の速度にしたりできるというのはほとんど存在しないらしい。

遠距離を一瞬で移動できる転移魔法なるものも存在するが、収納系のスキルより更に稀少だ。

物流のほとんどは馬車による移動が多く時間もかかるので、庶民の間に出回る食材はほとんど近隣のものか、長期保存が可能な物ばかりだ。

人や物の出入りの激しい大きな都市ではそれなりに遠方のものも流通しているが、田舎に行けば行くほど物流は限られてくる。産地が限られている果物や香辛料はその代表で、平民には手が出しにくい価格である。

ただ、前世でも馴染みの深かった、イモ類やタマネギ、ニンジンといったものは、今世でもほぼ同じものが存在し、なおかつ定番の食材で、若干風味に違いはあるものの市場に多く並んでいる。

そんな感じで、前世の記憶からしたら少し食文化が物足りない部分もあるのだが、時間経過の無い収納スキルを持っているおかげで食材を貯め込めるので、貯め込んだ食材を暇な時にあれこれと弄って、前世の料理を再現しようと試みている。

またそれが結構楽しくて、思ったよりハマってしまっている。

今は一人暮らしなので振る舞う相手がいないのだが、王都にいた頃は作った料理を冒険者仲間に時々お裾分けしていた。それがわりと好評だったので、調子に乗って前世の記憶にある色々な料理に挑戦していた。

その時から引き続き、田舎に越して来た今でも料理をするのは好きだ。

王都の冒険者仲間には、ほとんど何も言わず突然こちらに引っ越してきてしまったので、こちらでの生活が落ち着いたら手紙でも書いておこう。

前世の記憶にある料理を思い出しながら、イッヒの果肉をどう料理するか考える。

「せめて〝糯米《もちごめ》〟の状態だったら、〝オコワ〟にもできたんだけどなぁ。餅の状態だもんなぁ……」

「普通に焼いて食うかー？　ショウユもあるし……海苔は海に行った時に、採ってきたのがあった気がするな？　後は乾かして挽いて粉にしておかきにでもするか？　練り菓子にしてもいいな？」

イッヒの実の使い道を、色々と考えてみる。

収納の中にイッヒの実はたくさんあるので色々試してみる余裕はある。それにイッヒの実は近所の森で採れるので、無くなっても旬の時期なら補充は楽だ。

餅も元は〝モチゴメ〟という米なので、その餅に似たイッヒの果肉からなら、米で造った酒に類似したものもできそうな気もするんだけどなぁ。炭水化物なので酒を造る事はできそうだが、残念ながらその知識も技術も設備もない。

スライムさんにお願いしたらなんとかならないかなぁ……いや、そんなもんで酒が造れたら市場に出回っているよなぁ。まぁ、ダメ元でやってみるか？

スライムは取り込んだ物質によって、その特性が変化する。

その特徴を利用して、特定の物だけを与える事により、任意の特性を持つスライムを作り出す事もできる。

そうして作り出される多様なスライムの素材は、食品や薬品を始め、鍛冶《かじ》製品や装飾、服飾品、魔道具など至るところで利用されている。

スライムの養殖は一大事業としても展開されており、世界各地に大規模なスライム養殖場も存在する。

また、個人や家庭規模でもスライムは飼育されているくらいに、この世界でスライムは身近で有用な魔物だ。

ダメ元でスライムにイッヒの果肉ばかり食わせてみた五日目、スライムは琥珀《こはく》色になり、スライムゼリーからはほのかにアルコール臭が漂い始めた。

予想していた酒とは少し違うスライムゼリーができてしまった。

ITEM

イッヒ酒

レアリティ	品質
D	普通

原材料：イッヒ／水
効果：飲用、料理に用いる
用途：米と綺麗な水から作られた醸造酒
備考：酒精は強めで独特の臭いがある

鑑定してみればゼリー状ではあるが酒である。

味見をしてみると、ややドロリとして甘味が強くアルコール分を含んだスライムゼリーは、前世の記憶の似たような調味料が思い出された。

「ミリンだこれ！」

前世の記憶を辿れば、調味料として使われる事が多いが、ミリンもモチゴメから造る酒の一種だった。

想定外だったが、懐かしい調味料が作れたのは嬉しい。先日五日市で手に入れたショウユとも相性がいい。何なら、他の酒を混ぜてアルコール度を上げれば、普通に酒としても飲めるだろう。

予想とは違うものができてしまったが、前世の記憶にある調味料の製法を見つける事ができたので、これで料理の幅も広がるし結果的に大満足だ。スライムゼリーなのでドロッとしているが、風味は近いので問題なく使えるはずだ。

全く同じものはなくとも、似たようなものは作れるというのを改めて実感しながら、イッヒ酒のおかげで料理の幅が広がる事を喜んだ。

◆◆◆

五日市の翌週、ポーションを納品する約束の日に、ソロバンとあれこれ付与した指輪をキルシェとアリシアに渡した。

指輪には、触れた物の重量を軽くするための土属性の重力操作に、腕力と体力系の身体強化、衝撃に対する自動防御の水属性のシールド防御、触れた相手に任意で電撃を流せる護身用の風と水の複合属性の付与と、付与した属性に伴う属性耐性アップ効果を付けておいた。

色々つけたせいで魔石が増えて少し派手になってしまったが、キルシェもアリシアも喜んでくれたのでよしとしよう。キルシェは一人で隣の町まで仕入れに行っているというので、これくらいの効果は盛っておいても良いと思う。

代金に結構な額を渡されそうになったが、受け取る額をほどほどにして、代わりに欲しい物があったのでそれを割り引きしてもらうことで解決した。

欲しい物というのは畑を耕すための農具で、質の良い物を取り寄せてもらうことにして、届き次第引き取りに行くことになった。

魔法が使えたら土魔法とかでドーンとまとめて耕せるのだろうけれど、残念ながら魔法は使えない。

いいんだ。自力で耕した方が「スローライフ！」って感じするし、別に悔しくないし。

そういえば五日市の時に、醤油とかを売ってくれた商人に貰ったよくわからない種は敷地の隅っこに植えておいた。

鑑定したら「リュネの種」と見えたが、全く知らない植物なので、どんなものが生えてくるかはわからない
そんなわけで、来週のポーション納品の日までは特に用事もないので、自宅で保存の利く食品の仕込みでもしようと思う。

せっかく燻製窯を作ったので、使ってみたいじゃん？

収納の中に先日の血抜き済みグレートボアがまだ残っとるじゃろ？

そうだ、生ハムを作ろう!!

倉庫の一階のキッチンが今日の作業場だ。

収納空間から、先日血抜きして解体したグレートボアの後ろ脚こと骨の付いたままのモモ肉を両

脚分取り出して、調理台に載せる。大量の塩に胡椒と少しの砂糖、あとは細かく刻んだハーブ類を混ぜて擦り込む。

この作業と同時に、肉の繊維の中に残っている血液を肉の上から押さえてしっかりと押し出しておく。

この状態で十日から半月寝かせる必要があるのだが、そこは収納スキルさんに助けてもらう。

時間経過を加速させた収納空間に、しっかりと塩をまぶして擦り込んだ骨付きのモモ肉の塊二つを投げ込んで、時間経過の処理が終了するまで待つ。

その間に、燻製に使う木材を準備する。準備すると言っても、これも収納スキル頼りなのだが。

収納にストックしているよく乾燥した木の板を取り出し、分解のスキルでチップ状にして燻製窯にセットしておく。

時間経過処理終了後、無事に塩漬けになったグレートボアのモモ肉を取り出して表面の塩分を洗い流し、水を張った樽《たる》に入れて塩抜き処理。ちゃんとハーブの香りもついて、出来上がりが今から楽しみだ。

この塩抜きもまた、本来なら一日掛かりなので、助けて収納スキル先生！

樽ごと時間経過を加速させた収納に突っ込んで塩抜きをする。便利すぎるぞ収納スキル！

塩抜きが終わったら今度は乾燥。

樽から肉を引き上げて、布で水分を拭き取って、再び時間経過が加速されている収納空間へ入れて軽く乾燥。なんかもう、収納スキルが便利すぎて、前世の記憶にあるレンジでチンみたいな感覚になってきている。

ちなみに収納スキルでの時間加速は、経過時間とスピードに比例して魔力の消費が増える。今回はそんなに長い時間ではないので楽な方だ。

表面の無駄な水分が飛んだら、燻製窯に入れて五時間ほど燻《いぶ》す。これは収納スキルでは何ともならないので終わるまでそっと放置。

グレートボアのモモ肉を燻している間に夕飯を作ろう。

昨日のブラックバッファローの舌ことタンを、赤ワインとトマトで煮込んでシチューにするつもりだ。

用意する物は、ブラックバッファローのタン、近所の森で採ってきたキノコ類、タマネギ、ニンニク、トマト、赤ワイン。それにバターと塩、胡椒、そして月桂樹の葉だ。

ブラックバッファローのタンを二センチ角くらいに切って、すりおろしたタマネギに漬けて十五分くらい放置。その間にお湯を沸かしておく。

十五分経《た》ったら沸騰したお湯にブラックバッファローのタンを入れて茹《ゆ》ですぎないようにささっと茹でる。茹で終わったら、塩と胡椒を振って馴染ませておく。

肉に塩胡椒を馴染ませている間に深めの鍋にバターを入れ、それが溶けたらみじん切りにしたタマネギを飴《あめ》色になるまで弱火でじわじわと炒める。

炒めタマネギが茶色くなったら、タンを漬けていたすりおろしタマネギにニンニクもすりおろして加えて、水煮して皮を剥いだトマトを加えて潰しながら加熱する。

トマトが潰れたら、赤ワインを加えてひと煮立ち。

その間にフライパンで、塩胡椒を馴染ませたタンに軽く焦げ目を付けておく。

焦げ目がついたタンとスライスしたキノコ類を、先ほどの鍋に一緒に入れその上に月桂樹の葉を一枚、あとは蓋をして焦がさないように時々水を加えて様子を見ながら、弱火でじっくり煮込むだけ。

ホントはブイヨンとかドミグラスソースとかあったらいいけれど、そんなものはない。

そのうちスープやソース類も作ってストックしておこうと思う。そのための保存用鍋とか瓶も用意しておかないといけないな。

ん？　生ハムは燻製中、ブラックバッファローのタンシチューは煮込み中で、手が空いてしまった。両方とも時々様子を見る程度でいいので待っている間が退屈だ。

何かいい時間潰しはないかと考えて、収納空間に突っ込んだまま眠っている保存食用の硬いパンを取り出し、おろし器でガリガリと削ってパン粉を作り始めた。

しばらく遠出する予定もないし、というか収納スキルのおかげで保存食ではなくてもいいし、この際収納に入っている硬いパン全部、パン粉にしてしまおう。

分解スキルで分解すればいいんじゃないかって？　それじゃあ暇潰しにならないんだよおおお。

くっそ硬いパンをおろし器でガリガリ削るのは、結構力必要だからね？

これは筋トレ、そう筋トレなのだ、余った時間でパン粉を作りながら、筋肉を鍛えているのだ。

結果。

パン粉がすごい量になった。

なんでそんなに硬いパンを溜めていたのか……駆け出し冒険者で節約生活だった頃に、売れ残りが安いからってつい買ってしまって、収納に投げ込んでいるうちに溜まってたんだよね。そのうちトンカツでも作ろう。

それでもまだ時間があるので、クッキーを焼いてみる。

クッキーが焼き上がる頃には、タンシチューも程よくトロトロになったので火を止めて、燻製中の生ハムの様子見に。

生ハムも程よく燻されていたので、一本は時間を加速させた収納空間に入れて短時間で熟成させることにして、もう一本は先日作った冷蔵倉庫の中に吊して自然に熟成させる事にした。

ホント、収納スキル便利すぎ。

冷蔵倉庫が結構広いから、ハムとかベーコン作ってぶらんぶらんとぶら下げておくのも悪くないな。あぁ、チーズとかもずらっと並べてみたい。

何かこう、保存の利く物ずらっと並べるの好きなんだよね。

生ハムを倉庫にぶら下げて倉庫から出ると、ドアを開けたすぐ目の前に巨大なカモシカが立っていた。

「うおっ!?」

カモシカ……じゃない、こないだのシャモアじゃないか!?

何でうちにいるんだ!?

魔物避けの柵は強い魔物には効かないのはわかるけれど、侵入者検知の魔道具にすら引っかからなかったぞ!?　もしかしてコイツかなり上位の魔物なのか!?

いや、そんなことよりなんでそんなやつが、うちに何の用だ!?

唐突にシャモアが高い声で鳴くと、空中からドサドサと植物が落ちてきた。

なんだと!?　こいつ収納スキルを持ってんのか!?

落ちてきた植物を鑑定スキルで見てみると、この辺りでは採れない温暖な地域原産の香辛料の類だった。

クミン、コリアンダー、カルダモン、ターメリック、ピメンタ等、前世の記憶にもある香辛料だ。

「何？　これくれるの？」

問うとシャモアは短く鳴いて返事をして、鼻をスンスンと鳴らした。

「交換に飯を食わせろってことかな？」

再びシャモアが短く鳴いた。

まさか、飯をたかりに来たのか!?

先日森でサンドイッチを分けてやったので、人間の飯がお気に召したのだろうか？

今日は生ハムを作ったりタンシチューを作ったりで、煙と匂いをもくもくさせていたからなぁ、匂いに釣られてうちまで来たのか。まぁ、一人で飯を食うのも味気ないし、この辺りで採れないハーブと引き換えなら、夕飯お裾分けくらいなんてことはない。

「じゃあ、準備するからちょっと待ってな」

庭にテーブルと椅子を持ち出して、先ほど作ったタンシチューを温め直して皿によそった。

ピエモンの町で買ってきたパンを籠に盛ってテーブルに並べる。シャモアはでかいのでテーブルの上に並べるくらいの高さでちょうどいいようだ。

準備が終わるまでシャモアは大人しくテーブルの横で待っていた。俺はその向かいに腰を掛けた。

「いただきます」

前世の記憶が戻ってから癖でついついやってしまうのだが、それをみてシャモアが首を傾げる。

「あぁ、昔住んでた国の習慣だから気にしないでくれ。食材になった命への感謝とか、材料の生産者とか料理人とか食への感謝みたいなもんだ」

シャモアは不思議そうな顔をした後、短く鳴いてタンシチューを食べ始めた。

つい、温めてしまったけれど熱いものは平気だったのだろうか……うん、平気そうだな。俺の心配を他所《よそ》に、シャモアはガツガツとタンシチューを食べていた。どうやらお気に召したようだ。

「おかわりもあるから遠慮なく食っていいぞ」

いつも自宅では一人で食べているので、相手が魔物とは言え食卓に他に誰かいるのは悪くない。

そして、一人と一匹によってタンシチューは完食された。

「食後のワイン飲む？」

シチューの皿を片付けながらシャモアに問うと、短く鳴いて首を縦に振った。不格好だが深い皿にワインを注いでシャモアの前に置いて、自分のもグラスに注ぐ。

余談だが、この国では飲酒に特に年齢制限がない。成人扱いの基準が十五歳なので、それくらいの年になるとお酒を飲むようになる者が増えてくる。

「つまみも出すからちょっと待ってろよ」

熟成のために時間を加速させた収納に入れていた生ハムを取り出すと、見事に原木状態になっていた。

「はじめてにしては見た目は上手くできてるな。問題は中身だが」

収納の中はカビたり腐ったりの心配はないと思うのだが、前世の記憶だけを頼りに作った物なのでやはり不安である。

包丁で表面を切り落とすと、中から赤味が露出する。それを薄く切ってそれぞれの皿に並べて、収納空間に保存していたチーズを添えて出す。

「さぁ、味はどうかな？」

わくわくした気持ちで生ハムを口に運んだ。

「生ハムだー！」

生ハムの味がするぞーーー！！！

はじめての生ハムが、ちゃんと生ハムの味がして感動している。そして生ハムとチーズでワインが滾《たぎ》る。

見れば、シャモアもむしゃむしゃと生ハムとチーズを食べながらワインを飲んでいるので、きっと口に合ったのだろう。

ワインを一本空けたところで、一人と一匹の夕餉《ゆうげ》はおひらきとなった。

帰り際に、先ほど焼いたクッキーを袋に入れて、シャモアに持たせてやった。シャモアは機嫌よさそうに鳴いて、少しばかり千鳥足で森へと帰っていった。

すっかり餌付けしてしまったようなので、また現れそうな気がする。

後片付けをしながら、またあのシャモアが来てもいいように、屋外にもテーブルと椅子を用意して屋根も付けておこうと思った。

それにしても、おそらく上位の魔物だと思うが何者なのだろうか？　やはり森の主《ぬし》とかなのだろうか？　まぁ、敵意もないようだし、飲み仲間かお茶仲間だと思っておけばいいのかもしれない。

そんな事を考えながら母屋に戻り、風呂を済ませベッドに入った。

◆◆◆

翌朝、昨日の生ハムをレタスと一緒にパンにはさんで、ベーコンエッグを作り、紅茶を淹《い》れて、さぁ朝ごはんだと思ったところで、敷地の侵入者感知の魔道具が反応した。

外を確認に出ようと玄関まで行ったところで、ドアを叩く音がした。

こんなとこに来客だなんて誰だろう？　昨日のシャモアか？

不思議に思いながらドアを開けると

「来ちゃった☆」

すごく見知った顔がドアの前に立っていた。

「うわあああああああああああああ……」

朝食タイムの突然の訪問者に、思わず心の叫びが口から漏れた。

とてもよく、見知った顔。

冒険者になってから何度も同じパーティーで行動をし、お互いよく知った仲で、俺が王都を離れる前まで交流があったAランクの冒険者。

決して仲が悪いわけではない、むしろ良い方だ……が、クセのありすぎる性格でくっっっっっっっっそ面倒くさい。

故に、思わず心の叫び声が、口から漏れた。

「行き先も教えないで突然いなくなるって酷くなぁい？」

目の前の美丈夫の少し嫌味なキラキラ笑顔が眩しい。

どっからどう見ても、誰が見ても文句のない美形。細身だけれど俺よりも高い身長に長い足。キラッキラの眩しい銀色のさらさらミディアムロングヘア。百人中九十九人、いや千人中九九九人は美形というだろう、というくらいの美形。

あー、何この美男子？　なんか見ているだけでイラッ☆とくるんですけどぉ～？　いやまぁ、ただの僻《ひが》みなんですけどね!!

そして目の前のこの男、魔導士である。

そう！　俺が全く使えない魔法をホイホイと使う。しかも、なぁ～にが六属性魔法全部使えますだぁ？　え？　他にもレア属性の魔法も使えるって？

キィーーーーーーーッ！　くやしっ!!　何だよこのチート野郎！　爆発しろ!!

「やぁ、アベル。何か用かい？」

笑顔が引き攣《つ》るのを感じながら、できるだけ動揺を隠して目の前の男に尋ねた。

この目の前の超美形魔導士の男、名をアベルという。

本人曰《いわ》く、末端貴族の妾腹《しょうふく》の子らしいが、詳しい事は俺もよく知らない。

俺が冒険者になって間もない頃に知り合い、それから腐れ縁でずっと付き合いがある。

俺に魔力があっても魔法を使えないのは、魔力を外に放出する回路がないのが原因だ、と、教えてくれたのもコイツだ。魔法が使えない代わりにと、魔術や身体強化や魔力付与を教えてくれたのもコイツだ。

とまぁ、恩は山のようにある。

そしてこのイケメン、六属性魔法にレア属性魔法ってだけでもチートなのに、〝究理眼《きゅうりがん》〟とかいう鑑定スキル系のユニークスキルを持っている。

ユニークスキルとは、過去に例のない、もしくは極めて少ない、個人特有のスキルのことである。

俺の収納スキルもレアスキルと言われる稀少性のあるスキルだが、俺以外にも収納スキルを所有している者は、多くはないが、それなりに存在はする。

個人特有のスキルことユニークスキルとは、レアスキルとは比較にならないほど稀少なスキルだ。

しかもアベルの究理眼は、鑑定スキルの上位スキルという、とてつもなく有用なスキルである。

この男、色々チートすぎてズルイ。

アベルの持つ究理眼というユニークスキルは、通常の鑑定スキルより更に詳細に、なおかつ生きている者も対象になる鑑定系の上位スキルだと聞いている。

〝眼〟というその名の通り、眼を通して見た物に効果を発揮するスキルで、魔眼の一種らしい。

つまり、俺の持っているギフト及びスキル、そして職業全てばれている。

そしてこのチート野郎に、何故だかわからないけれど粘着質な程に好かれている。

男に好かれても嬉しくないっちゅーの！　ていうか俺より背高くて、俺より顔がいい奴が一緒にいると、俺がモテないんだよ!!

もちろん、俺のそんな僻《ひが》みを気にするような奴ではない。

「ごはん食べに来た」

「うちは定食屋じゃねぇ!!」

そんな爽やかな笑顔で迷いなく言われても困る。

「あそっかー、せっかくグランが欲しがりそうな物、見つけたんだけどなぁ?」

「え?」

アベルがシュッと、何もない空間から大きな麻袋を取り出して、ドサリと床に置いた。

こいつはスキルではなく、空間魔法という魔法で俺の収納スキルとほぼ同等の事ができる。収納スキルの魔法バージョンみたいなもんだ。

ちなみにこの空間魔法を鞄に付与した物が、マジックバッグになる。

「これは!?」

アベルが取り出した袋の中身を見て目を見開いた。

「これってグランが探してたやつだよねー?」

袋の中には小さな白い粒がギッシリ詰まっていた。

光の速さで鑑定をした。

ITEM

コメ	
レアリティ	品質
E	普通

効果：なし
用途：料理に用いる
備考：このまま食べても美味しくない

「お前……っ！　これをどこで手に入れた!?」

「俺さ、朝ごはんまだなんだよね？」

「朝ごはんなら、ちょうどできあがったとこだ。遠慮せず食べていってくれ」

テノヒラクルー。

「さっすがぁ～！　じゃあご馳走になろうかな」

「どうぞどうぞ」

俺の朝ごはん？　そんなものくれてやる！　アベルの持って来た麻袋の中身——米をどこで手に入れたかを、聞き出す事の方が重要だ。

「で、米……その麻袋の中身はどこで手に入れたんだ？」

自分の朝飯をアベルに取られてしまったので、自分の分の生ハムサンドを作り直して紅茶を淹れ、テーブルにアベルと向かい合って座った。

「あぁ、ダンジョンで拾ったんだよね」

「は？　ダンジョン？」

「うん、宝箱を開けたらその麻袋ごと入ってた。鑑定したら食べられるみたいだし、前にグランが探してるって言ってた白い粒の穀物ってコレのことかなって」

ダンジョンとは、迷宮とも呼ばれ何階層にも連なり中には魔物が多く棲み付いているというか、中で延々と発生している場所だ。

ダンジョンは、高濃度の魔力が具現化することにより生成されていると言われているが、詳しいことは解明されていない。

その形状は洞窟のようであったり、建築物であったり、森林や山や海といった一見自然の地形だったりする。しかし、その多くは広大な空間魔法が働いており、外見と内部の広さは一致しない。

そして、ダンジョンの領域に踏み込んでしまえば、その外部とは全く異なる生態系となっており、階層に分かれている構造のダンジョンでは、階層ごとに全く違う環境及び生態系になっている事が多い。

つまり、外見はただの洞窟でも、中に入ってみると建物の中のような風景だったり、突然海や森林があったりするのだ。

そんなダンジョンの中には、様々な生物が棲みついており、そのほとんどがダンジョン内部の高濃度の魔力が具現化したものだと言われている。

どうしてそんな事が起こるのかは未《いま》だ解明されていない。

〝神の箱庭〟だとか〝悪魔のおままごと〟だとか、御伽話《おとぎばなし》風に言われる事もあるが、内部の不思議構造や現象を目の当たりにすると、あながち間違っていないのではないかと思えてくる。

そして、どういう仕組みなのか、ダンジョンの内部は資源や魔物が枯渇することなく湧いてくる。危険ではあるが、資源を豊富に得られる場所なのだ。

また、ダンジョンには時折宝箱があり、貴重な素材や装備が手に入ることがある。

どうしてそんな事が起こるのかは解明されていないが、これもダンジョン内の高濃度の魔力が具現化したものだと言われている。

ダンジョンの内部は何階層にも連なっている事が多く、区切りの階層の最終地点には〝フロアボス〟と呼ばれる門番的な役割の強力な魔物がいる事がある。そのフロアボスの中でも、ダンジョンの最深部にあたる階層のボスは特に強く、そのダンジョンの主的な存在となっている。

そして、それらを倒すと、稀少な物品を得られる事が多い。

こういったダンジョンは世界各地にあり、未だ発見されていないものも多くあると言われている。時には何の前兆もなく、いきなりダンジョンが出現することもある。

そんなふうに突然ダンジョンが発生したら、そのうち世界中がダンジョンだらけになるのでは？と思うかもしれないが、ダンジョンの発生自体はそう頻繁に起こることではないし、ダンジョンにも寿命がある。

その寿命は、発生から数日で消えるものから、何百年と存在しているものまでと幅がある。

ダンジョンを形成している魔力が不足してくると、ダンジョンは崩壊を始め、寿命を迎えると言われている。

寿命を迎えたダンジョンは、その内部にかかっている空間魔法が消え、ダンジョン内部で生成されたもの以外は、外部に放り出されると聞いているが、実際その場に立ち会った事はないのでよく知らない。というか、そんな場面にはあまり立ち合いたくない。

ともあれ、ダンジョンに入り、資源や魔物の素材を集めて金を稼いだり、最深部を目指したりするのは冒険者の醍醐味でもある。

かくいう俺もダンジョンの探索は好きな方である。

余談だが、ダンジョンの内部はそこに生まれた生物達で独自の生態系が築かれており、延々と魔物が発生するといっても、魔物同士の食物連鎖である程度のバランスが取られているようで、魔物が発生しすぎて溢《あふ》れるということはあまりない。

しかしごく稀に、何らかの要因でその生態系のバランスが崩れ、魔物が大発生してしまいダンジョンから溢れ出してくる事もある。

それは〝スタンピード〟と呼ばれ、一度発生してしまうと周囲に甚大な被害を及ぼす。

そうならないように、ダンジョン内部の様子をある程度把握して、魔物が増えすぎれば間引くのは、ダンジョンがある地域の治世者と冒険者ギルドの役目でもある。

「ちなみにそこのダンジョン、宝箱の中身がほとんど食材だったよ。資源も食材関連だし、魔物も食用可能な奴らばっかりだった」

「なんだ、その夢のようなダンジョンは⁉」

「岩塩やら香辛料が採れるうえに、下層には海の階層もあるから塩の産出も多い。ただ海の階層があるせいで、船を持ち込まないと先に進めなくて、そこで攻略が止まってる」

食材だらけのダンジョンで、海まであると聞いて、心が躍りはじめる。

海があるという事は、魚も捕れるという事だ。しかも、この食材だらけのダンジョンの傾向から言って、海の魔物も食用可能だろう。

「アベルなら空間魔法で、船を持って行けるんじゃねーの？」

「不可能ではないけど、海に大型の魔物がいるから、半端な船だと沈められる。今後、港作る計画もあるらしいけど、物資の運搬やら建設のコストで揉《も》めてて話が進まないらしい。どうせ食材ばっかりのダンジョンだから、この先も食材しかないんじゃないかって」

「は？　食材重要だろ？　生きてる間にどんだけ飯を食うと思ってんだ？　偉い人はそれがわからないのか？」

思わず声を荒らげた。

食材しか？

生き物は、食料がないと生きていけないのに、何を言っているのだ。

「いや、そこまで食に執着する奴の方が珍しいでしょ」

「それで、そのダンジョンはどこにあるんだ？」

「行きたい？　こっから東の辺だよ。オルタ・ポタニコの町の近くだよ」

「オルタ辺境伯領かー、そんな遠くないな」

「行く？　転移魔法でビューンって行けるよ」

「いや、まだいいかな。せっかくここの生活にも慣れてきたところだから、今のうちに生活基盤を整えておきたいんだ」

行きたいのはやまやまだが、キルシェのとこのポーションも作らないといけないし、五日市もあるし、ハムとかベーコンとかチーズとか作りたいし、畑も作りたいし……ん？　のんびり暮らすつもりが、思ったよりやらないといけないことが積み上がっていないか？

「ちぇ、せっかくグランとダンジョンに行けると思ったのに」

「食材ダンジョンとか興味あるから、落ち着いたら行くと思う。ところでそのコメ……あ、その白い穀物コメって言うんだけど売ってくれないか？」

そうだ重要なこと忘れるところだった。

俺の言葉にアベルが目を細めて口の端を上げた。

あ、この表情、何かろくでもない事を考えている時の顔だ。

「ちょっと王都離れてる間に、グランいなくなってたもんなぁ～。このダンジョンに行ったのも、ちょうどその時だったんだよね～。あれだけ一緒にパーティー組んでたのに、黙っていつの間にかいなくなってたもんなぁ……ホントにひどいよね～」

「…………」

「行き先も全く聞いてなかったし」

ん？　んんんんん⁇

「ちょっと待った！　なんで俺んちがわかったんだ⁉」

そうだ、落ち着いてから連絡しようと思って、誰にも行き先教えないでこっそり王都離れたはずなのに、どうして……。

ギルドの活動拠点はピエモンに変更したけれど、ギルドは基本的に個人情報は漏らさないはずだし。

「あぁー、グランのマジックバッグに空間魔法付与したの俺じゃん？　それ、グランしか使えない仕様になってるじゃん？　その付与した時に、ついでにどんくさいグランがバッグ無くしても大丈夫なように、どこにあるか位置情報がわかるようにしておいたんだ。それを追っかけて来たんだよね」

「親切ぶってさらっとストーカー機能付けてんじゃねーよ」

ていうか、どんくさいとか失敬だな。

「だって、グランの飯食えないのやだもん」

「やだもん、じゃねぇ」

「えー、でもこれのおかげでコメを届けられたんだよ？」

「うぐっ……と、とりあえず米を売ってほしい」

「コメなら、あげるよ。どうせ俺料理できないし」

「まじかよ！　お前やっぱいい奴だな！」

手のひらクルッ！

元日本人にとって米は重要なのだ。

「コメはあげるから、ごはん食べに来るね。もう場所は覚えたから転移魔法で飛んでこれるし」

貴重で、高度な、転移魔法を、飯屋に行くような気軽さで使うのはどうかと思う。というか、うちは飯屋じゃねえ！

「結局、メシかよ！」

「まぁまぁ、たまに食材を持って来るからさ」

「くっ！　そういうことなら……ここ山だから魚が欲しい」

「しょうがないなぁ」

くっそ、上手く丸め込まれた気がする。

「あ、ついでに空いてる部屋あったら貸してほしいな？　どうせ転移魔法で帰ってこれるから、グランんちに住んでいいよね？　家賃もちゃんと払うよ？」

「は？」

こうして、色気もへったくれもない男の同居人が増えた。

◆◆◆

俺が買い取った元農場の物件は、複数の世帯で住んでいたようで母屋は大きくて部屋数も多く、同居人が一人増えること自体は何も問題はなかった。

同居人が一人増えること自体は。

「うわ……なんだこれは……」

「うん？　殺風景だったから模様替えしといたよ」

午前中のうちに、先日森を散策した時に手に入れた素材の整理とハムやベーコンの仕込みを終わらせて、昼食の準備をしようと母屋に戻ってキッチンへ向かうと、キッチンと隣接した食堂がすっかり様変わりしていた。

元は古ぼけた四人掛けのテーブルと椅子が置いてあっただけだが、いつの間にか大きなテーブルに取り換えられ、その上には高そうなテーブルクロスが掛けられていた。そして窓にはカーテンが、棚も床も壁もピカピカになって、いつの間にか置かれた見知らぬ食器棚には小綺麗な食器類が並べられている。ついでにどっから持って来たのかわからないが、観葉植物まで飾られて、ちょっといい商家の食堂みたいになっていた。

「どっから持って来たんだこれ……」

「うん？　前に盗賊団の根城潰した時の戦利品かな？　表向きは商人のふりしてる奴らで、羽振りもいい連中だったからごっそり貰って来たけど、収納の場所食うし、使いみちなくて困ってたんだよね」

「曰く付きじゃねーか!!」

「グランの家、あまりに汚いからついでに浄化の魔法掛けて、劣化防止の停滞の魔法もかけといたよ」

「うるせぇ！　お前みたいに魔法で何でもできると思うなよ！」

「何でもできないよ、食事はつくれないし。あ、リビングも模様替えしといたから」

「ありがたいけど、なんか悔しい！」

「お礼の気持ちはごはんで」

「あー、はいはい」

「米を炊くからちょっと時間がかかるけどいいか？」

「うん、いいよ。コメって俺が持って来たやつだよね？　タクってどんな調理法なの？」

あー、そうかこの世には米がないから、〝炊く〟が伝わらないよなぁ。

「煮るとはちょっと違うけど、水で煮込む感じの調理法かな？」

「グランってさ、たまに聞いた事もないような事知ってるよね？　どこで知ったの？」

アベルの金色の目が、まっすぐこちらを見つめてくる。

こいつ、素なのかわざとなのか、鋭いところを突いてくるんだよなぁ。

「んー、昔世話になった行商人に教えてもらった」

「へー、どこの国の商人だったの？」

適当にごまかそうとしたら、更に突っ込まれてとてもやりにくい。

「東の方っぽかったけど、それっきりだしよくわからないな」

「ふーん」

前世の記憶ありますとか言えねーだろ。

前世の記憶――この世界とは全く文化レベルの違う世界の知識。その知識は、今こうして日常生活レベルで便利になる程度の使い方しかしていないが、その気になれば武器や薬物と言った軍事利用から、産業や経済、行政などの政治利用もできるものだと思っている。

毒にも薬にもなる。

この世は善意だけで成り立っているわけではない。

　この世界にない知識を保有している事がバレると、富や地位に結び付く可能性もあるが、色々と面倒事や危険も増えるだろう。それを加味して、前世の記憶については他人に知られないように生きてきた。

　時々ボロが出そうなこともあるが、これからもそのつもりだ。

　アベルの事は信用しているし、今までも色々と世話になってきたので、アベルに前世の記憶の事を知られても悪い事にはならないと思うが、探求心の塊のようなアベルが前世の世界について興味を持たないわけがない。

　つまり、根掘り葉掘り聞かれるのが、面倒くさいだけとも言う。

「とりあえず昼飯の支度するから、一時間ちょいくらい時間を潰しててくれ」

「ほーい」

　納得していない顔のアベルを、何とか躱してキッチンに向かった。

　昼ごはんはグレートボアの肉でカツ丼を作るつもりだ。

　過去にアベルと共に行動していた時に、何度かトンカツを振る舞った事があり、トンカツは奴のお気に入りだ。

　せっかく米を手に入れ醤油もあるので、ここはカツ丼だ。

　出汁は、この世界には昆布に似た海藻が存在しているので、昆布っぽい出汁だ。

　アベルが言っていた、食材ダンジョンの海エリアで、カツオっぽい食材が手に入らないか期待している。カツオとは言わずマグロやブリも欲しいし、イカタコやエビカニも欲しいし、海藻類も欲しい。

そんなことを考えながら、米が炊き上がる時間に合わせてカツ丼の準備を始めた。

家のすぐ傍を流れている小川のほとりに、セリ科の植物——前世でミツバと呼ばれていた植物が自生しているのを、必要分摘んで綺麗に洗って水を切り、親指の爪くらいの長さに切っておく。

タマネギは薄切りに。

昆布もどきの出汁を煮出しながら、その間にトンカツを作り始める。

使う肉はロースこと肩の辺りの肉。軽く叩いて、塩胡椒を両面に振りかけた。

小麦粉と卵、昨日大量に作ったパン粉を順番に肉に付けていく。

熱した油に肉を入れるとジュワアアアアっと音がして、それだけで食欲が刺激される。

表面がキツネ色になるまでじんわりと揚げて、肉に火が通ったら引き上げて、油を切る。

前世の記憶にあるキッチンペーパーが欲しいところだがそんなものはない。

油がよく切れたら、親指より太いくらいの幅に切る。

あーもう、切っている時のサックサクの手ごたえが、空腹を更に煽ってきやがる。

丼用の手鍋などないので、フライパンに水と出汁、醤油、砂糖、先日作ったイッヒ酒ことミリンもどきを入れて、タマネギを加えてタマネギがしんなりするまで煮る。タマネギがしんなりしたらカツと溶き卵を入れて蓋をして約三十秒蒸す。

炊きあがった米を器によそって……ってしまった!! ドンブリがない!! これは致命的すぎる!!

仕方ないので深めのスープ皿に米をよそって、その上にカツ丼の具を乗せてミツバを添えて完成!!

余った出汁に醤油と五日市で買ったササ酒をちょこっと足して煮立たせて、ミツバを入れてお吸い物に。こちらもお椀がないのでスープ用のマグカップを代用した。

完成したカツ丼とミツバのお吸い物を食堂に持って行くと、ちょうどアベルがドアを開けて食堂に入って来た。

「ちょうど出来上がったとこだ」

「そろそろかなって思ってた。待ってる間にちょっと散歩してきたら、食材になりそうな物拾ったから食事の後で出すよ。家賃替わりに貰ってよ」

「マジかー、ありがたい。とりあえず飯にしようぜ」

「これはー? トンカツ? トンカツだよね? トンカツが乗ってるの? 下のはコメってやつ?」

「そうそう、カツドンって言うんだ、とりあえず食べてみてくれ」

「言われなくても頂くよ」

アベルにはフォークとスプーンを渡して、自分は普段から使っている箸を使う。箸が自分用のしかないし、アベルは箸が使えないと思うのでフォークとスプーンだ。

「カツに卵を絡めながらコメと一緒に食べるんだ。器を手に持って食べた方が食べやすいぞ」

サクサクとトロトロの二つの食感と、醤油と出汁の懐かしい味がたまらない。

「器を手に持つのか？　ふぉ……っ！　あっつ……!!　サゥサフ……んぁい」

「食べながらしゃべるな」

　こいつお貴族様って言ってなかったっけか。

　ハフハフ言いながら、アベルがフォークでカツ丼を掻き込んでいる姿は、とてもじゃないが貴族っぽくない。

「……んっ。不思議な味付けだね初めての味だ、でもすごく美味しい。しょっぱいのともまた違うし、ほんのりした甘味もあって癖になりそう。トンカツのサクサクと卵のトロトロの食感もいいね。そしてコメってやつも初めて食べたけどこれも不思議な食感だ。それにこの透明なスープもさっぱりしてて、味の濃い物の口直しにちょうどいい」

「口に合ったようで何より」

「それにしてもこの味付けどうなってるんだ？　まったく知らない味だ」

「これは醤油っていう異国の調味料を使ったんだ。たまたま露店で見つけたんだけど、どうやら東の方の国の物っぽい事以外詳しくはわからないんだ。量もあんまりないし、使い切ったら終わりかなぁ。それまでにまた手に入ればいいけど」

　チラッ
「なんだって？　あとどれくらい残ってるの!?　東ってシランドルかぁ？」

　よし、釣れた。

「醤油は中くらいの瓶一本分しかないかな。シランドルの東の方の町で外国の商人から買ったって聞いたが、そこから先はわからない。心当たりはないか？」

「シランドルの東か……かなり遠いな。あっちの方は遠すぎてうちの……うーん」

「ちなみに、おそらく米も醤油と同じ国の物だと思う。米も醤油が安定して手に入ればもっと色々作れるんだけどなぁ……あと米から造った酒とか、豆から作った味噌っていう調味料もあるんだけど、それもあればもっと料理のレパートリーが増えるんだけどなぁ」

チラッチラッ
「何⁉ 他にもまだ作れる料理あるの？」

「そりゃ、同じ素材でも調味料と調理方法で、全く違う料理になるからな。はー、醤油も米も味噌もいっぱいあれば、この国では食べられない料理いっぱい作れるんだけどなぁ」

チラッチラッチラッ
「ぐぬぬぬぬ……シランドルの東か……」

「オーバロって町に来る異国の商船に乗ってた商人から買ったって聞いた」

「オーバロってシランドルの東端じゃないか……そこまで行けばそのショウユとコメが……うーん、しかし遠い。いや待て一度オーバロまで行けば次からは転移が使えるし……道中も転移魔法を使えば……」

なんか、食い物のためにレア魔法を使い倒そうとしているのが聞こえるが、煽ったのは俺だ。

だって、米も醤油もあわよくば味噌もいっぱい欲しいんだもん。

「そのショウユとコメと、ミソか？　それがあれば他にも色々料理が作れるの？」

「あぁ、任せろ。レシピは知ってても、今までずっと材料が見つけられなくて作れなかったものが、いっぱいあるんだ」

「仕方ないなぁ。すぐにというわけにはいかないけど、オーバロに一度行ってみるよ」

フィイイイイイイッシュ！！！！！

釣れた！！！！

「やったー、さっすがアベル！」

「その代わり、コメとショウユとミソを手に入れたら、わかってるよね？」

「はい！　誠心誠意おいしい料理を作らせていただきます!!」

俺も食べたいしな!!

やっぱ持つべき物は、チート級の魔法が使える友だわ。

「そうそう、ごはん待ってる間にちょっとその辺散歩してたら食材っぽい物拾えたから、持って帰ってきたの渡すよ。家の外で出す方がいいよね？」

家の外って時点で、大きさのある物だということを察する。

昼食の後片付けをして外に出た。

「まずはー」

まず？

一瞬視界が陰ったかと思うと、ズンッと低い音がして地面に茶色い巨大な鳥が横たわっていた。

「ロック鳥じゃねーか!!　どこにいたんだよ、こんなもん!!」

「え？　空飛んでるの見えたから撃ち落とした」

「撃ち落とした、じゃねぇよ」

「ちゃんと落下地点に人がいないの確認したから、それにこれかなり小さい個体だし」

ロック鳥は成体になると大きなもので百メートル近くになる。アベルが持って来たのは二十メートルほどの〝ロック鳥にしては〟小振りな個体だ。

誰がこれを捌くんだよ……間違いなく俺だよ。

「ロック鳥の肉は美味しいから好きなんだよねー」

そう言ってコテンと首を傾げる仕草が、妙に様になっていて悔しい。

「それじゃ、次出すよぉ」

「ちょっと待て！　一度ロック鳥をしまうぞ!!」

俺がロック鳥を収納に収めるのとほぼ同時に、今度は八メートル級のブラックバッファローが出て来た。

先日、キルシェがくじで当てたのは幼体だったが、アベルが持って来たのは成体、しかもかなり大型の雄だった。

「十匹くらいあるんだけど全部出していい？」

「散歩ってどこまで行ってたんだ。ていうか十匹って群れ丸ごとかよ」

解体するだけで今日が終わりそう。

げっそりしながら、ブラックバッファローを受け取り終わった。

「これで、最後だよ」

「まだ、あんのかよ……」

「今度はそんな大きくないから」

そう言ってアベルが出して来た物を見て絶句する。

「ドレイク……グリーンドレイクじゃねーか!!　ちっこいけど竜種なんてどこにいたんだ!!」

ちっこいといっても、尻尾まで入れると五メートルはある。

ドレイクは低級の竜種で、グリーンドレイクはその中でも一番弱い部類ではあるが、それでも竜種なのでその辺の魔物よりよっぽど強い。町の近くでそうそう出くわす類《たぐい》の魔物ではない。そんな魔物が町の近くにいるとしたらやばい。

「んー？　ここの近くの町からは少し遠いけど、東の山の麓にいたよ？　ブラックバッファローを狩っていたら出てきたんだ」

「散歩って行動範囲じゃねーだろ！」

むしろうちとかピエモンの町すぐ近くにいたわけではなくてよかったのだが。

「前にそっちの方行ったことあったから、転移魔法で移動できる範囲だし、多少はね？」

こんのチート野郎が!!

「とりあえず、こいつらは捌いておくよ。俺は食える部分だけでいいから、他の素材は返すよ」

「解体の手数料としばらく分の家賃と食費替わりだから、全部引き取ってくれてよかったのに」

「解体の手数料込みだとしても、家賃と食費には多すぎるだろ」

「そっかー、じゃあグランが必要な部分以外は俺が引き取るよ」

それでも肉の量が多すぎるわけだが……まぁ収納に放り込んでおけば、鮮度維持できるから問題ないけれど。

「それじゃ、解体は任せたよー」

ヒラヒラと手を振りながらアベルが転移魔法でどこかへ行ってしまった。

「ほんと、フリーダムすぎるだろ」

◆◆◆

午後からは、午前中のうちに仕込んでおいたハムとベーコンを燻す。燻し終わるまで時間がかかるのでその間に、アベルが置いて行った獲物を解体することに。

面倒くさいやつから先に片づけよう。

つまりあのバカでかいロック鳥だ。二十メートルにも及ぶ巨体を地面に横たえるように収納から取り出した。

まずは血抜きからだが、どうやってこんなデカイ物の血抜きをするかって？

そこは、前世でいうとこのファンタジーってやつだ。便利なマジックアイテムを使う。

「インベントリ・リスト」

収納に収めてある物の一覧を眺め、とある刃物のところで目を留めた。

「あったあった、ブラッディダガー」

収納空間から一振りの赤黒いダガーを取り出した。

このブラッディダガーという短剣は、刺した相手の血液を吸い取るという特殊効果が付いているのだ。

ぱっと見戦闘向けの得物だが、この血を吸い取るという性質を利用して、獲物の解体時の血抜きに利用することもできる便利な代物だ。

ダガーという小型の武器にもかかわらずその吸収力は強力で、小さな獲物や魔力耐性の低い獲物は、血液どころか水分まで吸収してしまい干からびてしまうので、血抜きに使うなら大型か魔力耐性の高い獲物にしか使えない。

かなり強力な武器の部類だが、魔物を倒す時に使うと魔物が干からびてしまい素材がダメになるので、俺的には戦闘ではとても使いにくい。別の意味で、もちろん人間相手になんか絶対使いたくない。

ロック鳥の頸動脈《けいどうみゃく》にブラッディダガーを突き刺して、血が抜かれる間に羽を毟《むし》ることにする。ロック鳥はこれだけデカイ上に魔力耐性も高いので血抜きが完了するまでしばらくかかる。

これだけデカければ、もちろん羽もデカイ。風切り羽は大きい物で五メートルを超える。ロック鳥の羽は見た目の大きさからは考えられないほど軽く、魔力抵抗が高いため、高級な防具素材として需要が高い。

羽と羽毛と分けて毟ったはしから収納空間へとぽいぽい投げ込んでいく。そうしなければふわふわと軽い羽は、ちょっとした風で散らかってしまうのだ。

三分の一くらい毟ったところで、一度ブラッディダガーを引き抜いて血抜きの具合を確認する。いい具合に血が抜けているようなので、ブラッディダガーを収納空間に収めて、引き続き羽を毟る作業に。

ぶっちゃけ、これだけデカいと解体するより羽を毟る方が面倒くさい。

ロック鳥の羽を毟り終わったところで、燻していたハムとベーコンがそろそろ時間なので、ベーコンは燻製窯から出したら冷蔵倉庫で吊して一晩寝かせて完成。燻製が終わったハムは、大きな鍋で沸かした湯の中に入れ、しばらくの間加熱処理をする。

ハムを最後の加熱処理をしている間に、ロック鳥の解体に取り掛かった。

そうだ、鶏ハムも作るかー、というか今夜は唐揚げだな！　チキンナンバンも捨てがたいし醤油があるうちに焼き鳥も食べたい。

あ、こちらには〝南蛮〟はないから、アベルに突っ込まれる前に名前を考えておかなければ。転生者は秘密を守るため、自衛に気を遣わなければならないのだ。

そういやアベルに浄化魔法掛けさせれば、卵の生食がいけるよな。次回町行った時に卵大量に買ってこよう。

ん？　鶏ガラでスープも作っておくか。

食材以外は返すって言ったけれど、内臓は食材だよな？　ポーションの材料にもなるけれど食材にもなるよな？

砂肝と心臓は譲れない。収納スキルさんがあるからレバーも鮮度が保てるし、美味しく頂けるよな？

そんな事を考えながらロック鳥の解体を終えて、素材を全て収納空間に突っ込んだ頃には、日が西の山に掛かりかけていた。

ロック鳥の解体に半日かかったが、まだ収納の中には手つかずのブラックバッファローが複数と、グリーンドレイクが残っている。

思い出してうんざりしながら、鍋で加熱処理していたハムを引き上げ、水気を拭き取って冷蔵倉庫に吊した。こちらは一週間ほど寝かせる予定だ。

さて夕飯を作るか。今夜はロック鳥の唐揚げよー。

肉の熟成も収納スキルで時間を加速すればいいから、収納スキルさんほんとズルい。

せっかく醤油があるので醤油味と塩味と二種類作る事にした。米も欲しくなるが、在庫に限りがあるので今日は米は我慢だ。

唐揚げには先ほど解体したロック鳥のモモ肉を使う。塩味の味付けはシンプルに塩と胡椒とニンニクとショウガ。

醤油味の方は、ショウガとニンニクをすりおろして醤油とササ酒を加え、そこに肉をしばらく漬けて置く。

その間に付け合わせ用のキャベツの千切りと、オニオンスープも作っておく。

オニオンスープは、野菜の切りくずを水から三十分ほど鍋で煮詰めたところに、みじん切りにしたタマネギを煮込んで塩と胡椒で味を調えただけのシンプルなスープだが、野菜のコクとタマネギの甘味が合わさったあっさりスープだ。唐揚げが脂っこいのでスープはあっさりめがいいだろう。

唐揚げは塩味の方から作っていく。

片栗粉を肉にまぶして、熱した油の中へ。

ちなみに今世の片栗粉はその名の通りカタクリが原料だ。前世のカタクリに比べて随分と大きな根なので、名前が同じで物も似ているけれど同じものではない。

そういえば昼もカツ丼だったし揚げ物続きで重かったかもしれないことに気付いたが今更である。

余ったら明日の昼にでも食べればいいから多めに揚げておこう。

◆◆◆

塩唐揚げを揚げ終わって醬油唐揚げを揚げていると、バタバタと足音をさせてアベルが戻ってきた。

「ただいまー、なんかめっちゃ香ばしい匂いする！　お腹減った!!」

「おかえり、もうすぐできるからちょっと待っててくれ」

「うん、そういえば魔物避けの柵、効果が低かったから、上級の魔物でも避けられるように強化しておいたよ。ついでに侵入者避けも掛けておいたから、俺とグラン以外は中から門を開けないと柵の中に入れないようになってるよ。他に誰か侵入許可したい人がいたら、門の横に認証用の魔道具あるから、そこに本人情報を書き込めばいいよ。俺の魔法破れる奴じゃないと入ってこられないはずだよ」

アベルの魔法破れる奴とか、どう考えても天災級の魔物だろ。

「あぁ、この辺どうせ低級の魔物しかいないから、あれくらいで十分かなーって思ってたけど、やってくれたのなら助かる。ありがとう」

「なるほど、まぁ用心に越したことないさ」

「そういや、裏の森結構でかくてさー奥の方いったらユニコーンがいたなぁ」

「まじかー、ユニコーンってBランクの上の方だよな。ここらへんDランク以下の魔物ばっかりで、せいぜいCランクが稀にいるくらいだと思ってたが……ん？」

「あ……待て、アベル」

アベルと話している中、窓の外に気配を感じてほぼ同時に二人で振り返ると、窓ガラスの向こうから見覚えのある白いシャモアの顔が覗いていた。

臨戦態勢に入りそうなアベルを制止して窓を開ける。油を使っているのであまり火元から離れられない。

「また来たのか？　今日も飯食ってくか？」

シャモアは短く鳴いて頷《うなず》いた。

「なんだアイツ？　魔物だよな？　ていうか俺さっき魔物避けの強化したばっかりなんだけど？」

「魔物つか森の主的な奴じゃないかなぁ……飯を分けたら来るようになったんだよなぁ」

「何!?　魔物のくせにグランの飯目的か!?」

アベルがシャモアを睨《にら》むと、シャモアもアベルを睨み返す。

「まぁ、多めに作ってあるから、一緒に食えばいいじゃないか」

アベルが持って来た肉だけど。

「グラン、魔物と一緒に飯食ってるの!?」

「あぁ、一人暮らしだからな。ちょうどいい話し相手？　みたいなもんだ」

「寂しい男だね」

「うるせぇ！」

それにしても、アベルの魔物避けを気にしないでここまで来たという事は、このシャモア、上級の魔物より格上って言う事なのか。

やっぱり森の主なのか!?

「外にテーブルを出すから、皿を運んでくれ」

「外で食べるの？」

「あぁ、こいつデカイから家の中は無理だしな」

アベルが新しい家具を持ってきてお役御免になった元食卓を、収納空間から取り出して庭に置き、その上に料理を並べた。

「飲み物はエールでいいか？　今日の料理はエールが合うはずだ」

「グランがそういうのならエールにするよ」

シャモアもエールでいいのか、短く鳴いて首を縦に振った。

「アベルが獲って来たロック鳥を唐揚げにしてみた。衣の色が薄い方が塩味で、色が濃い方が醤油味だ」

唐揚げはバイキング形式で盛り付けてあるので、キャベツと一緒に取り分けてシャモアの前においてやる。

「カラアゲか、塩味は前にも作ってくれたよね？　こっちがあのショウユっていうのを使った奴だね」

「そうそう、醤油もよく合うから食べ比べてみてくれ」

アベルには以前、共に行動していた頃に何度か塩胡椒とニンニクとショウガだけで味付けをした唐揚げを振る舞ったことがある。その時は結構気に入っていたようだったので、きっと醤油味も気に入ってくれるはずだ。

「いっぱいあるから遠慮なく食べてくれ」

「ロック鳥捕って来た俺に感謝していいぞ」

アベルがフフンと鼻で笑って、シャモアに視線を投げた。

それに対してシャモアは、目を細めてブルルンと鼻を鳴らした。

すると空中からバサバサとキノコやハーブが落ちてきた。

「おぉ、これはロックマッシュルーム！　ん？　これはシイタケか？　こっちはもしや、マツタケ!?」

うおおおおおお!!　前世の記憶にある美味いキノコ類があるぞ！！！

「ん？　これはカラシナの種か!?　マスタードが作れるじゃないか！　っと……こっちはワサビか!?

探しても見つからなかった物がこんなに……貰っていいのか⁉　ありがとう！　ありがとう‼」

シャモアの手土産に、思わずハイテンションでお礼を言うとフフンと鼻を鳴らして、チラリとアベルを見た。

「シカの癖に収納持ちだと……俺の魔物避けを抜けて入ってきた事といい小癪《こしゃく》な」

アベルが引き攣《つ》った笑顔で、シャモアと睨《にら》み合っている。

「とりあえず、冷める前に食べようぜ」

微妙な空気を漂わせて睨み合っている一人と一匹の顔を見比べながら食事を勧める。

「そうだな、折角だから冷めないうちに頂こう。おぉ、これはすごいね。塩味の方は以前も食べたことあるけど、こっちのショウユ味の方はなんとも香ばしい味わいで、そして肉汁がたまらないね。

グランの言う通りエールが進む」

「レモンを搾ってかけても美味いぞ」

「なるほど、うん、レモンをかけるとさっぱりしていくらでも食べられそうな気がする。塩とショウユどちらも甲乙つけがたいな。こうなるとますますショウユを探したくなる」

「だろ？」

アベルにはそのチート級の能力をもって東の果てまで行ってもらい、ぜひ醤油と米と味噌を見つけてきてほしい。そのためには醤油を使った料理で餌付けをしまくらねばならない。

アベルが醤油唐揚げを絶賛している反対側では、シャモアがもくもくと唐揚げを食べていた。皿が空になると目で訴えるので追加を盛ってやる。

かなりの量を作ったはずの唐揚げが、あっという間になくなっていく。

「お前らまだ食べられるか？」

唐揚げが無くなってしまったが、まだ少しもの足りない。

「もう少し何か欲しいところだね」

アベルももの足りないようだ。シャモアも短く鳴いて首を縦に振った。

「よし、じゃあシャモア君が持ってきてくれたこのマツタケを焼くか。これもエールによく合うぞ」

野営用の小型コンロを取り出して、左右にレンガを積み上げてその上に網を乗せる。

器に溜めた水に少量の塩を入れ、指の先で優しく撫《な》でるようにさっと汚れを落とす。マツタケの水気を丁寧に拭き取り石づきの部分を削ったら、縦方向に切りササ酒を軽く振りかけて網の上へ。

焼いている間にレモンを八等分に切っておく。本当は前世の記憶にあるスダチという柑橘《かんきつ》類の方がいいのだが、無いのでレモンで代用する。

焦げ目がついてきたので醤油を垂らすと、香ばしい香りが辺りに漂った。焼き上がったマツタケを箸でつまんで皿に載せてアベルとシャモアに渡す。

「ふぁー、少し癖があるけどすごい香りだねこれは。森の香りというかなんというか、このキノコの香りとショウユの香りが食欲をそそる」

さっそくアベルがマツタケを口に運び始める。

「好みでレモンを搾ってくれ、お前もレモンかけるなら俺が搾ってやるぞ」

シャモアに尋ねると、フンフンと鼻でレモンを指すのでレモンを掛けてほしいのだろうと思い、レモンを搾ってやって、自分も松茸を味わう事にする。

松茸は本来秋の味覚だった記憶があるが、初夏の今の時期に持ってきたということは、この世界ではこの時期に生えているのか、もしくは秋に収穫してシャモアの収納スキルが俺と同じで時間経過がなかったのか。

ともあれ、前世ではそうそう食べる事のなかった高級食材を堪能できたのはありがたい。

松茸にエールも合うのだが、ササ酒はもっと合うのでそちらを飲みたいところだ。

しかし、飲んでしまうと今後の料理で使うのに足りなくなりそうなので、今日のところはエールだ。

ササ酒もアベルになんとしてでも見つけて来てもらわなければならない。

え？　他力本願？　飯代と家賃替わりですよ？　どうせ、本人もうちで食う飯には協力してくれるので、頼れる者には頼るのだ。

◆◆◆

翌朝、朝食を終えたらピエモンの町へ買い出しへ。

予定では来週のポーション納品の時に買い出しもしてくるつもりだったが、アベルがグリーンドレイクいう低級とはいえドラゴンを捕って来たので、そいつを解体した時に出る血液を詰めておく瓶を買いにパッセロ商店に行く事にした。

竜種系の魔物は血液も含め捨てる部分が無いほど、全ての部位が素材になる。

ついでに料理を作り置きして、収納の中に突っ込んでおけるように大きめの鍋もいくつか買っておこう。

そうだ、アベルがいるうちに卵をまとめて買って浄化魔法をかけてもらおう。魔道具でちまちま浄化するの面倒くさいんだよね。

ちなみに昨日解体したロック鳥は、可食部分を貰って羽を幾分か買い取らせてもらい、残りはアベルに返却した。

そのアベルはといえば、所属が王都ロンブスブルクの冒険者ギルドなので、うちから転移魔法で王都のギルドまで通って仕事をするつもりらしい。

転移魔法と聞けば便利そうにも聞こえるが、魔力の消費が激しく、距離に比例して更に消費が増えるので、長距離を頻繁に移動できる者はそうそういない。

……なのだが、あり余る魔力でゴリ押ししてうちみたいな田舎と王都を往復するというチート野郎がアベルだ。

俺の飯が食いたいだけでそれだけの事をやってのけるのだから、相当な物好きである。

移動のせいで戦闘中魔力が枯渇されても困るので、魔力回復のポーションをいくつか渡しておいた。ついでに、昼は帰ってこられないらしいので、弁当用にサンドイッチも。

◆◆◆

ピエモンの町へ到着すると開店と同時にパッセロ商店に駆け込んで、瓶と鍋を購入してついでに手土産の——と言っても捕って来たのはアベルだが——ロック鳥の肉をお裾分けし、卵を買いに市場へ。

今日はグリーンドレイクを解体する予定なので、買い出しは手早く済ませて帰るつもりだ。

卵は一つの店で買い占めると店にも他の客にも迷惑になりかねないので、何箇所か回って買うことにした。

おかげで色々な種類の卵を買う事になったので、食べ比べてみるのもありかもしれない。

そうだ、ブラックバッファローを解体したら、胃袋を使ってチーズにも挑戦したいから、ミルクも多めに買って帰ろう。

チーズと言ったらピザだな！　ピザ生地用に小麦粉も追加で買っておくか。ついでに、パンやパスタの作り置きもしたいから多めに……どんどん買う物が増えているな。

結局予定よりかなり多く買い物をしてしまった。

買い出しが終わったら、身体強化スキルでダッシュ帰宅。

さて、グリーンドレイクの解体に手をつけるかー。

グリーンドレイクが竜種のわりに小型だと言っても、あくまで竜種に限っての話であって、デカイもんはデカイ。

五メートルもあると丸ごと吊すのは無理なので、部位ごとに切り分けてから血抜きの作業をしなければいけない。

竜種の血液は高級なポーション素材になるのでブラッディダガーを使うわけにはいかないのだ。

部位ごとに分けて血抜きをして桶に血液を溜め、溜まった血液は先ほど買ってきた瓶に小分けして、鮮度が落ちる前に収納スキルで回収してしまう。同じく鮮度が落ちる前に内蔵も抜き取り収納へ。内臓もまた高価なポーション素材である。

鱗《うろこ》は武器や防具、アクセサリーの素材に、角や爪も武器防具素材の他にポーションの素材にもなるので、解体後速やかに収納空間へポイポイ。

肉はもちろん食用になるし、非常に美味である。今夜の夕食確定だ。

もちろん骨も武器、防具、アクセサリー、ポーション素材と使い道が多い。更に目玉も魔術素材として需要が高い。そして、竜種なので魔石も大きい。

捨てるところが全くないのが竜種の素材だ。

鮮度が重要、グリーンドレイク解体タイムアタックは昼時を過ぎたくらいになんとか終了した。

連日の魔物解体作業で、解体のスキルがもりもり上がっていそうな気がする。

「ステータス・オープン」

気になって久々に確認してみた。

こちらに引っ越してから戦闘らしい戦闘はほとんどしていないので、レベルや戦闘関連のスキルはほとんど成長していないが、やはり予想していた通り解体が結構上がっている。昨日のロック鳥と今日のグリーンドレイクが原因の大半な気もする。

あと、家を改築しまくったせいで木工が地味に上がっていた。薬調合は低級のポーションばかりを作っているので全く伸びていないな！

さて、グリーンドレイクの解体も終わったし、昼飯の後はブラックバッファローも解体しておくか。あれは数があるから、まとめてやるのはあきらめて一日一、二体ずつやっていこう。

午後からはブラックバッファローを解体しつつ、シャモアに貰ったハーブ類を乾燥させて料理に使えるようにしておいたり、昨日解体したロック鳥のガラを煮込んでスープを作ったりした。本格的なスープにするつもりはなかったので、長時間手間を掛けたりはしていないが、今後の料理に活用する用に鍋ごと収納空間に入れておいた。

◆◆◆

STATUS

グラン

GRAN

性別 男　年齢 18

職業 勇者

攻撃	1148
防御	836
魔力	12460
魔力抵抗	2183
機動力	628
器用さ	18740
運	216

LV. 104

HP 943/943

MP 15550/15550

ST 834/834

［ギフト／スキル］

▶器用貧乏

刀剣	96	盾	68
槍	45	身体強化	86
鈍器	30	隠密	35
体術	68	魔術	35
弓	53		
投擲	39		

▶クリエイトロード

採取	68	木工	36	強化	27
耕作	12	裁縫	35	美術	15
料理	62	調教	13	魔道具作成	45
薬調合	75	分解	62		
鍛冶	38	合成	56		
細工	60	付与	37		

▶エクスプローラー

検索	(MAX)	収納	95
解体	76	取引	30
探索	83	交渉	43
察知	92		
鑑定	15		

▶転生開花

［称号］

オールラウンダー

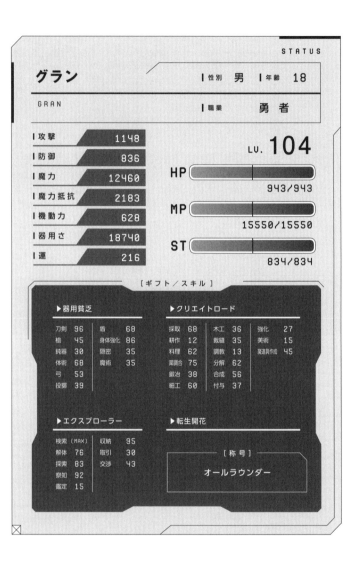

気付けば夕方になっていたのでそろそろ夕飯の支度をしなければ。

今日もあのシャモア来るのかな……まぁ、鍋の予備も増やしたし多めに作って、余ったら収納の中に入れておけばいいか。

さて、今日の夕飯のメニューは――……せっかくなのでグリーンドレイクの肉を使う事にしようか。ステーキにするのも悪くないのだが、昨日せっかくベーコンを作ったわけだし、そこでそのベーコンも活用してロールキャベツにしよう。

少し勿体ない気もするけれど、ここは贅沢《ぜいたく》にグリーンドレイクの肉を挽き肉にして使う。

挽き肉を作る機械なんてもちろん無いので、ひたすら包丁で肉を叩いて挽き肉にした。

竜種の肉は赤身が多く、牛肉を濃厚にしたような味のものが多い。味の濃いグリーンドレイクの肉だけではしつこくなりそうなので、グレートボアの肉を三割程度混ぜることにした。

よく捏《こ》ねた合い挽き肉に、半透明になるまで炒めたタマネギのみじん切りと、卵とパン粉を加えて、塩と胡椒、ナツメグを少々振ってよく捏ねる。それを手のひらより少し小さいくらいのサイズに分けて丸めて、軽く湯がいて柔らかくしたキャベツの葉でくるんで、ベーコンを帯にして留めた。

スープは野菜ベースかトマトスープで迷ったが、今日は野菜ベースにすることにした。タマネギやキャベツの切りくずを煮込んで作った野菜ベースのスープで、ロールキャベツを煮込んで最後に塩と胡椒で味を調えて完成。

ロールキャベツの帯のベーコンと、中身の肉からいい感じに旨味がスープに溶けだしてちょうどいい具合だ。

ロールキャベツだけでは食い足りないと言われそうなので、もう一品追加。

同じくグリーンドレイクとグレートボアの合い挽き肉で作ったメンチカツだ。揚げ物なら腹に溜まって満足するだろう。

うーん、肉ばかりで野菜がないから、ジュレでも作っておこう。

アベルは野菜があまり好きではないっぽいが、少し手を加えると物珍しさからか素直に食べるので、ジュレなら野菜でも素直に食べてくれるだろう。

先ほどロールキャベツにも使った野菜ベースのスープに、食用のスライムパウダーを加えて溶かしたら、冷蔵庫に入れて冷やして固めてゼリー状にする。

ちなみに食用のスライムパウダーは、前世で言うゼラチンの替わりだ。

何でも分解消化して食べるスライムだが、その食べた物でスライムの特性が決まる。

毒の無い植物や綺麗な水ばかりを摂取したスライムは、毒や臭みもなく食用になるため、各地にスライムの養殖場がありわりとメジャーな食材だ。

トマトは一口大に、キャベツは太めの千切りにしてその上に。先ほどのスープにスライムパウダーを入れ冷やし固めてゼリー状にしたものを崩しながらかける。

最後にエリヤ油という風味のいい植物性の油と、酢とレモンと塩で作ったドレッシングをかけたら完成。

そうこうしているうちに、アベルが帰ってきて、食事時を見計らったのかシャモアもいつものように手土産を持って現れたので、昨日と同じように庭にテーブルを出しての夕食になった。

今のところ天候に恵まれているからいいけれど、雨が降ると外で食事ができないから東屋《あずまや》とかオープンテラスを作るべきなのだろうか……。

うーん、食堂の壁をぶち抜いて庭に出入りできるようにして、そこにオープンテラスを作るのもありだなぁ。

また、やることが増えた気がする。スローライフって意外とやる事多いな。

さぁ今日も男二人と巨大シャモアで夕食だ。

「ドレイクの肉ってもっとしつこい味のイメージあったけど、これはずいぶん口当たりがいいね」

グリーンドレイクとグレートボアの合い挽き肉で作ったロールキャベツを口に運びながらアベルが言った。

「竜肉だけだとちょっと味がしつこくなるから、グレートボアの肉と混ぜて挽いてあるんだ。こっちのメンチカツも同じ合い挽き肉だ」

「メンチカツは、余ったら明日の昼飯用に包んどいてもらいたいな。大きさのわりに食べ応えあるから弁当にちょうどいいや」

「了解、それじゃあメンチカツサンドにしとこうか？　その方が手づかみで食べられるからいいだろう」

「おっ、そうしてくれ。そういえば、もう少し先にはなりそうだけど、今の仕事に区切りがついたら、グランが言っていたシランドルの東の方行ってみようかと思ってる」

「マジで⁉」

アベルの発言でテンションが爆上がりする。

「行ったことのある町までは転移魔法で行けるけど、そこから馬か馬車になるから、東の端まで行くには少し時間がかかるかもしれないね」

転移魔法を使うには一度転移したい場所に行ってその場所にマーキングしておかないといけないので、転移魔法は行った事のある場所にしか飛べないのだ。

転移のマーキングは基本的にどこでもできるが、転移直後の安全確保のため、町近くなどの魔物の少ない場所にマーキングすることが多いらしい。

また、城や砦、神殿などの重要施設や身分の高い者の住居等は転移魔法妨害の結界が張られているため、転移魔法の使用に制限がかかる場所もある。

しかし、転移魔法が実用レベルで使える者は極少ないため、そういった結界がある場所は重要施設や身分の高い者の私有地くらいで、ほとんどの場所はマーキングさえしていれば転移可能である。

転移魔法は遠距離の移動ほど魔力の消費が激しく、マーキングがあっても遠すぎる場所には転移できないので、そういった場合は途中に中継地点にもマーキングをする必要がある。

「シランドルの東の方は行った事ないいんだよねぇ。結構広い国だから、東の端まで行くとなると乗合馬車だと一か月近くかかるかもしれないなぁ。まぁ行った事ない場所だから、転移魔法の行き先を増やしに行くと思えばいいか」

「もちろんちゃんと対価は払うよ」

「対価ねぇ……飯と住居の保障と……あー、何かいい素材が採れたら装備でも作ってもらおうかなぁ」

「んんー趣味でやってる程度だからたいした物作れないぞ?」

「趣味程度ねぇ……複数付与もできるんだよね?」

「まぁ素材にもよるけど、高ランクのダンジョンで出るような物は作れないぞ?」

「めぼしい素材見つけるとこからだけどね。とりあえず近いうちにシランドルの方には行ってみる事にするよ」

「ありがとう助かるよ」

「俺も東の方の食材気になるしね」

よっし!! 他力本願だが米が一歩近づいたぞ!!

その後はいつものように酒を持ち出してきて、二人と一匹の夕食の時間は過ぎていった。

◆◆◆

この世界には前世にはなかった魔力というものがある。

魔力には属性があり、最もメジャーで扱いやすいのが六属性と呼ばれる火、水、風、土、光、闇である。

これに加えて聖――浄化や回復と相性の良い属性で、聖の魔力に高い適性がある者は神殿からのスカウトが多いとかなんとか。

それから沌《とん》――これは少し特殊な属性で適性のある者は非常に少ない。俺も沌属性には適性がないどころか非常に相性が悪くてまともに扱えない。あの魔法おばけのアベルすら適性が低いと言っていた。

この沌属性、原初の魔力と呼ばれる属性で、全てが無秩序に入り交じった属性である。無秩序に入り交じっているもののなかには生と死も含まれ、それ故に死を司る属性とも言われ忌み嫌う者もいるが、決して悪い属性というわけではない。

アンデッド系の魔物の生成や使役も沌属性の魔力によるものである。

この他にもレア属性と呼ばれる、珍しい属性もいくつか存在している。

そして魔力というものはどこにでもあり、この世界に存在するものの多くは大なり小なり魔力を持っており、全く持たないものの方が珍しい。

その辺の雑草ですら僅かながら魔力を含んでいるものがほとんどなのだ。

魔力が含まれるものならポーションになるし、付与の素材にもなる。

つまりこの世は素材で溢れているのだ。

そう思うと素晴らしい世界だな！！

そんな素材が溢れかえる森の中に、俺は来ている。

森！　つまり植物の塊!!　イコール素材の塊!!　ついでに魔物もいてそっちもうまい!!

素材の宝庫だが大きな森なので油断すると迷ってしまうし、効率良く素材を集めるためにも、簡単ではあるが森の地図を作っている。

どこでどういう魔物に遭遇したかも書き込んでおけば魔物の分布傾向もわかり、危険な場所の回避もしやすくなる。

マッピングは冒険者の嗜《たしな》みである。

俺には探索スキルという周囲の地形をなんとなく把握できるスキルがあるので、マッピングは得意な方だ。

パーティーに参加していた時はマッピング役をよく任されていた。

これだけ大きな森なので、人が入る場所くらいまではピエモンの冒険者ギルドで地図を売っているそうだが、強い魔物も出てこないので自力でマッピングをしている。

調査が完了しているダンジョンは冒険者ギルドでマップが販売されているのだが、わざわざ地図を購入するほど難度の高くないダンジョンの場合、自分でマッピングをすることが多い。

初めての場所のマッピングは少しワクワクするから結構好きなんだよな。


「よし、ここがこないだユニコーンを見かけた湖だな。ここまでは前回来た時に覚えてた道で間違いない。地図を作りながら来たから時間がかかったけれど、普通に歩けば一時間半くらいか」


今日は朝食の後すぐ森に入り、以前にも来た湖まで来ていた。

前回と違い、朝食後すぐに家を出たので今日は時間に余裕がある。

あまり奥まで行くつもりはないが、今日はこの周辺を散策する予定だ。

湖の周辺は森が途切れ空がよく見えるため、時間と方向の感覚が正常に働き場所の把握もしやすい。ここから家までの道は覚えたので、散策の拠点にするにはちょうどいい場所だ。

迷いそうになったらここに戻るようにしながら、少し森の奥まで行ってみよう。

家の周辺は魔物が少なく、いたとしても強くないものばかりだが、この辺りまで来ると魔物との遭遇も増え、手応えのあるものが増えた。

その分、魔物の素材も価値が高いものが多く、森の奥に行くほど散策が楽しくなってきた。

奥に行けばもっと高価な素材をくれる魔物がいるかなー？

珍しい薬草もあるかもしれないなー。

なーんて軽い気持ちでちょっと奥まで踏み込んだのが失敗だった。

「ちょっ!?　うげえええぇ!!　こっちもか!?」

こちらに向かって伸びてきた木の枝を叩き斬って即回収すると、別の枝が違う方向からこちらに伸びてくる。

それをギリギリで躱して斬り落とす。するとまた別の枝が!!

絵に描いたような無限ループである。

俺を攻撃してきているのは、トレント・ベローチェというトレント種の魔物。

トレントは木の姿をした魔物で、木のたくさん生えている場所――森や山の中を棲《す》み処《か》としている。

トレントを隠すなら森の中とはよく言ったもので、木の多い場所でそれらに擬態して獲物が通りかかるのを待っている。

しかもこいつら、気配を消すのが非常に上手く、気付いた時にはトレントだらけの場所に踏み込んでいるという事は珍しくない。

そして今まさにその状況に陥っている。

人のあまり踏み込まない森の奥地、あるのは人の道ではなく獣の道。そんな場所で道をメモしながら薬草を摘んで時々飛び出してくる魔物を倒していたら、たくさん生えている薬草に釣られてうっかりトレントだらけの場所に踏み込んでいた。

湖がまるで何かの境目のように、その奥は森の雰囲気が少し変わった。

採れる薬草はハイポーション向けのものが増え始め、魔物もCランクでも強い部類の個体が時々目に付くようになる。

生えている薬草も出てくる魔物の素材も、森の入り口付近より高価で質も良いものばかりで非常にうまいと思い調子に乗ってどんどん奥に進んだ結果がこれである。

トレントという木の魔物、大型のものが多く枝を振るったり生っている木の実や種を飛ばしたり、たまに魔法を使って攻撃したりと、木のくせに遠距離攻撃をしてくるという面倒くさい魔物なのだが、基本的に動きは遅い。

俺が今相手にしているトレント・ベローチェというやつは、トレントにしては珍しい低木サイズである。Cランクの魔物で小型のトレントのため枝は短く、飛ばしてくる木の実や種も小さいのであまり痛くはなくて一見チョロそうに見えるのだが、こいつはトレントのくせに足がクソ速い。

更に群れている。

つまり、大群で追いかけてくるというか押し寄せてくる。

なんというか、もさもさした茂みに追いかけ回されているような状況だ。

ちなみにこいつら肉食である。捕まるとバリバリと生きたまま食われる。

Cランクとあまり強くない魔物だが、数でゴリ押されるとさすがにキツイ。

そのうえ、こいつらに混ざっていつの間にか他の魔物までついてきている。

人のいない森の中でよかった。

こんなにたくさんの魔物を引っ張りながら逃げていると、進路上に人がいると巻き込んでしまう危険がある。

周囲に人の気配は全くないので、自分の安全を最優先で逃げながらトレント・ベローチェの群れを処理している。

木の魔物は火には弱いのだが、森の中で火を使うなんて火事になる場合があり自分も危ない。

森が火事になって燃え広がれば、森の傍の自宅まで巻き込まれてしまう恐れがある。

購入早々火災とか勘弁願いたい。

それに森で火事なんか起こしたらシャモア君が怒ってしまいそうだし。

森の主様怖い。

植物だから塩を撒《ま》いたらイケるかな？　いや、地面から生えているわけではないからダメそうだな。

塩も環境破壊になるからシャモア君に怒られるかもしれない。

やっぱ物理で倒すしかなさそうだ。……時間がかかりそうだなぁ。

この場をどうやって切り抜けようかと悩んでいる間もトレント・ベローチェの群れが次々とこちらに向かって枝を伸ばしてくる。

それを躱して距離を取りながら突出してきた奴から一匹ずつ仕留めているうちに、どんどん森の奥へと入り込んでしまった。

「うへー、場所がわからなくなった……」

逃げているうちに次々と近くの魔物がついてきて酷いことになりかけたが、振り切れる奴は振り切って、それでもしつこく追いかけてくる奴は倒してようやく安全を確保できた頃には、すっかり現在地がわからなくなってしまった。

「まぁ、川沿いに出たから方角はわかるな」

逃げているうちに河原に出たため、そこから空が見えて方角は把握できる。

近くに高い木があれば登って周囲を確認して、大まかな現在地を把握できそうだ。

キョロキョロと周囲を見渡すと、河原の近い位置にちょうど良い感じに背の高い木を見つけた。

枝が少なく少々登りにくそうだが高さはある。しかし枝が少ないぶん葉の量も少ないので上まで登れば周囲の様子がよく見えそうだ。

枝はなくても表面に小さな凹凸があり、そこに足をかければ登ることができる。

登っている間は無防備になるので、周囲の気配には細心の注意を払うことを忘れない。

高い位置までいくと枝が増え登りやすくなる。

だが油断してはならない。自分の体重を載せても折れない枝を選ばなければ、バキッといって落っこちてしまう。

枝が増えて登りやすくなったので、ヒョイヒョイと上を目指す。

さすがに一番上は無理だが、自分の体重を支えられるギリギリの場所までは登ることができた。

「ふおっ！　すっげー！　思ったよりでかい森だな！」

森の全てを見渡せるという程ではないが、地上からよりは遥かに遠くまで見ることができた。

木！　木！　木！　緑！　緑！　緑！

見渡す限りの自然である。この森、俺の想像以上にでかいな!!

おっと、豊かな自然に見とれている場合ではない。

太陽の位置からだいたいの方角がわかる。方角がわかれば森の外に向かう方向もわかる。

「川を下っていけば森の外に出られそうだな。で、川の上流の方が森の奥っと……ふわあああ、何だあれ？　木の塊？　いや、木にしてはでかいから山か？　奥に行くにつれてものすごく木が分厚くなってるな」

森の奥の方を見ると、山のような緑の塊が少し不自然に森から突き出しているのがうっすらと見えた。その中腹付近から上には白い霧のような雲がかかって霞《かす》んでいて、はっきりと見ることができない。

遠目にしか見えないが、まるで近づく者を拒んでいるかのような深い森の奥地——人の立ち入れない自然の世界。人があの場所に立ち入るのは無理だと本能的に感じた。

その不思議な雰囲気を醸し出す緑の塊に目が釘付けになり、木の上でしばらくの間ボーッと森の奥の方を見つめていた。


どれだけ森の奥を眺めていたか……、近くを通り過ぎた鳥の羽ばたきで我に返った。

危ない、こんな狙われやすい場所でボーッとしてしまった。

進むべき方向もなんとなくわかったので、木から下りてお家へ帰ろう。

あまり遅くなってしまうと夕飯の時間までずれ込んでしまう。

上から飛び降りるには少々高さがあるため途中まで木を伝って下りていると、不意に下の茂みの中からこちらに向けられた殺気に気付いた。

ヒュッ!!

空気を切る音がして何かがこちらに向かってくるのが見えて木から飛び降りた。

俺がいた場所に下の茂みの中から長い何かが伸びたのが見えた直後、落下中の俺に向かって茂みの中から別の何かが俺の落下先を狙って伸びてくるのが見えた。

「まずっ！」

反射的に近くの木の幹を蹴って落下位置をずらして河原に着地すると、その横を茂みの中から放たれた攻撃が通り過ぎていった。

その後、俺の横を通り過ぎていった何かと、木の上に伸びた何かが両方シュルシュルと茂みの中に戻っていくのが見えた。

その何かが戻りきる前に、腰に下げているスロウナイフを抜いて茂みの中へと投げてみた。

長い何かが戻っている方向からなんとなく本体の場所は想像できる。

ガサッ！

俺が投げたスロウナイフを避けたようで、茂みが大きく揺れた。

その時チラリと長い何かの根元が見えた。

白灰色の毛むくじゃらの頭部から生えた二本の角――それが俺を攻撃してきたものの正体だ。

そしてその角の持ち主は、茂みの中からまだこちらを狙っている。

伸縮する二本の角を自在に操る生き物――ヤエルという山羊《やぎ》に似た姿の魔物だ。

ヤエルは主に岩山や荒野に棲む魔物だが、それ以外の場所にも亜種が存在している。茂みの中から俺を攻撃してきているのはフォレストヤエルという森の中に棲む種だろう。

通常のヤエルは馬ほどの大きさだが、フォレストヤエルは子山羊ほどの大きさしかない。

小さい体で森の茂みの中に気配を消して潜み、そこから角を伸ばして突き刺し攻撃をしてくるという厄介な山羊だ。

体は小さいがその角はビヨンビヨン伸び縮みするうえに、その軌道をグネグネと曲げることもできるようだ。もちろん魔法も使ってくる。山羊のくせにちょこざいな奴である。

つまり、本体は小さいがリーチは俺よりだんぜん長い。そして山羊なので足も速い。

面倒くさい奴に絡まれたな!?

「どわっ!!」

角が茂みに引っ込んだと思ったら、再び角が伸びてきた。

くそ、茂みの中からこそこそと卑怯な。

「あっぶねっ!」

なんてことを思っている間にも、茂みの中から角がこちらに向かって飛び出して来ては、すぐに引っ込んでいく。

めちゃくちゃ面倒くさいな!?

これで茂みの中に追いかけていけば、動きが取りづらくなり的にされてしまう。

できれば広さのある河原で戦いたい。

茂みから離れれば釣られて出てくるだろうか? いや、河原の幅より角の方が伸びそうだ。

面倒だし逃げようかなぁ……でもヤエルの角は調合素材として優秀なんだよなぁ。

ビヨンビヨンと伸びてくるから、上手く立ち回れば角を切り落とせないかなぁ。逃げるにしても角を貰ってから逃げたい。

ん? 角を切り落としてしまえば、ちょっと魔法が使えるだけの角のない山羊だからチョロいじゃないか。

よし、やろう。

やる気になって茂みから距離を取り河原に陣取ったのはいいが、相手のリーチがクソ長く、角を伸縮させる速度も速いため、攻撃を躱した後に角を切り落とそうとするがシュッと素速く引っ込んでいく。

そのため攻撃が当たったとしても当たり方が悪く角を切り落とすまでいかない。

本体は相変わらず茂みの中で気配を殺しながら隠れていて出てこず、角だけを伸ばして攻撃をしてきている。

相手の攻撃は避けやすいが反撃ができない、そんな状況が続いていた。

くそお、どっかで角を伸びたまま固定したいぞ。

固定か……一か八かでやってみるか。

伸びてきた角をやり過ごした後、手にしていた剣を腰の鞘に収め河原から森の方へと全力で走った。

目指しているのはフォレストヤエルの潜んでいる茂みから少し離れた森の中――太めの木が密集している場所。

視界も足場も悪くなるので攻撃が飛んで来るタイミングを見誤れば、大ダメージをくらうことになる。

そうならないために、フォレストヤエルの攻撃の隙間を縫って奴が潜んでいると思われる茂みに、

その辺に落ちている石を拾って投げ込んでいる。

その度にフォレストヤエルが石を避けてガサガサと動くのでだいたいの位置は把握できている。

茂みの中にスロウナイフを投げると回収が難しいので、その辺の石を投げるのだ。

ナイフを使い捨てにするのはもったいないと思う貧乏性の庶民。いやいや、塵《ちり》も積もれば山となると前世のことわざにもあったしな。無駄な使い捨てダメ。

「おっと」

伸びて来た角をギリギリで躱すと、角の先端は俺の背後の茂みに突き刺さり、すぐに本体の方へと戻っていく。

植物が伸びており足場も視界も悪い獣道。動きが制限されフォレストヤエルの攻撃を最低限の動きで躱す状況。

くそ、やはり森の中は厳しい。欲を出したのは失敗だったか？

フォレストヤエルの攻撃を避けているうちに、気がつけば太い木の前にと追い込まれていた。

いいや、これは作戦だ。

太い木の幹に背中を預けるように立ちフォレストヤエルの攻撃を待った。

シュッ!!

空気を裂く音がして、茂みの中からフォレストヤエルの角が伸びてきた。

木を背にしたまま少し横にずれてそれを躱す。

カッ!!

先端が鋭く尖《とが》ったフォレストヤエルの角が俺の背後の木に刺さる音がした。

角を引き戻せばすぐに抜けると思われるが、それでもただ伸び縮みするよりは硬直している時間が長い。

少しでも止まっている時間があれば十分である。

すぐさま腰のアダマンタイトの剣を抜き、自分のすぐ脇辺りでフォレストヤエルの角を力任せに叩き切った。

角は切り離された先端部分を木の幹に残したままシュルシュルと茂みへと戻っていく。

その間に木に刺さっている角をそのまま収納へ。

切り離された角は縮むことなく長いままである。

む? これは角が伸びてくる度に切り落とせたら非常にうまいのでは!?

思わず欲望に満ちた目でフォレストヤエルの潜んでいると思われる茂みを見た。

ガササッ!

茂みがガサガサと揺れている。

先端だけだが角を切られて動揺しているのか?

しかし、次はもう同じ手にはかからないだろう。先端が無くなってしまった方で突き刺し攻撃は無理なので、伸ばしてこない可能性もあるな。もう少し長めに切っておけばよかった。

残っている角も伸ばしてきてくれないかなぁ。

相変わらず茂みはガサガサと揺れているので、そこにフォレストヤエルがいるのだろう。

剣を構え、角が伸びてくるのを待つ。

「ん?」

ふと、その茂みの揺れ方に違和感を覚えた。

茂みが継続的に揺れているのである。先ほどまでは俺が石を投げ込んだ時と角を伸ばしてくる時しか揺れていなかった。

よく見ると、周囲の植物もガザガザと揺れている。まるでそこだけ風が吹いているように。

「しまった、風魔法か!!」

茂みが揺れているのは風魔法。おそらくフォレストヤエルはあの茂みにはいない。

角を引っ込めた直後に他の場所に移動したと思われる。

まずい、森の中で見失ってしまった。どこだ!?

周囲の気配に集中するとチリッと一瞬だけ殺気を感じた。

その直後、殺気を感じた方から角が伸びてきた。

「くっ!!」

危ない、気付けてよかった。

ギリギリで伸びてきた角を躱したが、伸びてきた角が運悪く左の腕防具の隙間を掠《かす》っていき、服と皮膚が裂けて血が滲《にじ》んだ。

俺の腕を切り裂いて通り過ぎていった角は、背後で向きを変えこちらに戻ってきた。

それを躱しながら角の根元の方へと踏み込んだ。

直線的な動きはスピードが速く、角を引き戻す動きも素速いためこちらの攻撃を当てにくい。

しかし曲線的な攻撃はスピードが遅い。しかも今回は長く伸ばし向きも大きく変えている。

その攻撃を躱してしまえば根元に近い場所ほど隙が大きくなる。

「俺の勝ちだな！」

角が引き戻される前に茂みから伸びている根元に近い部分に向けて剣を振り下ろした。

カーンッ！

小気味良い音がしてフォレストヤエルの角が折れた。

かなり引き戻されていたが、先ほどのものよりも長い。

すぐにそれを収納の中に回収して、茂みの方へと注意を向ける。

先の尖った角はもうないぞ。さぁ観念するのだ。

山羊肉はやや野性味の強い味ではあるが、調理方法でなんとでもなるし、フォレストヤエルは小型の山羊なので肉は柔らかくて臭味も少なくて食べやすいかもしれない。

やはり煮込み料理か？　山羊はほとんどの部位が食べられるな？

干し肉やソーセージにしてもいいな。ヤギカツもたぶん美味い。

腹が減ったな。

さっさとフォレストヤエルを仕留めてお家に帰ろう。そしてフォレストヤエル君、君は明日か明後日の夕飯だ!!

剣を手に茂みへと近づく。

ザッ!!

もうすぐ茂みに手が届きそうなところで、中から角が飛び出してきた。

「ぬおっ!?」

咄嗟に身を翻して直撃は避けたが、角は脇腹を掠めて後ろへ伸びていった。

尖った先端はもうないのでダメージはほとんどないが、それでも接触した時の衝撃で軽くバランスを崩してしまった。

そこへ次の角が伸びてきた。

くそ、これは避けきれない!

体勢を立て直しつつ咄嗟に剣でそれを受け止めると、思った以上に大きな衝撃がきて、中途半端な体勢では勢いを受け止めきれず地面に尻もちを突いた。

その俺の頭上を角が通り過ぎていく。

反対側の角はすでに引っ込んでおり、次の攻撃がいつきてもおかしくない。先は尖っていないが、あの勢いの角をぶつけられると防具の上からでもかなり痛そうだ。

すぐに体勢を立て直して一旦茂みから離れよう。

やはり姿を見せずリーチの長い攻撃をしてくる相手に近づきすぎるのは危険だ。

肉は欲しいが欲をかきすぎるのは危険そうだ。今回は角だけで我慢しておくか。

俺が急いで体勢を立て直し茂みから距離を取るのとほぼ同時だった。

ピョーン！

小さな山羊が茂みから飛び出して、跳ねるように森の奥へと駆けていくのが見えた。

「あー、逃げられちまった。まぁ、小さい山羊だし肉は少なそうだからいいか。しかしあの小ささで角はすげー伸びるんだな」

フォレストヤエルおそるべし。

今回は引き分けということにしてやろう。次に会う時はもっと肉を付けておいてくれ。

ピョンピョンと森の奥へと逃げていくフォレストヤエルの後ろ姿が見えなくなり、俺も河原へと戻ることにした。

上から見た感じだとおそらく川を下っていけば、森の外に出られるだろう。

河原まで戻ると昼飯がまだだったことを思い出し、急に空腹感がやって来た。

太陽の位置はすっかり頂点を通り過ぎているので、そりゃあ腹も減るはずだ。

周囲がよく見える場所に腰を下ろし、作ってきた弁当を広げたところで背後から頭の上に生温かい空気を感じた。

「ホント、気配ないよなぁ。弁当を分けてやるから、家まで道案内してくれよ」

振り返ると真っ白いシャモアが鼻息を荒くしながらこちらを見下ろしていた。

俺の昼飯は少し減るけれど、心強い案内鹿を味方にできた。

◆◆◆

毎月〝五〟の付く月にある五日市《いつかいち》、一月《ひとつき》が三十日なので五日市は月に三回。

毎回参加しようと思うと少し忙しくなるペースだ。

俺が露店を出したのが先月の十五日、次の二十五日は露店は申し込まず見て回るだけにした。

前回いきなり参加して、キルシェに助けてもらうまでさっぱり売れなかったから、他の店を見て俺にもできそうな事を学ぶ事にしたのだ。

その次の月の五日――今日開催される五日市に参加しようと思っていたのだが、アベルの襲来によりすっかり申し込むのを忘れていて、気付いた時には露店の募集が終わっていた。

次回の申し込みは今日から受け付けなので、忘れないように帰りに商業ギルドに寄って申し込んで帰ろう。

いいもんいいもん、のんびりペースでちょうどいいもん。

スローライフと思いきや、何だかんだでやることが次々出てくるので、五日市は月に一回くらいでいいもんねー!!

　前回から一か月空いたら、キルシェに教えてもらった事をすっかり忘れてしまいそうだ。

　そんなわけで、露店は申し込みそびれてしまったが、何か掘り出し物がないかと朝から五日市に来てみた。

「あ、グランさん！　おはようございます。今日は露店じゃないんですね」

　会場になっている町の広場をうろうろしていると、すっかり聞き慣れた声が聞こえてきた。

「お、キルシェ、おはよう。うっかり申し込みが遅れて、もう出店できる場所がなかったんだ」

　振り返ってその声に手を上げて応える。

　どうやらキルシェも五日市に来ていたようだ。

「月初めの五日市は一番人が多いんですよね。早めに申し込まないとすぐ場所がなくなってしまうんです」

「なるほど、確かに人が多いな。露店を出せなかったのが残念だ」

　キルシェと話しながら周囲を見回せば、今までの五日市より明らかに人が多い。

　くそぉ、露店側で参加したかった。

「露店が出せなかったのは残念ですが、月初めの五日市は品物も多く集まりますから、買い物をする側でも楽しいですよ。露店側だとあまりゆっくり見て回れませんからね」

「言われてみるとそうだな。もしかすると掘り出し物があるかもしれないな」

そう思うとワクワクしてきたので、我ながら実に単純である。

とはいえそう簡単に掘り出し物などあるわけもなく、キルシェとあてもなくぶらぶらとしているだけになっている。

俺はこういう無計画な行動は嫌いじゃないし、収穫がなくとも露店を見て回るのは好きなので苦痛じゃないがキルシェは退屈ではないだろうか？

収穫がなければ無駄な時間になるし、金と効率を求める商人には無駄を嫌う者が多い。

「これといった掘り出し物もないし退屈じゃないか？」

「いいえ？　楽しいですよ。掘り出し物なんてあればラッキーってくらいですからね。それにめぼしい物が見つからなくても、色々な物を見て回るのは、無駄ではありませんから。ほらグランさん、物の相場を覚えるチャンスですよ！」

「うっ⁉」

冒険者になってずいぶん経つので物の相場には自信があったのだが、いざ自分で売る側に回ってみると案外わからない。

知っているつもりが、それは自分に関わりがあるものだけで、素材の相場は何となく知っているが、それを使って作ったものの値段はさっぱりわからなかった。

どのくらい利益を乗せていいかもわからない、しかも生産初心者の作った物が売れるかはわからないという不安からつい安い値段にしてしまいたくなる。

前回参加した五日市では、安い値段を付けすぎてキルシェに指摘されてしまった。

値段の付け方というのは俺が思っているよりずっと難しい。

見て回るだけでも参考になるだろうか？

いや、ただ見るだけではダメだな。意識して見ないと記憶に残らないし、理屈もわからない。露店を回りながら少し注意深く見てみよう。


あそこの露店で売っているのは、布を継ぎ合わせて作られた手芸品が中心。

店主は町に住む女性だろうか？　きっと彼女の手作りなのだろう。端布を使ったパッチワークなので材料費はかなり安そうだ。それであのくらいの値段なのか。

あっちは藁《わら》や木を使った籠やザルか。

これも材料費だけ見るとそんなに高くないはずだ。ただ一つ一つ手編みなのでものすごく時間がかかってそうだ。それであの値段なら納得だな。

向こうは人形か？　ちょっと顔が怖いけどすごくよく作り込まれてるな。値段も結構いい値段だが、これだけ細かく作り込まれているなら納得だな。顔は怖いけど。

それ呪いとかかかってないよね？　夜の間に髪の毛が伸びたりしない？　大丈夫？

え？　こっちの藁人形なら安い？　ちょ、ちょっと遠慮しときます!!

あっちはなんだろう、芸術作品？　絵画？　そっち方面はよくわからないや。

え？　爆発する絵画？　いや、なんで絵画を爆発させようと思った!?

い、いらないよ!!

思ったより色々売ってるんだなぁ……、なんだか世界が広がった気がするよ。

みんな結構強気で値段を付けてるんだな。俺も見習おう……見習えるといいな……いざとなるとやっぱ弱気になりそうだ。

「あっ！　あそこ薬草屋じゃないですか？　グランさん薬草好きですよね？　ちょっと見てみましょう」

特にめぼしいものも見つからずだらだらと露店を見ていると、キルシェが薬草を売っている露店に気付き指差した。

薬草が好きというわけでは……いや、わりと好きだな。集めるのが。

キルシェが差した方を見ると、東の隣国で見かけるような服を着た商人が薬草を並べている露店で、薬草の香りが周囲に漂っている。

この辺りで手に入らないものがあるかもしれない。

「いらっしゃい、シランドル南方の薬草だよ。薬草以外にも色々あるから見て行っておくれ」

南の方といったら年中暖かいから、また違うものがありそうだな。

「ほあー、見た事のない薬草ばっかりだ。うわ、これは薬草じゃなくて生き物の干物？」

「ああこれはシーホース、体力を回復するポーションの材料だな。うお？　これリュウノアカネか？　めちゃくちゃ珍しいじゃないか!?　しかも安めだな、買った!!」

露店の中に独特の魔力を感じる薬草が目に留まった。

「お、リュウノアカネを知っているのか。品質はあまり良くないがいいのか？」

「品質が多少低くてもリュウノアカネ自体が珍しいからな、買う買う」

リュウノアカネとは温暖で湿気の多い地域に棲む竜種の巣の近くに生える薬草である。

竜種の棲み処があったとしても寒い冬のある地域では育ちにくい薬草のため、ユーラティア王国ではあまり見かけない。

俺も実物は隣国に行った時に見た事があるだけで、実際に素材として弄ったことはない。

竜の魔力に晒され、その力を吸収して育つこの薬草は、強力な状態異常回復効果があり、毒や麻痺だけではなく、品質の良いものなら石化や精神系の異常まで治してしまうすごいポーションになる。

これは品質が低いので毒と麻痺くらいしか治せないかなぁ？

品質が低いが安めなので、高級素材を弄る練習用にちょうど良い。

高級素材にしては安いというだけでわりといいお値段なのだが、それでもこれならちょっと試しに弄ってみようかなって思う価格である。

やー、超掘り出し物ってわけじゃないけど、良い物買えたな!!

「なんか付き合ってもらって悪いな」

「いえいえ、僕も商業ギルドに寄ってから帰る予定でしたから」

昼過ぎまでのんびりと五日市を見て回った後、キルシェを家まで送ってから商業ギルドへ行こうと思ったら、キルシェも用があるらしく一緒に向かう事にした。

五日市の会場から商業ギルドは五分もかからない場所にある。

会場を出て商業ギルドのすぐ前まで来た時——。

「あぶなっ！」

「ひえっ!?」

見通しの悪い塀の向こうから馬車が近づいて来る音が聞こえて、反射的にキルシェを抱えるようにして後ろに下がった。

直後、商業ギルドの荷下ろし場から幌付きの荷馬車が飛び出してきて、俺達のすぐ横を通り過ぎていった。

大通りに一時停止なしで飛び出してくるなんてあぶねーな！　御者やめちまえ!!

しかも俺達が来た方向に曲がったので、避けなかったら内輪差で巻き込まれてたぞ。

「た、助かりました。大きな荷馬車だったので他の町の商人ですかね。念のためギルドに報告しておきましょう」

「そうだな、危なく轢かれかけたんだ、しっかり苦情を言っとこう」

関係者の素行についての苦情は、場合によってはギルドが対応してくれる。

冒険者の場合は苦情があると調査が行われ、冒険者に非があれば注意、悪質な場合には減給やランクダウンのペナルティが課せられる。

商業ギルドはどうなんだろうな。

ふと、前回のセコいくじ引きを思い出してあまり期待ができない気がした。

あの馬車が帰り道で大型の魔物のうんこを轢いてスリップするようにお祈りしておこう。いや、それだと馬がかわいそうだから、操縦してた御者がうんこ踏みますように。

そんな呪いじみたお祈りを心の中でしながら歩き始めると、馬車がでてきたところから今度は人が飛び出してきてぶつかりそうになった。

ここは飛び出し注意ポイントだな。覚えておこう。

「っと、すみません。失礼しました」

飛び出してきたのは商業ギルドの制服を着た茶髪の男。

なんか見た事ある顔だな？

「あ、ロベルトさん」

あ、そうだ、前にパッセロ商店で会った商業ギルドの職員だ。

「これはこれはキルシェさんとゴ……えーと」

ゴ？　俺の頭文字はゴじゃなくてグだ。ってどっかで名乗ったっけ？

まぁ、何度か商業ギルドには行ってるから名前くらい知られてるかもな。

「グランだ」

「ああ、そうだグランさんだ。商業ギルドのロベルトです、改めてよろしくお願いします」

「ああ、よろしく」

小柄な体型にやや童顔で彫りの浅い顔立ちで、あまり印象に残らない青年が少し緊張した表情でこちらを見上げている。

すまんな。冒険者なので体格もそこそこいいし、チャラチャラと武器も吊り下げてるので見る人によっては威圧感があるよな。

おそらく俺よりも年上なのだろうが、体格の差のせいで俺よりも年下に見えてしまう。

できるだけ威圧感を出さないように笑顔を保つが、ビクリと肩を揺らして目を逸《そ》らされてしまった。

「あっそうだ、ロベルトさん！　さっき出て行った幌付きの大型荷馬車、他の町の商人ですかね？すごい勢いで飛び出して曲がっていって、グランさんがいなかったら轢かれるところだったんですよ！」

キルシェがプリプリしながらロベルトに先ほどの馬車の話を始めたおかげで、俺と彼との間に流れていた微妙な空気が消し飛んだ。

「ああ、そうだな。人通りの多い道だから、そこから出てくる馬車は一度止まって安全確認するようにした方がいいんじゃないかな?」

商業ギルドの荷下ろし場は防犯のためか塀に囲まれており出入り口付近は見通しがあまりよくなく、出会い頭の事故が起こってもおかしくない場所だ。

「ああ、ええ、先ほどの馬車は領都の商会の馬車ですかね。厳しく言っておきます。それから、確かにここも見通しが悪くて危ないですね。ええ、ええ、すぐに上に伝えて改善を急ぎます。では」

少しおどおどしていて頼りなさげに見えるが、俺達の話を聞いて改善にも努めてくれるようで、話が終わると足早に走り去って行った。

そんな出来事もあったが、次回の五日市の申し込みは問題なく終わり。今回は早めに申し込んだので比較的良い場所が取れた。

よーし、次回の五日市は色々作って自力で売ってみせるぞ!!

◆◆◆

「これはエリミネイトハイポーション？　え？　毒の無効化？」

俺が出したポーションを鑑定したアベルが困惑した顔になっている。

エリミネイトポーションとは複数の状態異常回復効果を持つポーションの事である。

「うん、ちょっと前に森でフォレストヤエルの角を手に入れたからさ、ポーションにしたら追加効果が付いたんだ。複合系のポーションは一般向けには需要が少なそうだし、冒険者ギルドに買い取ってもらうかなって思ってたけどアベルが使う？」

五日市に行った翌日の夜、夕食を終えシャモア君が森に帰っていった後、リビングのソファーに腰を下ろし、昼間に思いつきで作ったポーションをアベルの前に出した。

毒と麻痺からの回復効果のあるエリミネイトハイポーション。

その素材は、先日激闘を繰り広げたフォレストヤエル君の角と五日市で買ったリュウノアカネだ。

フォレストヤエル、いや山羊や鹿、レイヨウ系の魔物の角はポーションの素材になるものが多く、そのほとんどが解毒や麻痺回復の効果を持っている。

そのため毒と麻痺どちらも回復できるポーションになる非常に優秀な素材なのだ。

そして五日市で買ったリュウノアカネは、品質は低めだが毒と麻痺回復効果は確実にありそうだったので思わず混ぜてみた。

この辺りでは手に入りにくいリュウノアカネを買ってどうしても気になってしまい、フォレストヤエルの角と混ぜてポーションにしてしまった。

その結果、毒と麻痺の回復効果に加えて、植物性に限るが解毒した毒の一定時間無効化という効果が付いたようだ。

ITEM

エリミネイトハイポーション＋

レアリティ	品質
C	普通

効果：解毒C／麻痺回復D
用途：中度の毒、麻痺からの回復
備考：解除した毒が植物性の場合に限り、その後一定時間その毒を無効化
副作用：なし

追加効果が発生したため、ポーションに＋という表記になっている
フォレストヤエルの角もリュウノアカネも弄るのは初めてだったので、本や鑑定では知る事ができない特性があったのか？　それとも他に混ぜたものが原因か？

他のヤエル種の角を過去に弄った時も追加効果が付く事があったが、その時は回復効果系だった。

リュウノアカネは本で見た知識だけだからわからないな。

まぁ、効果が増える分にはいいかー!!

あれ？　アベルが目を細めてこちらを見ているぞ!?

「何を混ぜたらそうなったの!?　ヤエル系って毒と麻痺の回復効果でリュウノアカネが状態異常回復系だっけ？　どっちも一時的だとしても毒無効化が付くなんて初めて聞いたよ」

「フォレストヤエルの角もリュウノアカネもハイポーション向けだから、触媒にアベルが持って来たグリーンドレイクの骨粉を少し入れてみたけど？　思ったより扱い難しい素材ばっかでさ、混ぜる時にかなり魔力が逃げて品質が下がったんだけど、なんか毒無効がついたんだ」

品質がよければリュウノアカネはエクストラポーションにもなるのだが、質が悪いのでハイポーションまでにしかなりそうになく、それでも効果の底上げになるか？　と思い混ぜてみたが非常に残念な結果になった。

いくら効果の高い素材を使っても、作り手の腕が悪ければ品質が下がり効果はいまいちになってしまう。

そんな残念ポーションに妙な効果が追加されてすごく微妙な気分である。

魔物の骨はポーションを作る時の触媒になり、その魔物の素材の特性がポーションの効果に表れやすい。

グリーンドレイクの骨には万能な回復効果があるから、今回の素材を相性がいいと思い試しに入れてみたらこのざまである。

竜種系の素材は色々な効果があるから干渉したのかな？

一つ偉くなったな!!　生産はトライアンドエラーの繰り返しだ!!

「一度食らって解毒した毒を一定時間無効化か。植物性限定は冒険者だとあまり使いどころなさそうだねぇ。魔物の毒が無効化されるならめちゃくちゃ便利だったのに。あーでも、ハイポーションだけど品質が低いせいで効果が下がって魔力酔いをしにくいから、魔力なれしてない人にも使える？でも、このランクの毒と縁がある一般人は限られてくるか」

微妙すぎるポーションの効果にアベルもやや困惑気味だ。

そうなんだよなぁ。

冒険者をやっていると毒をもらう事はよくあるのだが、そのほとんどは魔物の毒で植物性の毒はあまりない。

植物系の魔物の毒にも有効ならそこそこ使い道があるかもしれないが、やはり使いどころは限られる。

しかも調合を失敗してハイポーションなのに効果もやや低めだから、高い効果の方が好まれる冒険者向けとしては微妙である。

冒険者ギルドに持ち込むつもりだったのだが需要が微妙で買い叩かれそうなので、その前にアベルに相談してみたのだ。

「だよなー。昨夜試した限りだとペルシモスの毒まではいけた。それ以上は怖くて試してない。ペルシモスは毒としてのランクはB－《マイナス》だから、解毒効果Cでももしかすると植物系の毒に限ってはもう少し上まで有効かも」

ペルシモスはピンクや白や黄色の綺麗な花を付けるため、観賞用として植えられる事もある低木だが、全ての部位に強い毒がありうっかり口にすると中毒死の危険もある植物だ。

しかもこのペルシモス、折った枝から出てくる汁に触れるとかぶれるし、燃やした煙にも毒がある、生えている土壌にもその毒は広がり周囲の植物を汚染する。木を抜いた後も一年ほどは土に毒が残り続ける。

ペルシモスのすぐ傍に植えた野菜を食べて中毒死したなんて話もある、とんでも植物である。

こんな植物だから、毒を使った事件ではちょいちょいその名を耳にする。

「ペルシモスまでいけたって、まさかペルシモスの毒を飲んだの!? 何やってるの!? いくら普通の人より毒に耐性あるからってそんな強力な毒を飲んで、解毒できなかったらどうするつもりだったの!?」

やっべ、アベルがものすごく真顔になっている。

「や、ちゃんとペルシモスの毒を解毒できるポーションも用意してからやったから。あ、解毒した後は一時間くらいはその毒ポーションを飲んでも、ペルシモスの実を食べても平気だったから、毒の原料の植物ごと無効になるようだ」

やー、作ったポーションの効果を試すのにペルシモスから作った毒ポーションを少しだけ飲んでみたら、すげー吐き気の後に意識が飛びそうなくらいの目眩《めまい》がきたよね。

怖いから一応強力な解毒ポーションも手元に用意して試したけれど、今回のポーションだけで解毒できたし、その後はしばらく毒が効かなかった。

ちなみにペルシモスの実はパッと見すごく甘くて美味しそうな果物みたいなのだが、味はめちゃめちゃえぐみが強い。不味いし毒もあるし普段は進んで食べようとは思わない。

なんかすごいポーションできたと思ったけれど、冷静に考えたら使いどころが限られていた。

「いたっ！」

突然小さな氷の粒が跳んできて額に当たった。

「次から毒の実験する時は一人でやらないで俺も呼んで」

「昼間で誰も家にいなかったし……いたっ！」

「一人の時に自分で試してもしもの事があったらどうするんだ！」

また氷の破片が飛んできた。

やばい、アベルが珍しく強い口調になっている。

これはガチで怒っているな。

「お、おう、すまなかった。次から毒を飲む時は声をかけるよ」

ちょっと実験のつもりが思ったより心配されてしまったようだ。

「もー、ほんとにそういう人体実験みたいな事は、もしもがあるからやる前に教えてほしいな。それでも毒を飲むのはないな……そういうの専門の機関にコネがあるから必要な時は教えて？　ところでそのポーション、俺が買うよ。冒険者には微妙だけれど、ペルシモスの毒が消せて一定時間無効化できるなら金持ちに需要ありそう」

その専門の機関ってやつも、貴族には需要ありそうってやつも、詳しく聞くのが怖くなる話だな!?

まぁいいや、自分では使い道がなさそうだしアベルに売ってしまおう。

お？　思ったより高く買ってくれたぞ！　毎度ありーっ！

◆◆◆

前世の記憶にある黒くて苦い飲み物。

前世ではあれを毎朝仕事前に飲むのが習慣だった。飲むとなんとなくシャキッとするというか、目が冴《さ》えるみたいな。

子供の頃は、大人はどうしてこんな苦いものを飲むのかわからなかったが、大人になるといつの間にか飲むようになり、気付いたら習慣化して朝とは言わず仕事の合間にもよく飲んでいた記憶がある。

最初は砂糖やミルクをたっぷり入れていたが、年を取るとともにその量は徐々に減っていき、最終的には砂糖もミルクも入れず、その黒くて苦い飲み物をそのまま飲んでいた。

思えば中毒性のある飲み物だったのかもしれない。

そんな黒くて苦い飲み物を今世でもたまに飲みたくなる時があるのだが、まだそれを見つけられない。

だが、似たような飲み物を前世の記憶をひっくり返してきて作ることはできた。

見た目は似ているが成分は全く違うものだ。味もそこまでは似ていないが、苦みが強いところは共通していた。むしろ前世ではその黒くて苦い飲み物より体にはいいと言われていて、代わりに飲んでいる人もいた。


「うわ、何それ？　薬草茶？　すごい色だね」

朝食の席で俺のマグカップに入っている真っ黒な液体を見て、アベルが少し引いていた。

「うん、ポポの花の根を煎じて作ったお茶だよ。飲むと頭がすっきりするというか、軽い覚醒効果と体力回復効果があるから、朝飲むと寝起きの気だるさが無くなるんだ」

「へー？　ポポの花って、あのどこにでも生えてる黄色い花だよね？　花が散ると綿毛になるやつ」

「そうそう、あんなどこにでもある草だけど、ちょっとだけ魔力を含んでるからポーションの材料にもなるんだ」

「そうなの？　ポポの花がポーションの材料になるとか初耳だ」

ポーションの材料は、作成者によってまちまちだ。

材料ではなく効果でポーションの質と種類が分けられる。もちろん基本になるレシピはあるが、季節や地域によって材料となる素材の入手量が違うので、性質が似ている他の素材を代用することで、レシピが制作者によって変わるのは普通の事だ。

何で代用するかは製作者の経験と知識がものを言うところだ。

ポーションの質は製作者の腕前でも上下するので、材料面とも合わせて同じランクのポーションでも製作者によっても効果量に差が出てくる。

故に、ポーションは鑑定スキルによって品質を保証されたものが、市場に出されるのが一般的だ。

「ちょっと苦みあるけど飲んでみるか？」

「あぁ、頂こう」

黒くて苦い飲み物ことコーヒーを、前世で初めて飲んだ時の記憶を思い出して、心の中で少しほくそ笑んでアベルにコーヒーの類似品を淹れてやる。ちなみにポポの花とは前世のタンポポに似た植物だ。

つまり、このコーヒーの類似品というのは、タンポポコーヒーというやつだ。

そしてアベルは甘党だ。

「にっが……っ！　そのうえ、土っぽい味もする。グランよくこんなの平気な顔して飲めるな」

「慣れだよ慣れ、ミルクと砂糖を入れると飲みやすくなるけど入れるか？」

「そうするよ」

一口飲んで眉間にしわを寄せるアベル。予想通りの反応でちょっと楽しい。

「ミルクと砂糖を入れたらだいぶ飲みやすくなるね……しかしやっぱり苦みが……」

「まぁ、ポポの花自体に強い苦みがあるからね」

「でもこの苦みのせいか、たしかにスッキリするね。よくポポの花をお茶にするなんて思いついたね？　ポポの花はポーションにしたら、体力回復ポーションになるのかい？」

どこでポポの花がお茶になる事を知ったのか突っ込まれると非常に困るので、さりげなくその部分は飛ばしてポポの花のポーションについて話した。

「んー？　それがさ、そう思ってポーションにしたことあるんだけど、ポポの花って元々含有魔力が少なすぎてポーションにあんまり向いてないんだ。だから他の体力回復系の素材を一緒に混ぜて、触媒に陽輝石と輝銀石《きぎんせき》の粉末を入れてみたら、なんか体力回復どころか身体強化みたいな効果が出ちゃってさ」

「は？」

身体強化効果のあるポーションは非常に珍しく、またほとんどのものに何かしらのデメリットが付いている。それ故に身体強化系のポーションは品質のチェックが非常に厳しく、値段も高い。

そのため、酷い副作用のある非合法の粗悪な身体強化ポーションを正規のポーションと偽って売ろうとする悪徳な業者もいるし、副作用があるのを承知で安い身体強化ポーションを欲しがる者もいる。

偶然俺が作ったこのポポの花のポーションは程度は低いが身体強化のような効果があった。

効果が一時的でデメリットもあると言えど、身体強化系のポーションは人気がある。

そして鑑定スキルかそれに準ずるものが無ければ、ポーションの詳細——デメリットを正確に知るのは難しい。

そんな状況を利用して、デメリットをはっきりと伝えず身体強化系のポーションを売っている店もある。

デメリットの大半は使用後に何かしらの反動が出るものだが、中には中毒性が強く麻薬に近いものすらあるので、身体強化のポーションは使用法を誤ると危険なのだ。

「一時的に疲労感が全くなくなるみたいな効果なんだが、効果が切れたあとの倦怠感《けんたいかん》がやばい。体力の前借りって感じの効果かな。あと輝銀石を使ってるから、短時間で飲みすぎると毒性も出てくるはずで、ポーションとしては欠陥品だ。ポポの花を抜くとただの体力回復ポーションになるから、身体強化効果、つかドーピング効果あるのはポポの花でほぼ間違いない。おそらく輝銀石を混ぜて強制的に魔力量増やしたから、ポポの花の体力回復効果が体力ドーピング効果に変化したのかなって思ってる」

「その辺に生えてる雑草から、そんな物作れるのはまずいね。デメリットを最小限しか説明しないで身体強化ポーションだと言って売ることもできるからね」

「そう思ってこれ話したのはアベルが初めてだよ。ポポの花なんて魔力の内包量少なすぎて、普通はポーションの材料にしようなんて思わないからな。どうにか使い道はないかと思ったけど、輝銀石を入れなかったらポポの花自体には体力回復と解毒効果がちょっとある程度で、せいぜい酔い醒《ざ》ましのポーションになるくらいだったよ」

前世の知識がなかったら、ポポの花なんてただの雑草だと思ってスルーしていたと思う。どうしてもコーヒーが飲みたくてタンポポコーヒーを思い出してポポの花で作ってみたら、微弱ながら体力回復効果があったのでポーションの材料にしてみたらどうなる？　と試した結果がこの欠陥ポーションである。

「酔い醒ましのポーションなら使い道ありそうだが……しかしこんな身近な植物に、ドーピング効果があるとは」

「ポーションの材料なんて、気が付かないだけで身近にあるもんさ」

子供の頃から薬草集めをしていたので薬草や毒草には詳しい方だが、意識して探してみるとポーションの材料にならないものの方が珍しいのではないかというくらい魔力を含んだ植物は身近に溢れている。

魔力を蓄積できる植物でなければポーションの材料にはならないのだが、微量ながら魔力を蓄積できる植物は意外と多い。ポポの花もそうだが、魔力の蓄積量が少なすぎてポーションの材料として認知されていないだけなのだ。

◆◆◆

朝食が終わるとアベルは王都の冒険者ギルドで受けている仕事の消化へ向かい、俺は毎日のノルマにすると決めたブラックバッファローの解体を済ませた後、ポーション素材の確保のために近所の森へ入る事にした。

今日は湖の少し奥の辺りで時々出てくる魔物を倒しつつ薬草を摘んでいた。

前回は無計画に奥まで行きすぎて酷い目にあったので、今日は湖の周辺から慎重にまだ踏み込んでいない場所を散策していた。

湖の辺りまで来ると森の入り口周辺より強い魔物の姿を見るようになるが、深くまで踏み込まなければ数は少なく対応もしやすい。

強い魔物といっても入り口周辺より一ランク強くなった程度なので、先日のように数で押されない限りは余裕があり素材としてもうまい。

自宅のすぐ裏が素材の宝庫で、奥まで行かなければ強い魔物もいないなんて素晴らしい。

こんな平和な狩り場が町の近くにあるのにほとんど人の手が入っていないのは、ピエモンが高齢化の進みつつある町で、冒険者も少ないからではないだろうか。

近所の狩り場としてはちょうどよくても、わざわざ遠方からくるほどでもないし、魔物を狩るならピエモン南の平原や森、もしくは東の山岳部の方が、実入りの多い魔物がいて冒険者に人気なのだろう。

そんな手ごたえのない魔物ばかりなので少し気が緩んでいたのかもしれない。

〝察知〟のスキルで魔物の気配には気を配っていたが、〝探索〟スキルは時々地形を確認する程度にしか使っていなかった。

そのせいで文字通り足元が疎かになっていた。

「うおおおおおおおおおおおお！！！！」


俺は今、地面に開いていた人がすっぽり嵌まるくらいの穴に滑り落ちている。

垂直落下に近いがどこまで深いんだこの穴は!?

身体強化のスキルを発動して、腰から抜いた短剣を穴の側面に突き刺して落下を止める。

上を見ればそんなに広い穴ではないので、側面に手をついて登ろうと思えば登れない事もない。

魔道ランプを取り出し、下を照らして覗き込むと、底が見えたのでそのまま滑り降りてみることにした。

察知と探索のスキルを使って周りに気を配りながら下まで降りると、人が立っても余裕で通れるほどの穴が横に延び、その先に進むと開けた空間になっていた。

そこから別の横穴がいくつも伸びており、その先には多数の生物の気配が察知のスキルで感じ取れた。

「蟻の巣？　にしては蟻の姿が見えないな……魔力も薄いからダンジョンというわけでもなさそうだ」

独り言を漏らしながら戻るか進むか考える。

蟻系の魔物の巣なら巣の内部は蟻で犇《ひし》めいているはずなので、その姿がないとなると蟻ではないはずだ。仮に蟻だとしたら個々は弱いものの数との勝負になるので危険すぎる。蟻ではないならワーム系かそれともただの地下洞窟か……。

察知スキルで魔物の気配を探るが、何かが複数いるようだがそう強そうな気配はない。探索のスキルで回りの様子を窺う限り、この地下の空間はかなりこまごまと枝分かれして広がっているようだ。

「ちょっとだけ様子を見るか……その前に」

よし、弁当を食べよう。

ここなら広いし何か飛び出して来ても対応できる。狭い場所に入る前に食事と休憩だ。

壁から離れて腰を下ろし、収納空間から昨夜の残りで作ったメンチカツサンドを頬張り始めたところで、枝道からこちらを窺う気配を察知した。

メシぐらいゆっくり食わせてくれと心の中でため息をつきつつ、視線を感じる方へ振り返った。

殺気、敵意といった気配ではなく、観察するような視線を感じる。

まぁ、人があまり立ち入らない森の地下にならいてもおかしくはないわな。

こちらを窺う、複数の小さな気配に心当たりがあった。

「あーあー、別にお前らと争う気も縄張り荒らす気もないから、飯食ったら出ていくよ」

魔道ランプの光を小さくして、気配のする方を振り返りながら言った。

開けた空間から伸びる枝道の闇の中に、いくつもの赤い目がこちらを向いて光っているのが見えた。ひそひそと何か話している声が聞こえるが、何を話しているかまではわからない。

ただ、先ほどより更に見られているような気がする。主に手に持っているメンチカツサンドが。

「これはこれだけしかないが、地上には肉や野菜、果物ならあるぞ？」

枝道の奥がザワザワしているのが聞こえてくる。

「どうだ？　鉱石と交換しないか？」

そう言って俺は、手元の魔導ランプの光を小さくした。

すると、広間に開いている枝道からひょこっと小さな頭がいくつも覗くのが見えた。

俺の膝くらいまでの大きさしかない小さなモグラの獣人——モール、またはワーモールと呼ばれる暗い地下に住む獣人だ。

このモグラの獣人達は地面に穴を掘るのが得意で、土魔法に関しても非常に高い適性を持っている。

彼らは地中に複雑に枝分かれしたトンネルのような住み処を形成し、そこに仲間達と集まって暮らしている。明るいところが苦手で、地上には滅多に出て来ない。地下にいる虫や魔物、木の根などが彼らの主食だ。

彼らは指先が器用で、地下で採れる鉱石を使った細工や魔道具作りが得意な種族だ。モール達の作った装飾品や魔道具は繊細で美しいため、非常に人気がある。

しかし、人間との交流が少ない種族なので、彼らの作った物はほとんど一般市場に出回る事は無い。

また、同じ地下の住人のドワーフとは仲がいいらしい。陽の光が苦手なモール達は地上に出ることがほとんどなく、地上の物資が欲しい時はドワーフを通じて入手する事が多いという話だ。

そのため、彼らの生活には地上の物資が少なく、地上の物に対する興味は高い。

体が小さく臆病な種族だが、比較的温和で好奇心も強い。

そして、地下に住んでいる彼らは、地下深くの珍しい鉱石の鉱脈を知っている可能性が高い。つまり、上手くすれば鉱石の取り引きができる可能性があるということだ。

ちなみに、体が小さく戦闘力も低い彼らだが、彼らの住む居住域には彼らの手先の器用さを生かした罠が多く仕掛けられており、下手に攻め込むと、手痛いしっぺ返しを食らうことになる。

「甘い物はあるも?」

覗いているうちの一人が、か細い小さい声で尋ねてきた。

少しダボっとしたオーバーオールを着たつぶらな瞳のモグラ顔の獣人だ。被《かぶ》っているカボチャのような形をした帽子が可愛い。

「俺が焼いたクッキーならあるぞ」

収納から先日焼いたクッキーが入った小袋を取り出して、聞いてきたモールの方へ放る。

人間と違って収納のスキルを変に利用しようとするような種族でもないので、ここでは気にせずに収納スキルを使う。

むしろ収納スキルが使えることで、物資の運搬面の問題がない事もアピールできる。

投げたクッキーの袋を落とす事無く空中で受け止めたモールが、いそいそと袋を開いて中のクッキーを一つ取り出し、臭いをクンクンと嗅いで口の中へ運んだ。

その表情が、パアアアアっという効果音が出そうなくらい明るくなったのを見て、ほっこりした。

そのモールの様子を見た仲間のモールが集まって来て、わちゃわちゃとクッキーの取り合いを始めたのを見て、更にほっこりする。

小動物かわいい。

しばらくクッキーを取り合う様子を眺めて、彼らが落ち着いたところでコホンと咳払いをして言った。

「どうだい？　君らさえよければ、たまに地上の物資を持ってくるから、地下の鉱石や植物と交換しないかい？　何を持ってくるかはリクエストにもできるだけ応えるけど、どうかな？」

「もっ！　クッキーのお礼だも」

クッキーを受け取ったモールが、拳より少し小さいくらいの青灰色の鉱石をこちらに放ってきた。

受け取って鑑定するとウロボタイトという鉱石だった。

ITEM

ウロボタイト

レアリティ	品質
D	上

属性：聖／光／土
効果：魔避け／浄化
用途：聖、光属性と相性がいい鉱石
備考：弱い魔除けの効果がある

ウロボタイトは、その暗い色と相反して光属性と聖属性の魔力と相性のいい鉱物で、お守りとしても人気がある。

「クッキーの代金にしてはちょっと高すぎるな」

収納空間から胡椒の入った小袋を取り出して、モールの方に投げてやる。

この世界では香辛料がわりと高価である。地上と交易が難しいモール族ならなおさらだろう。

「胡椒だから袋を勢いよく開けると、クシャミがでるぞ」

「もっ!?　胡椒なんて高い物くれるも!?」

確かに胡椒は高価ではあるが、産地の方まで行けば少し安めに手に入る。

以前産地を訪れた時に大量買いしたものが十分にあるので、多少分けたところで問題ない。

「俺は魔力付与に使える鉱石や宝石が欲しい、どうかな？　よければ定期的に取り引きしないか？」

「欲しいも！　欲しいも！　地上の物欲しいも！　取り引きしたいも！」

枝道から、わらわらとモール達が姿を現したのを見て、思わず心の中でガッツポーズをした。

「今日は偶然穴に嵌まって落っこちて来たから大したものないが、次からは色々持ってくるよ」

「わかったも！　こっちも鉱石用意しとくも！」

「俺はグランだ、この上の森の端っこに住んでる人間だ。よろしく頼むよ」

「タルバだも！」

最初にクッキーを受け取ったモールはそう名乗った。

今日のところは手持ちにコレといった取り引き材料が無かったので、アベルに貰ったグリーンドレイクの肉とロック鳥の肉を分けて、代わりに鉱物系の素材をいくらか貰い、また来ると約束して帰る事にした。

次来るとしたら、次の五日市の後くらいかな？

◆◆◆

元来た道を戻り、身体強化のスキルを使って落ちて来た穴を強引によじ登って地上に出ると、日が西にかなり傾いていた。

「やっべ、はやく帰らないと」

それにしても、森深くの獣道で人間はあまり立ち入らない場所ではあるが、身体強化なしで落ちると命に関わりそうな深さの穴だ。

うっかり踏み込んだ者がこの穴に落ちると転落死する可能性も十分にある。

また、もしあまりよろしくない系の人間に見つかると、モールの居住区が荒らされる可能性というのもある。

この辺りの事は、他人に知られない方がいいかもしれないな。

俺としては、モールとは穏便に取り引きする関係でありたいんだよなぁ。

そんな事を考えて、脱出してきた穴を見つめていると、不意に後ろから首筋に生暖かい吐息が当たり、

「ふおっ!?」

と変な声が出た。

慌てて身体強化のスキルを発動してその場から飛びのくと、見慣れた白いシャモアが立っていた。

「何だお前か！　びっくりしたじゃないか」

シャモアが短く鳴いて、目を細めてこちらをじっと見ている。

ホントこのシャモア、全く音も気配もなく唐突に現れるよなぁ……というかここで会ったのは偶然じゃないよな。

「モールの集落に……というか森の奥に、あえて他の人間が踏み込むようになるような事はしないよ。個人的に物々交換するくらいだ。アベルくらいにはそのうち話すかもしれないが、アイツならたぶんお前が心配するような事はないはずだ」

俺がそう言うと、シャモアが前足を上げて地面を叩いて、短く鳴いた。

僅かに空気が揺らいで、周りの木々が穴のある獣道を隠すように茂り始めた。

やはりこのシャモアは森の主なのだろうか？

俺に対しての敵意は感じないが、やはり森を荒らすような者には立ち入られたくないのだろう。

モールが住み処を構えるような場所は、鉱石を使った装飾細工や魔道具作りを得意とする彼らの必要とする、鉱石の鉱脈がある可能性が高い。

それは人間にとっても価値の高い物で、人間がその鉱脈を見つけて強引に採掘を始めれば、力のないモール達は住み処を追われることになるかもしれない。

モールがそこにいるという事は、モールと交易があるドワーフの住み処も近くにある可能性が高い。そうするとモールだけではなく、ドワーフと対立することにもなりかねない。

あまり他の種族と争いが起きるきっかけを作りたくないし、できれば平和的に取り引きをして素材をスムーズに手に入れたい。

ぶっちゃけると、鉱脈に人間の手が入って利権が絡んでくると、貴族が出張ってくるのは確実で、そうなると素材を手に入れるだけでも手続きが面倒くさくなるだのぼったくられるだのがあるので、このままモール達と個人単位で付き合いたいというのが本音である。

開発の旨味があまりないと思われて人の手が入っておらず、ほぼ貸し切り状態で散策できるこの森の傍で、煩わしい人間のしがらみに付き合う事なくスローなライフを送りたいのだ。

「帰って飯を作るかー、お前も来るだろ？」

シャモアの方を見て肩をすくめると、シャモアが頷いた。

シャモアと並んで帰宅するとすでにアベルが帰っていたので、夕食の催促攻撃をくらう事になった。

◆◆◆

前世の記憶では金属は高温で融解《ゆうかい》するものという認識だったが、今世に存在する魔力を帯びている金属は、魔力を大量に通す事によって粘土のように柔らかくなり、加工することができる。

もちろん高温でも融解するのだが、魔力を多く含む金属ほど融点が高くなり、それに見合った施設や技術が必要になるため、魔力を帯びた金属の加工は魔力を使って加工するのが一般的である。

ただし、鍛冶や金属加工に技能特化したドワーフは、魔力による加工と高熱による加工の併用を好み、彼ら独特の加工技術やスキルを有している。

そして、無駄に魔力がありあまる人間の俺は、その魔力にモノを言わせて金属を加工している派だ。

アベルに貰ったグリーンドレイクとロック鳥の肉と交換でモールに貰った鉱石の中に、魔法鉄とギブ鉱という鉱石があったので、貰ったその夜にちょっとお試しに加工してみることにした。

そう、ちょっとお試しのつもりだった。

チュンチュン♪

あれ？　おかしいな？　なんで外が明るいし鳥が鳴いているんだ？

そして、どうして、朝まで寝ずにこんな物を作ってしまったのだ!?

いや、こんな物ってわけでもなく、いずれ作ろうとは思っていたけど、別に徹夜してまで今日作らないといけない物でもなかった。

やり始めたら何となく楽しくなって、キリのいいところまで、もうちょっと、あとちょっと、これで完成だからついでに。

気付いたら朝チュンである。

で、何を作ったかというと——水蒸気蒸留器。

貰ったのが魔法鉄だけだったら作らなかった。魔法鉄にギブ鉱という鉱石を混ぜると、鉄よりも強度は下がるが熱伝導率の良い調理器具向きの合金が出来上がる。

当初はここでやめておくつもりだったんだ。

ちょっと試しに圧力鍋でも作るかってなったんだよ……おかしい、気付いたら鍋から管を生やした蒸留器ができていた。

どうしてこうなった？

水蒸気蒸留器とは、大雑把に言うと沸点の高いものを水と一緒に蒸留して、水蒸気圧を利用して低い沸点で取り出すという器具だ。

いやほら、前世の記憶にちょーっと残っていて、あると便利かなーって？

何に使うかって？

植物を水蒸気蒸留すると精油と芳香蒸留水という液体に分離する。前世の世界でハマっている女子が結構いた。エッセンシャルオイルとフローラルウォーターってやつだ。

なんかこう、金の臭いがするな、って思ったら思わず作ってしまった。

いやほら薬草の加工もほとんどが、すり潰す、煮る、煎じるだから、もしかしたらポーション作りにも活用できないかな。って？　ついでに蒸留酒を造るのにも使えるよな？

蒸留の技術自体は今世でも確立されており、ウイスキーやブランデーと言った蒸留酒は存在している。ただやはり、質の良いものは庶民には少し手の出しづらい値段だったりする。

香油は存在するが、絞りだしたり、漬け込んだりして作られた物ばかりだ。もしかしたら水蒸気蒸留で精油や芳香蒸留水を作るのは、あまり主流ではないのかもしれない。ならばそれで小金が稼げないかと思ってついやってしまった。

まぁ、そんな思惑と深夜テンションで作ってしまったのだ。

後悔はしていない。

◆◆◆

「ふあああああああああああああ……」

「ずいぶん眠そうだね？　昨夜遅かったの？」

「遅かったつか、気付いたら朝だった」

朝食を食卓に並べながら、大きなあくびを連発する俺にアベルが言った。

「何かやってたの？」

「あぁ、薬草の加工とか酒の蒸留に使えないかなって、蒸留器を作ってた」

「蒸留器って強い酒を造るのに使うやつ？」

「そうそう、酒強く造ったり、植物から油を抜き出したりする道具」

「へー、グランの分解のスキルで油だけ取り出すのとは違うの？」

「え？」

不思議そうにコテンと首を傾げるアベルの言葉に、一瞬思考が止まった。

「え？　グランの分解のスキルなら、そういう分解もできるよね？」

「ああ、できるな」

「あれで、油分だけ取り出せないの？　前に海行った時に、分解スキルで海水から塩を作ってたよね？」

「あああああああああああああ……そうか、植物も物理的に分解するんじゃなくて、構成してる物質で分解したら油だけ取り出せるのか……」

「え？　もしかして忘れてた？」

「べ、べべべ別にそういうわけでは……!!　そうだ、植物を蒸留すると精油と植物の成分を含んだ蒸留水、芳香蒸留水が作れるんだ!!　分解スキルでやると芳香蒸留水は作れないから!!　芳香蒸留水は美容にいいんだ!!　きっと世の中のお姉さま方に需要があるはずなんだ!!」

自分に言い訳するように、思わず早口で捲《まく》し立てた。

完全に失念していた。深夜テンションで作ったせいで、完全にすっぽ抜けていた。

俺の分解スキルは、ただバラバラに分解するだけではなく、構成している物質が分かれば物質ごとに分解できるのだ。自分が知っている物質に限られるというのは、分解スキルが使用者の持つ知識とイメージに大きく依存しているからだ。

はぁーーーー、完全にやらかした。

でででも芳香蒸留水は分解スキルだと作れないし、きっと使い道あるはずだし。

蒸留器を作るの楽しかったし、おかげで細工のスキルも成長していると思うし、無駄ではなかったはずだ。たぶん。それに、芳香蒸留水の類を見かけたことはない。

俺が知らないだけですでにあるかもしれないが、どちらにせよ精油と芳香蒸留水を自作できるようになったので、色々と試したい事も思いついた。

「よくわからないけど植物から蒸留して油を抜き出すの？　絞るのとは違うんでしょ？」

「うん、絞るほど油が含まれてない植物からも油を抜き出せるし、純度も高い。食用じゃなくて香料とか薬用向けかな？」

「へー、そんなことよく思いついたね？」

「へ？　以前本で読んだんだ、そういう道具で薬草からも油を取り出せるって」

「なるほどー？　グランって料理もだけど、結構物知りだよね」

「あぁ、こう見えてもインテリ系だしな」

アベルから何だか生暖かい視線を感じたが、前世の知識で何となく覚えていて作ってみましたとか言えないし。

うっかり徹夜をしてしまったが、パッセロ商店にポーションを納品する日が迫っているので、今日はポーションを作らないといけない。

納品の翌日は五日市もあるので、販売用の商品も作らないといけない。何だかんだで忙しい。

アベルが出かけた後、キッチンを片付け、掃除洗濯を済ませて、日課のブラックバッファロー解体を済ませたらポーション作りだ。

未解体のブラックバッファローも減ってきて、あと二、三日でこの解体作業から解放されそうだ。というか、ブラックバッファローの群れ一つ分の肉を消費するのにどんだけ時間がかかるんだろうか。

そういえば、チーズ作りに使えそうなブラックバッファローの胃袋もあるので、チーズにも挑戦してみたいな。

しかし今はそんなことより先に、ポーションと五日市で売るアクセサリーを作らないといけないのだが。

やっぱ、スローライフって思ったより忙しいな!!

蒸留器を使った精油と芳香蒸留水をポーションに試してみたいところだが、納品日も近いので今回はいつも通りに作ったものを納品することにしよう。

……と、思っていたのだが、せっかく作ったので試してみたくなって、ちょっとだけ……ちょっとだけだから!

そうだ、これは蒸留器の試運転だ。

体力回復効果のあるニュン草で試してみたところ、無事に精油と芳香蒸留水に分離した。

ちなみにこのニュン草という薬草、とにかく生命力も繁殖力も強く、他の背の低い植物を駆逐する勢いで増殖するので、刈っても刈っても次々と生えてくる。スーとした爽やかな香りで、茶葉としても人気がある。また、弱い覚醒作用もあり、眠気醒ましにも使われる。

うちの裏の森にもすごい勢いで茂っていたのでごっそり持って帰ってきた。

精油の取れた量は想像していたより少なかったが、ニュン草は物量でゴリ押せるので、頑張れば手間はかかるが量は作れそうだ。

このニュン草から作った芳香蒸留水を使って、ニュン草と同じく体力回復効果のあるロックパイソンの心臓を、陽輝石の粉と一緒に煮込んでポーションにしてみた。

ITEM

リフレッシュハイポーション+

レアリティ	品質
C	特上

効果：体力回復B
用途：高い疲労回復効果と覚醒作用
※ただし精神的疲労は回復しない
副作用：なし

鑑定してみたらだいたい予想通りの効果だった。品質も特上に仕上がっていて良かった。

リフレッシュハイポーションの横に「＋」が付いているのは、メイン効果以外にも効果があるという意味だ。この場合、覚醒作用がそれにあたる。

つまり、体力が回復して目が覚めるという事だ。

徹夜明けでダルさも眠さも最高潮なので、自分で飲んでみて疲労と眠気から解放されることを確認した。

ステータスを開いて使用前と使用後の疲労度の数値も確認したが、数値的にも回復していたので成功だろう。あとは副作用に表記されていない大きなデメリットがなければ問題なく出荷できる。

疲労回復に覚醒効果のポーションとか、忙しい役人とかギルドの職員とかには需要ありそうだけれど、ピエモンみたいなのんびりした田舎町では、いまいち需要はなさそうだなぁ。

というか、この効果は慢性的に働きすぎている人が常用しそうなので、前世の記憶が警鐘を鳴らしている。精神的疲労は回復しないとあるので、使いすぎはダメな気がする。

帰ってきたアベルに話したら「没収」と言いながら全部買い上げられてしまった。

まぁ、アベルならA級冒険者で休みなく依頼こなして疲労も溜まりそうな生活だし、有効的に活用してついでに、試作品の感想を聞かせてもらえるならそれでいいか。

あまり量が採れない精油の方は、そのままでは濃すぎて刺激が強すぎるので、薄めてから使う。元の草同様の爽やかな香りで、肌につけると清涼感もあり、リフレッシュ効果が強い。

ニュン草の疲労回復効果も精油に受け継がれているので、馬油《バーユ》や炎症回復効果のある薬草と調合して、筋肉疲労回復の軟膏にしてみた。

翌朝、洗顔用の水にこのニュン草の精油を二、三滴垂らした物を用意しておいたら、目覚ましに良かったのかアベルがえらく気に入っていた。そして、筋肉疲労の軟膏と共にニュン草の精油の入った小瓶を買ってくれた。

芳香蒸留水の方は、ポーションを作るのに使い切ってしまったと言うと、また作っておくようにとほぼ命令口調で言われた上に、他の植物でも作って効果を教えてくれとか言われて、やることが増えた。

ポーションも作らないといけないし、五日市のための商品も作らないといけないし、そういえば雨が降っても外で食事できるようにテラスも作らないといけないし、モール達との取り引きの用意もしないといけないし……俺は忙しいのだぞ!!

やっぱりスローライフって忙しい。

閑話❸

チート魔法使いと無自覚規格外男

神がこの世の生き物に与えると言われる加護の事を〝ギフト〟という。

全ての生き物がギフトを授かっているわけでなく、むしろギフトを授かっている者の方が少数だ。

ギフトを授かった者は、授かっていない者より遥かに優れた能力を持っている事が多い。

一つでもギフトを授かっていればその能力は他人より突出し、ギフトを授かっていると知られれば、周りからは羨望《せんぼう》の目で見られる。

と同時に、嫉妬や欲望の目にも晒される。

一つ授かっているだけでも珍しいと言われるギフトを、俺は二つ授かっていた。

◆◆◆

実家はいわゆる高貴な一族で、父はその当主だったが、俺の実母は妾《めかけ》で魔女だったと聞く。

実の母は俺が物心ついた頃にはすでに居《お》らず、父親がこっそり持っている姿絵と、古くからいる使用人の話を聞いた程度でしか知らない。

上に兄が二人、下に弟と妹が一人ずつ、兄二人は正室の子で弟と妹は側室の子だ。

正室からは疎《うと》まれていたが、側室や兄弟達との仲は悪くなかった。特に一番上の兄は鬱陶《うっとう》しいくらいに何かと気にかけてくれていた。

魔力の高い者を多く輩出している家系だが、その中でも俺は母親が魔女だったからか、突出して高い魔力を持っていた。

兄弟の中でも一番の高い魔力、そして教会で鑑定された際に発覚した二つのギフトとそれに紐づく多くのスキル、更にはレアスキル以上に希少な〝ユニークスキル〟という、個人特有のスキルまで顕現《けんげん》させてしまったせいで、正室からはたいそう疎まれた。

もちろん兄を差し置いて父の後継になろうなど思った事は無かった。

だが周りの大人達には、そうは思っていない者もいた。勝手に俺を持ち上げ、ある事ない事を吹き込んで煽り、俺の力を支配下に置こうとする者が多くいた。また、正室を始めとした兄を跡取りに推す者達からは、殺意にも近い悪意を向けられ続けていた。

十歳になる頃には、兄弟と側室の義母以外の人間と関わる事が苦痛になっていた。そして、その状況をどっちつかずで見て見ぬ振りをする父にも、嫌気がさしていた。

そんな状況が続き、自分の意思に関係なく兄弟と争う事になるのを避けたかったのと、正室とその周辺から向けられる悪意や、俺に媚《こ》びへつらい支配下に置こうとする連中にも嫌気が差した事もあって、冒険者ギルドに登録できる年の十二歳になってすぐに出奔《しゅっぽん》した。

幸い、魔力を持つ裕福な王侯貴族は、幼少の頃から家庭教師を付けて魔法と学問を学ぶ風習があったため、すでに魔物を狩る程度の魔法は習得し、学問も一般人が成人前に通う学校の卒業レベル程度は習得していた。

更に、二つのギフトも魔法使いとして、冒険者として生き延びる事に適したものだった。

こうして俺は家名を捨てて、〝アベル〟と名乗る冒険者となった。

◆◆◆

最初のうちは平民の生活に慣れずに苦労もしたが、今思えば長兄がこっそり見張りをつけていたのだろう。野垂れ死にすることもなく、冒険者としてやっていけるようになった。

冒険者になって二年ほどした頃に、風変わりな子供と出会った。

かつての俺と同じく十二歳で冒険者になった子供だった。十二歳だというのに、妙に要領の良い平民の子供。

どう見ても田舎出身の平民なのに、識字率の低いこの国で文字も書け、大人顔負けの話術で周りの大人達にあっさりと馴染み、ぽんぽんと効率良く依頼をこなして、ランクを上げていく不思議な子供だった。

だから俺は、俺の持つ固有スキルを使って彼のスキルとギフトを覗いた。

俺が授かっているギフトは二つ。

一つは〝黄金の棺《ひつぎ》〟という魔法に特化したギフトだ。大雑把に言うと、基本六属性こと火・水・風・土・光・闇の魔法の適性と、魔力と魔力制御に関するギフトだ。

もう一つが〝森羅万象《しんらばんしょう》〟、時と空間と知識に関するギフトだ。

このギフトの恩恵で俺は〝究理眼〟という魔眼系のユニークスキルを持っている。このスキルは鑑定スキルの上位スキルで、通常の鑑定スキルに加え、命ある者でも対象が持つ職業やギフトやスキルを見る事ができる。

そしてその精度も、通常の鑑定スキルより遥かに高い。

この究理眼でその子供を見た時、彼の奇妙なちぐはぐさをまざまざと見させられる事になった。

職業が〝勇者〟となっているにもかかわらず、ギフトに戦闘系のものがなく、〝クリエイトロード〟という職人系のようなギフトがある。そして〝器用貧乏〟と〝エクスプローラー〟という下位汎用系と上位サバイバル系らしきギフト、更には〝転生開花〟という意味不明なギフトも見える。

そして、この転生開花というギフトは、俺の究理眼でもどういうギフトなのかまでは見る事ができなかった。

なんだこのむちゃくちゃなギフトは!?　ていうか〝勇者〟ってどういうこと!?

それがその子供ことグランの第一印象だった。

一つ持っているだけでも珍しいと言われるギフトを、四つも持っている。

勇者という職もかなり珍しい。鑑定で知る事のできる〝職業〟というのは実際に就いている職ではなく、その者の適性のあるスキルに紐づいている。

例えば〝魔法使い〟なら魔法に関するスキルに適性を持っているし、〝戦士〟なら何かしらの武器に関するスキルに適性があり、〝商人〟なら商売に関するスキルに適性がある。

その適性あるスキルの組み合わせで、時々特殊な〝職業〟が表示される者がいる。〝勇者〟もその一つだ。

勇者は複数の武器のスキルと魔法スキルに高い適性を持ち、なおかつ高い魔力を持っている者に、ごく稀に見られる職業だ。

この職業の者はほとんどが極めて戦闘に特化した、オールラウンドな才能の持ち主だと聞く。そして何より、勇者という職業の者は、スキルには表れない高いカリスマ性を持ち、無意識のうちに他人を惹《ひ》きつけると言う。

そして、彼もその勇者という職業の特性である〝万能〟を裏付けるように、多くのスキルを発現させていた。

しかしそのスキルを見て、俺は再び違和感を覚えた。

発現しているスキルのほとんどが、コモンスキルと呼ばれる後天的に誰もが習得できるようなスキルだった。

一部に先天性のレアスキルも確認したが、それも稀少ではあるが所持者はそれなりにいるスキルばかりで、ユニークスキルは俺の究理眼で見える範囲では見当たらなかった。

他人より突出した才能を見せる者の多くはユニークスキルを所持している者が多い。

俺の一族にもユニークスキルの所持者は何人かいる。しかし、彼らの中にはギフトを複数所持している者はいなかった。

四つのギフトを持つほどの加護がありながら、ユニークスキルを所持していないという違和感に興味を持ってしまった。

興味をそそられたのでこちらから近づいて共に行動するようになった。付き合ううちに彼の特異さを更に知る事になった。

思えばすでにこの時点で、勇者という職業の者が持つという特有のカリスマ性に捕まってしまっていたのかもしれない。

本人曰く、魔力はあるのに魔法が使えない。

え？　勇者って武器にも魔法にも適性あるんじゃないの？　もしかして魔法の使い方を、習う機会がなかったの？

魔力があっても魔法が使えないと言うので、勇者という職業の事もあり、単なる魔法についての勉強不足かと思いきや、魔力を魔法として外部で具現化するための魔力回路がない事が発覚した。

そりゃ魔法が使えないよ。珍しくはあるが時々そういう者もいる。

もしかしたら魔法の適性自体はあるのかもしれないが、使う手段がないのでスキルとして顕現していないのかもしれない。

そして、田舎出身で世間知らずかと思えば、聞いたこともないような知識を持っている。欲や悪意に無頓着な子供かと思えば、時折大人のような計算高さを見せる。田舎出身の平民の子供なのに、相手を見て丁寧な態度や言い回しも使いこなす。子供特有の無鉄砲さがあると思えば、大人のような落ち着きを見せる時もある。

〝ちぐはぐ〟という言葉を体現したような子供だった。

それなのに、何より自己評価が低いというか価値観が少しズレている。自分のギフトの価値を理解しきれてないのか、時々とんでもないスキルの使い方を無防備に人前で見せる事がある。

放っておけば、そのうち大人の悪意と欲望のために利用されかねない。

かつて実家にいた頃の自分を思い出して、思わず世話を焼くようになるまでそう時間はかからなかった。

他人にギフトがばれないように、鑑定阻害の効果がある魔道具を着けさせ、魔法が使えなくても魔力があるなら使える魔術を教え、レアスキルを他人にばらさないように釘を刺しまくった。

本人の性格がギフトに引きずられるのか、はたまた性格に見合ったギフトを授かるのかわからないが、ギフトとそれを持つ者の性質は関連性が高い事が多い。

俺も知識に関するギフト森羅万象のせいか、興味を持ったものにはとことん執着する傾向がある。

知らない事を知りたいという欲求が非常に強い。それが人に向けられるのは初めてだったが、俺のスキルで見る事のできないギフトを持ち、不可解な行動の多いこの男に興味を持つのは、当然だったのかもしれない。

◆◆◆

そうやって世話を焼いているうちに、すっかりグランと親しくなっていた。

しかし気が付けば、世話を焼いているつもりが、いつの間にかグランの作る料理に餌付けされるという事態になっていた。

冒険者の出先での食事事情は悲惨だ。

味なんてあってないような保存食や、現地調達の植物や魔物の肉、食事はただ腹を満たすための行為だ。

調味料、香辛料は市場に並ぶが、平民にとっては高価な物だ。冒険者は稼ぎがいいといっても、食に金をかけるくらいなら装備に金をかけるのが普通なのだが……。

携帯食がまずい、現地調達で調理するにしても香辛料を使いたい。

そう言って携帯食をやめて宿屋の調理場を借りて弁当を用意したり、生活費を削ってまで調味料を買い占めたり、可食素材を優先して引き取ったりと、食に対して並々ならぬ執着を見せたのがグランだった。

そこで、彼の異常性を確信することになる。

ユニークスキルを持たない彼が持つ、一見すればコモンスキルとレアスキルの特異性を思い知らされるまで、そう時間はかからなかった。

収納系のスキルや空間魔法といった大量の物をコンパクトにしまっておけるスキルや魔法を使える者は、珍しくはあるがそれなりに存在する。

俺自身も空間魔法を使えるので荷物の持ち運びには困らないほうだ。スキルや魔法がなくても、高価だが空間魔法が付与されたマジックバッグという魔道具も存在している。

だがグラン、お前の収納スキルはおかしい。

普通巨大なトレントが何匹も丸ごとは入らないし、収納した物も緩やかだが時間経過で劣化する。

収納した物が時間経過しないのはまだわかる、だが、任意で経過時間の加速と減速ができるとか聞いた事がない。空間魔法と時間魔法の併用で可能かもしれないが、どれだけ高度な技術なのだという話だ。

しかも、そのスキルで何をしたって？

出先で温かい食事がしたい？

シチューを鍋ごと出すな!!　だからといって皿に盛った状態で出すならいいというわけでない!!

「みんなの分もあるよ？」

そうじゃない!!

いや、ありがたく食べるけれどさ。

そうじゃなくて、その収納スキル普通じゃないからね？

ほら！　ダンジョンの奥地でいきなり温かい料理出していい匂いテロとかするから、変な奴らに目を付けられてる!!　仲間にして欲しそうにこちらを見ている！！！

行く先々で何も考えずに、知らない奴を餌付けしてんじゃねぇ!!　というか、何だその料理!?　そんな料理見たことも聞いたこともないよ!?

これでも冒険者になる前は、上流階級の生活で平民より食については詳しいはずなのだが!?

ていうか、俺もすでに餌付けされているんだけど!?

え？　塩が欲しいから海に行きたい？

海水から塩を作る？

海水をスキルで分解する？　分解スキルって組み立ててある物を、バラバラにするスキルだよね？

え？　構成している素材単位まで分解できる？　何それ便利すぎない？　や、便利だけど、そうじゃなくて、その性能おかしくない??

ていうかどんだけ塩作るつもり？

え？　待って、なんだこの真っ白でサラサラの塩は!?

「純粋な塩ってのは真っ白なんだよ」

ドヤァ……じゃねぇ!!

海水から作る塩ってもっとこう汚い色だし、えぐみのある味だよね!?　平民というか山奥の田舎出身って言っていなかった？　何でそんな真っ白でサラサラな高品質の塩を知っているの!?　ていうか君、海に来たのは初めてだよね？

「塩を売って儲けられないかな？」

は？　やめろ、その品質の物を大量に市場に流されると市場が混乱するし、間違いなく商業ギルドや面倒くさい貴族に目を付けられるから、収納スキルでしまっておこうね？

え？　新しい調味料を作るから卵に浄化魔法掛けろって？　ふーん、マヨネーズ？　なんだこの癖になる味は!?　これ絶対流行るというか中毒者が出るぞ？　え、ギルド長が何でもマヨネーズかけるマンになったって？　てか、いつの間にギルドの職員まで餌付けしていたの!?

そういえば、ちゃんと商業ギルド行ってレシピ登録した？　え？　こんな材料単純な物、誰でも作れるだろ？　って？　ねーよ!!

さっさと、商業ギルド行って登録してこい!!

唐揚げ？　何これレモン汁にもマヨネーズにも合うね？　でも、食べすぎると少し胸やけするから、レモネードとか欲しくなるね。

ん？　レモネードにこの白い粉入れて飲んでみろって？　塩から作った魔法の粉⁉　何それ？

え？　何これシュワシュワプチプチするけど？　どういう事⁇

これもちゃんと商業ギルドでレシピ登録してきて？

ていうかホントその知識どこで得たの⁉

それだけではない、魔力を具現化する魔力回路のない者でも使える魔術や、アイテムに魔力を付与する方法を教えてみれば、すぐにコツを掴んで様々な効果が付与されたアクセサリーを作り始めた。

器用だな、これがクリエイトロードのギフトの恩恵か。

と感心していたのは最初のうちだけで、よく見ると非常に小さなアクセサリーに複数の効果を付与している。

待って？　それおかしいからね？　複数付与とか職人芸だからね？　っていうか付与する効果の大きさや個数で、土台になる物のサイズが大きくなるし、使う素材も高価なものになるからね？　魔法銀製の指輪サイズに三つも四つも効果を付けるとかおかしいからね？　わかってる？

その知識も発想もどこから来るのか……。

いや、そんな事よりこれだけの人材、変な貴族や組織に目を付けられると、囲われるどころか監禁されるレベルだぞ⁉

ましてやギフトが四つもある。今のところ、怪しい奴は俺がそれとなく追い払っているが、いつか面倒な連中に嗅ぎつけられないとも限らない。

いっそ、実家を頼るか？

いや、あそこも正室の周りの連中やその対抗勢力がきなくさい。


グランの突飛な行動に振り回されつつ、そのような事を思い始めた頃にはグランと出会ってから三年程が過ぎていた。

そんな折、父が病で倒れその跡を長兄が継ぐことになり、一度戻って来いと強引に呼び戻された。

長兄には、俺がまだ子供の頃に正室やその周りの連中の悪意や俺を利用しようとした大人達から、表裏で守ってもらった恩もあって断れなかった。

父と正室は療養という名目で王都から離れた地方の領地へと隠居することになり、父の跡は長兄が継ぎ、他の兄弟もそれに協力的だった。

俺を疎む正室は遠くに追い払ったので、再び家名を名乗らないかと兄に提案されたが、気楽な冒険者生活の方が性に合うと、このまま冒険者として生活すると告げた。

その時、兄から一つの提案をされた。

グランの保護と監視である。

時々突飛な行動を起こすグランの事はすでに兄の耳にも入っており、その職業もギフトも兄の知る所にあった。

早い段階で鑑定阻害の魔道具を持たせたつもりだったが、手遅れだったのかそれ以上のスキルで鑑定されてしまったのか。もしかすると、俺に付けられていた監視からの報告かもしれない。

兄以外の貴族にも、すでに知られている可能性もある。いつどこで強欲な貴族や商人に絡まれるかわかったものではない。

ならば、信用のおける身内の庇護《ひご》下に置いた方が安全である。

規格外の力には強力な後ろ盾が必要だと兄は言う。

それは俺もグランも同じことだと。単純な〝力〟では抗《あらが》えない事もあるが、それは権力で守ることができる場合もある。

そう兄に押し切られてグランを監視する事となり、同時に再び家名を名乗る事を許された。

しかし普段は〝冒険者アベル〟であり続けるという許可ももぎ取って、再び市井《しせい》へと戻りグランと共に行動することとなった。

◆◆◆

グランと知り合ってから六年ほど過ぎた頃、俺は国からの指名依頼で、王都から離れた場所に新しく見つかったダンジョンの調査に行かされる事になった。

新しく見つかったダンジョンの調査に参加できる条件がAランク以上の冒険者だったため、グランはこの依頼には参加していなかった。

Aランク以上の冒険者の数は少なく、国からの指名依頼となれば、断ることは難しい。強制参加みたいなものだった。

最近グランも自分のスキルの特異性を多少は理解したのか、あまり突飛な行動をすることもなく、露骨におかしな連中が近づいてくるような事も減り、グラン自身もそういった者の対処に慣れてきていた。

実家から監視しろと言われてはいるものの以前ほどでもなく、お互い自分優先で別行動をすることも増えつつあって、油断していたのが不味《まず》かった。

俺がダンジョンの調査で王都を離れていた間に、グランは王都から姿を消していた。

良からぬ事件にでも巻き込まれたのかと冷たい汗が出たが、実家の力を借りて調べてみるとどうやらそんな事ではなく、王都から離れた田舎町に家を買った事がわかった。

どういうことなの？

家を買うような素振《そぶ》り、全くなかったよね？

何か王都を出て行かなければいけないような事でもあったのだろうか？

何か悩み事でもあったのだろうか？

冒険者ギルドの知人に聞いても、詳しい事情を知る者どころか、行き先を知っている者すらいなかった。

ちなみにグランがいなくなった王都の冒険者ギルドは、餌付けの主がいなくなって葬式会場のようだった。

「長年の夢を叶《かな》える時がきた」

そう言っていたのをギルド長が聞いていたくらいが有用な情報だった。

あ、これいつもの病気だ。

六年間グランに付き合って分かった事がある、縛られるものがない彼は、思いついた事をすぐに行動に移す。

今までも、何度となく思い付きで飛び出して行くことがあった。

以前から、冒険者に飽きたら田舎に引っ込んでのんびりしたい、と頻繁に言っていたのを思い出した。

彼にはそれを実行できるギフトとスキルがある。

そして彼と共に行動していたからこそ知っている、彼の収集癖——頭おかしい仕様の収納スキルに物を言わせて、素材を貯めまくっている。

彼の性格から考えて、きっと思いつくままにそれらを加工して使うことだろう。

まずい。

グランの常識は、この世の非常識。

とんでもない物を作って、行った先で騒ぎを起こすこと待ったなし!!

うっかり兄の政敵に利用されようものなら俺が怒られる。それは勘弁してほしい。

追いかけなければ!!

幸いにも、以前収納スキルの隠蔽用にと渡したアイテムバッグに、現在位置がわかる機能を仕込んでいた。

離れすぎていれば精度は落ちるが、近くまで行けばだいたいの場所まで絞り込める。

は?

なんで、広大な未開の森で有名なアルテューマの森にいるの!?

政治に関わる貴族の間ではわりと有名な話だけれど、あそこは確か当時の領主が森の守護者と不可侵条約を何百年も前に結んでいる場所だよね??

そんな場所で何やっているの!?

田舎に引っ込みたいって、田舎どころか未開の森だよね???

グランに限って森の守護者相手にやらかすような事は無いと信じたいけれど……ああああああーーー
嫌な予感がするうううう。


グランがいると思しきアルテューマの森に一番近い町——ピエモンへと急いで向かった。

ピエモンに近づくにつれ、グランの正確な居場所もわかるようになり、森の中ではなく森の入り口付近に住んでいるらしいことが窺えた。

だが、安心はできない。

あの素材集め好きの自由人の事だ、未開の森が近所にあるとなると、喜び勇んで散策しているはずだ。

しかも、グランはなまじっかに強い。

冒険者ギルドのランクはBに甘んじているが、あの突飛な行動なしに真面目に高難度の依頼をこなしていれば、とっくにAランクに昇格していたはずだ。

王都の冒険者ギルド時代に、稼ぎのいい緊急性のある高ランクの依頼を蹴って、ひたすら欲望のままに自分の集めたい素材が手に入る場所の依頼ばかりこなしていたグランを思い出し、頭痛がしてきた。

いや、そのせいで知らぬ者からは変わり者扱いされ、Bランク止まりなので貴族からの指名依頼もほとんどなく、目を付けられる事も無かったと思えば良かったのか……。

ピエモンに到着した俺は、とりあえず町の様子を見てからグランの家を訪ねる事にした。

ここピエモンはグランのいる場所から一番近い町だ。奴が王都から離れてすでに一か月は過ぎている。すでにこの町で何かしらやらかしている可能性は高い。

まず向かったのは冒険者ギルドだった。

掲示板に張り出されている依頼を見ると、Cランク以上の依頼は請け負う者がおらず放置されているようだ。

高ランクの冒険者の少ない、小規模な町の冒険者ギルドではよくある光景だ。

張り出されている高ランクの依頼を見ると、護衛や輸送の長期契約型の依頼が多い。

グランが避ける系の依頼だな。

グランは拘束時間の長い護衛や輸送系の依頼をあまり好まない。依頼主の許可なしに持ち場を離れて狩りができないからだ。

討伐や収集系の依頼なら、依頼さえ完了すればほぼ自由なので気分で道草を食える。そういった依頼をグランは好む。

ここの冒険者ギルドの依頼は、討伐系もゴブリンやオークが多く、グランが素材として魅《ひ》かれそうな物がなかった。

これは、冒険者ギルドには近寄っていなさそうだな。

それとなくギルドの受付嬢に尋ねると、最近ふらりと現れたBランクの冒険者がいたが、それっきりだと言う。

どうやら、グランは冒険者ギルドに足は運んだものの、特に目立つような事はしていないようで、ほっとして冒険者ギルドの建物を出た。

だが、油断はできない。奴の無自覚は俺の予想の遥か斜め上を行く。

とりあえず、今夜はピエモンに一泊して、酒場で噂話《うわさ》でも聞いてみることにしよう。

そう思いつつ、程よい宿を探して町の中を歩いていると、商店の前で馬車を止めて荷物を下ろしている小柄な少年……いや、少年のように見える少女が目についた。

ほっそりとした小柄な少女が、大きな積み荷をひょいひょいと荷台から下ろしている光景に、違和感を覚えた。

違和感の原因はすぐにわかった。

田舎町の子供が身に着けるには少しばかり豪華な指輪が、左手の中指に光っているのが見えた。

複数の小さな魔石がキラキラと光って魔力を発しているのがわかる。

鑑定するまでもない気がしたが、確信を得るために鑑定をした。

ITEM

シルバーリング？

レアリティ	品質
-	マスターグレード

素材：魔法銀？／魔石〔土〕／魔石〔水〕／魔石〔火〕／魔石〔風〕／他

状態：良好

耐久：14

魔石魔力：12／12

<付与効果>

・重量軽減	レベル2
・筋力強化	レベル2
・体力強化	レベル2
・自動防壁・水	レベル1
・攻・スタン〔雷〕	レベル1
・耐性上昇・〔炎／水／風／土〕	レベル1

備考：制作者不明の魔法銀？製の指輪

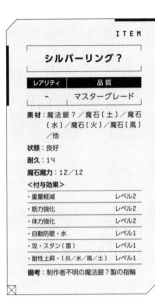

六つも効果が付与されたシルバーリングとか、正直コメントに困る。

というか何でシルバーリングが疑問形なの⁉　魔法銀に何を混ぜたら、指輪サイズで六つも付与ができるようになるんだ⁉

魔法銀製の小さな指輪に六つも効果付与するとか、普通はやらない、というかやろうと思わない。

土台の魔力に対する容量が足らなくて、付与途中で砕け散ってもおかしくない。

容量ギリギリの付与をしようとすると、付与中の些細《ささい》な魔力の乱れで土台が壊れてしまうので、高度な魔力操作技術を要求される。その上無理な付与をすると、耐久が下がり完成してもすぐ壊れてしまうのだが、少女がはめている指輪は鑑定では普通の魔法銀製の品と変わらない耐久度だ。

制作者は隠蔽されているようで見る事ができないが、こんな物を作る奴は一人しか思いつかない。

グランの作ったと思《おぼ》しき指輪をつけているという事は、彼女かこの店はグランと接点があるのか。

店の看板には「パッセロ商店」と書いてあった。少し中を覗いて行こう……はぁ、嫌な予感がする。

「いらっしゃいませ」

中に入ると、落ち着いた雰囲気の巨乳美人が店番をしていた。そして、彼女の指にも店の前で荷を下ろしていた少女がはめていた物と同じ指輪が、光っていた。

うん、間違いなくグランがこの店に出入りしているよね？

わかる、アイツ年上の巨乳好きだもん。鼻の下伸ばして、出入りしているのが想像できるわ。

店内を見渡せば、カウンターの後ろの棚に並べられているポーションが目についた。

……さりげなく並べられているけれど、俺にはちゃんと見えているぞ!! 品質に『特上』というポーションの鑑定結果が!!

鑑定結果に心の中でため息をつきながら、ヒーリングポーションとリフレッシュポーションを購入して店を出た。

宿を決め、近くの酒場で夕食をとりながら噂話に耳を傾けた。

バザーの日に巨大な牛の魔物を担いで町を闊歩《かっぽ》していた男がいたとか何とか。

その日のバザーで魔道具を安く売っている露店があったとか何とか。

パッセロ商店のポーションの品質がいきなり良くなったとか。そのパッセロ商店が破落戸に狙われたが、事なきを得たとか。

……グランが絡んでいそうな気配しかしない。

◆◆◆

翌朝、以前グランに渡したアイテムバッグに付けておいた追跡機能を頼りに、グランが居ると思われる場所を目指した。

ピエモンの町から街道を逸れて北の森——アルテューマの森方面へ歩く事二時間ほど。

ピエモンから離れ森に近づき、道が悪くなり木々も増えてきた辺りで、森の木々に飲まれそうな場所にある、古びた農場らしき建物と柵が見えた。

近づくと、家屋は古びているが柵はつい最近に人の手が入ったような真新しい物だった。

……エンシェントトレントの材木だよな？　これ。

ため息をつきながら、グランに渡したアイテムバッグの位置を確認すると、目の前の家屋の中である。

「みーつけた」

さて、どうしてくれようか。

一言も相談なしにいきなりこんな辺境に家を構えていた事に小言くらい言いたいところだが、とりあえず久しぶりにグランの料理が食べたいと思うあたり、すっかり餌付けされている。

何か意趣返しくらいしてもいいだろう。そう思いながら敷地に足を踏み入れ、母屋らしき家屋のドアをノックした。

ゆっくりとドアが開いて、中から見知った顔が覗いた。

「来ちゃった☆」

押しかけて来たことに少々ごねられたが、そんなこともあろうかと用意しておいた手土産の食材と、先日調査に参加した食材だらけのダンジョンの話で懐柔してグランの家に部屋を借りる事に成功した。

ついでだ。置いて行かれた意趣返しに、解体作業の面倒くさそうな魔物を押し付けておいた。食しても美味しい魔物なので一石二鳥だ。

グランの料理は相変わらず俺の知らない美味いものだった。

食材ダンジョンで手に入れたコメという食材を使った料理は、何やら東の方の料理らしい。どこで知ったのか問い詰めたが、いつものようにはぐらかされた。

しかし、美味い。

ショウユという調味料の味付けがなんとも癖になる。何？　在庫があまりない？

東の隣国シランドルの東端、オーバロまで行けば手に入るかもしれない？

実家の力を借りるにしてもかなり遠いな、というか俺が単身で行く方が手っ取り早そうだな。

ショウユにコメか……この国にはない食材だ。

グランの事だ、これらを使った料理のレシピをいくつも知っているのだろう。そしてそれを気軽にその辺で振る舞って、レシピまで教えてしまうところまで予想できる。

これだけ独特で癖になる味わいと香りだ、世間に知られるようになれば瞬く間に広まって食文化に革命が起こるかもしれない。

そうなると、それに伴って東との交易も増える事に利権も絡んできそうだ。早めに先手を打っておいた方がいいかもしれないな。実家案件になりそうだな、これは。

ともあれ、自分もこの東方の食材を使った料理には興味があるので、オーバロまで赴いてもいい。

それに転移魔法を使えば、いつでも戻って来られる。


取り急ぎ実家の兄にグラン発見と近況の報告、東方との交易の状況を確認して、グランの家に戻って来たその直後に、予想の遥か斜め上を行く出来事が起こった。

グランの家はアルテューマの森のすぐ傍にある。

そのアルティーマの森は古来より人間の侵入を拒み、深部には多くの魔物や獣が棲み付いており、森の住人と地元民の間では古くからの不可侵の契《ちぎ》りが守られている。

グランの住む家はその森の入り口付近——魔物達の領域と人間の領域の間の緩衝地帯にあたる森の入り口辺りにあった。

そのため、グランの家から近い場所にも魔物の気配が多い。

グランの家の周りは魔物避け効果のあるエンシェントトレントの材木で作られた柵で囲まれていたが、それだけでは心もとなく思い、かなり強力な魔物避け効果を含んだ侵入者防止の結界を張っておいた。

これで内側から開けなければ俺とグラン以外は出入りできない。

俺の魔法を破れるくらいの魔法スキルを持っている者なら、むりやり侵入できるだろうが、その辺にいる魔物や人間くらいなら柵を越える事も、門を開ける事もできないはずだ。なのにどうして？　どうして、カモシカみたいなまぬけ面した魔物が、目の前で普通に一緒に飯食ってるんですか！？！？　もう、意味がわかんないよ！！！

俺、これでもAランクの冒険者の魔導士なんだけど!?　魔法系のギフト盛り盛りの俺が張った結界は、Aランクくらいの魔物にでも、破られるような結界じゃないんだけど!?　ねぇ？　どうして!?

しかもそのカモシカ、目が合ったら鼻で笑ったよね？？？　なんかその太々《ふてぶて》しい態度がむかつくけれど、Sランク以上の魔物だよね？？？　グランの言う通り森の主だよね？？？　むしろ魔物とか森の主通り越して神格持ちだよね？？？　俺の究理眼が弾かれるんだけど？？？　どうてゆーか、何でそんなの普通に餌付けしちゃってるの⁇　しかも食材まで貰ってるの!?!?　どうしてそうなったの!?!?

それはそうと、このショウユ味の唐揚げって美味しいね？　うん、絶対ショウユってやつを見つけてくるよ。

ところでそのシャモア？　え？　シカでいいじゃん？　だいたいシカでしょ？

で、そいつの持って来たマツタケってやつめちゃくちゃ香りもいいし、ショウユとレモンと相性も良くてお酒がすすむね。香りが強いから好き嫌いはありそうだけれど、お金持ちに人気出そうな食材だよね？

シカがドヤ顔しているのがなんか癪《しゃく》だな？

いいだろう、ならば俺もグランが喜びそうな食材調達してきてやるよ!!　覚えておけこのシカ野郎!!

◆◆◆

グランの無自覚暴走はそれだけではなかった。

は？　解毒後に一時的だがその毒を毒無効にできるポーション？　調合を失敗して効果が下がった？

確かに効果は下がっているけれど、魔力が抜けまくったせいで魔力酔いしやすい人でも使えるようになっているよね？

冒険者なら必要ないかもしれないけれど、ポーションに慣れていない人でも使えるハイポーションになってない？

なんだこの絶妙すぎるバランスでコメントに困るポーション。

え？　効果の検証でペルシモスの毒を飲んだ？

何を考えてるんだ!?　毒耐性がないと普通に死んじゃう毒だよ！　毒耐性あるから平気とか解毒ポーション用意していたから平気とかそういう問題じゃない!!

人体実験が必要な時は専門機関に頼んであげるからもう毒は飲まないようにね。

うん、そういうとこに知り合いがいるの、深く考えないで任せてくれていいよ、ふふ。

ポポの花から疲労感がなくなる身体強化ポーションを作れるって？　副作用が効果切れたあとの倦怠感と毒性だって？　それもう麻薬に近いよね？　ポポの花ってその辺にいっぱい咲いているアレだよね？

あ、ポポの花のお茶、苦いけれどしばらくしたらまた飲みたくなる味だね？　眠気醒ましの効果があるの？　へー、城勤めの文官とかに需要ありそう。そうそう、面倒くさがらずに商業ギルドにレシピ登録を忘れずにしておくんだよ？

え？　徹夜で蒸留器？　作った？　蒸留酒《スピリッツ》でも造るつもりなの？　水蒸気を利用して植物を精油とそれ以外に分離する魔道具？　なるほどわからん。それって、スキルの分解じゃだめなの？

芳香蒸留水？　ふーん、美容にいいの？　貴婦人方に需要あるならお金の臭いがするね？　ところで、よくそんな魔道具を思いついたね？　ホントにどこからその発想と知識はきているの？　あ、またはぐらかされた。

そしてその日の夜、グランによってまたとんでもポーションが作られていた。

没収！！！

閑話❹

捨てられない人

「インベントリ・リスト」

言葉と共に、目の前に俺にしか見えない画面が現れ、収納スキルで収められている物の一覧が表示された。

これは俺の持っているスキルの〝検索〟というスキルで、収納スキルの中身の一覧を可視化できるスキルだ。

他の収納持ちの人が、収納スキルで収納した物をどうやって管理しているかわからないけれど、たぶんこういうふうに一覧として可視化できるのは前世の記憶がある俺だからだと思っている。

この検索スキルで表示される収納空間の中身の一覧画面は、前世の記憶にある〝ビデオゲーム〟の画面を思い出させる。

魔法やスキルの多くは、イメージや知識でその幅が広がるものが多い。この収納空間の中身を見る事ができる検索スキルや、自分の能力を数値化して見る事ができるステータス閲覧スキルは、前世の記憶にあるゲームの画面に酷似している。

それを考えると、前世の知識とイメージに基づいたスキルではないかと思っている。

とりあえずまぁ、便利なのであまり深く考えず、あってラッキーだったなって思いながら使っている。

いやだってさ、収納スキルと魔力が成長して、それに比例してどんどん収納空間の容量が増えたから、めぼしい物を見つけたらとりあえず収納スキルで回収しておけばいいや。って、脳死状態で突っ込むじゃん？　そうすると当たり前だけれど、中身が増えて混沌としてきて管理に困るんだよね。

俺は検索スキルで一覧化できるからまだ何が入っているのかはわかるけれど、それでもズラーーッと表示される内容物のリストを目で追うのは面倒くさいなって思う。

だが、この延々と並んでいるやつも、見てるとなんか少しワクワクするので嫌いじゃない。

さすがに、これ以上増えすぎると、面倒くささの方が強くなってくるので、何事もほどほどが大事かな。

取り出したい物は取り出したいって思えば出て来るから、中身の一覧が無くても困りはしないけれど、もしこの検索スキルがなかったら、入れてそのまま忘れている物とか絶対ありそうでもっと混沌としてたんだろうな。

てか他の収納スキル持ちの人達どうしているのだろう？

アベルは几帳面《きちょうめん》そうだし、記憶力もよさそうだから、中身をちゃんと覚えて整理していそうだな。

それに引き換え、俺の収納の中身といえば。

「ブラックバッファローのロース、バラ、ハラミ、サーロイン、ヒレ、モモ、スネ、スジ、タン、ネック、ランプ、イチボ、ミスジ、テールに……えーと、ツラミ、プップギ、ハツにレバー、ミノセンマイハチノスシマチョウテッポウマルチョウギアラ……うおおおおおおお……牛肉の部位、細かく分かれすぎぃいいい!!」

まぁ、部位ごとに分けて保存したのは俺自身なんだけど。同じ肉でも、部位で食感も違うし使い道も違うから仕方ないよね。うん、これは必要な分別だ。

「ええと、グレートボアの肉は……ロースにバラ、モモ、ヒレ、ウデ、肩ロース、トロ、タン、足、耳、テール、カシラ、ハツガツレバーテッポウコブクロピートロ……こっちも部位多すぎ」

いや、分けたのは俺だけれどさ。焼肉が食べたくなったな。

今世はこんだけ肉があるから、他人の金ではなくても気兼ねなく焼肉食べ放題だ。

俺は今、庭先の空いた場所で収納の中身を整理している。しかし、開始直後から現実逃避をしたくなってきた。

後々料理に使いやすいように、解体時に部位ごとに細かく切り分けて収納したので、インベントリ・リストで一覧を出すとずらりと表示される。

ブラックバッファローに至っては、アベルが群れを丸ごと狩ってきたものを押し付けられたので、量もすごい。同時に押し付けられたバカデカイロック鳥の肉も大量に残っているし、やっぱ焼肉パーティーをするしかないな？

日ごろから無計画に拾った物を収納スキルで回収して貯め込んでいるので、溢れる前に整理をしようと始めたのだが、肉の量を見るだけでお腹いっぱいになってきた。

貯めるのは好きなんだけどね？　整理するのは面倒くさいじゃん？　まぁ、肉は料理で使うし、収納の中なら腐らないし、このままでいっかぁー。

次行ってみよーー！！！

「ヤーロ草、マロ草、ヨモ草、乳香、ナズ草、ベニバナセンブリ、ミルクアザミ、リュウノアカネ、ドラゴンフロウ、ボタ、ポポ、ニュン、ブラッドナッツ、ラヴァン……薬草系は調合に使うから、いくらあってもいいよな？　どうせ収納空間の中なら腐らないし、薬草なら肉ほど容量も大きくないし……さあ、次だ次！」

薬草系はパッセロ商店に買い取ってもらうポーションで大量消費する予定だし、いくらあっても問題ない。

「鉄に鋼に銀に銅、青銅《ブロンズ》、金、白金《プラチナ》、コバルト、アダマンタイト、ウロボタイト、ミスティール、ギブ鉱……鉱石は絶対使うし腐らないし、いくらあっても足りないくらいだし、集めるのも手間がかかる。宝石と魔石もたくさんあるに越した事はないな」

あと材木系は場所を取るけれどこれも使うしなぁ。魔物素材系もいつか使いそうだし、捨てるものとかないな。

「後は拾ってきた武器とか防具、装飾品の類かー。これは、レアな特殊効果な物以外、分解して素材に戻しておけばいいかー……、あーいや、武器はいざという時の投擲用に使えるから残しとくか」

……片付かない。

◆◆◆

「ただいまー、家の中にいないと思ったら、こんなとこで何やってるの？　って何これ!?　ゴミの山!?」

気付けば収納の整理を始めてからかなりの時間が過ぎていたようだ。日はかなり西に傾いており、いつもより少し早く帰宅したアベルが、俺がいる庭先までやってきた。

そこに積み上がるのは、整理するつもりで収納の中から取り出した不要な装備品や、半端に余っている素材の数々。

分解スキルでコンパクトに分解して、後々加工するのに適した状態にして保存しておこうと思い、とりあえず収納の中のいらなさそうな物を引っ張り出してみたけれど、思ったより量が多くて整理するのにも飽きたところだった。

「ゴミじゃないよ!!　バラせば資源だよ!!」

「いや、どう見てもこの錆びた鉄鎧《よろい》とかゴミでしょ？　というかグランって金属製のプレートアーマーとか使わないでしょ？　むしろなんでそんな物持ってるの？」

「ダンジョンで落ちてたの持って帰ってきたやつかな？　まぁ使わないけど、錆取って溶かしてインゴットにしとけば、後々使うかな。って？」

「どうせそれ、溶かしてもそんな量ならなくない？　その手間かけてる間に、素材の需要高い魔物狩って素材集めて、それ売った金で鉄のインゴット買った方がよくない？」

「え？」

「え？」

「魔物の素材は魔物の素材で売らずに残しておくし？」

「え？」

「え？」

「それ、使ってるの？」

「いつか使うかな。って？　いや、あればそのうち使うと思う。うん、たぶん時々使ってる？」

「……」

「……」

「とりあえずこのガラクタ、スライムの餌にしたらすぐに片付くんじゃないかな？」

アベルの笑顔がいつにも増してドス黒い。

「やめろ！　ガラクタじゃなくてちゃんと処理すれば資源なんだ！　それにスライムの餌やりは計画的にだな……」

「あー！　もー！　グラン昔っからそうだよね？　収納スキルの容量に余裕あるからって、無計画に放り込みすぎ!!　むしろ収納スキルに余裕あるせいだよね!?　いつか必要な時に、容量足りなくなって困るかもしれないから、無駄な物は捨てろって言ってるでしょ！」

やばい、アベルがキレかけている。ガチギレだけは回避しないと、長時間のお説教コースになってしまう。

「だから分解してコンパクトに……」

それに素材にして貯めるの楽しいし。

「もーーーー！　だったら素材別に分けるの手伝うから、それをさっさと分解して片づけよ」

「はーい」

結局、アベルに手伝ってもらって片付いたのは、辺りが薄暗くなり始めた頃だった。

「うん、だいぶすっきりした！　いらない金属製品もかなり素材に戻せたし助かったよ、ありがとう」

「お礼の気持ちはご飯でよろしく」

分解スキルは魔力を少ないとはいえ消費するので、量が量だったからさすがに疲れた。

必要ない物は分別して、スライムの餌にするために収納に戻してお片付け終わり。

「その、スライムの餌用のゴミ忘れないで処理するんだよ？　てか、結構な量あるから処理しきれないなら町のスクラップ屋に持ち込んだらいいんじゃないかな？」

「スクラップ屋に持ち込むなら自分で分解して……」

「そうやってどんどんいらない物溜まってくんでしょ？　わかる？」

「まったくその通りで反論できないな」

スクラップ屋に持ち込まれた物は分別され、素材としてリサイクルされるから、それなら自分で～となってしまう。なんというか貧乏性ってやつ？　しかも、スクラップ屋に持って行くとお金を取られるし？

「そこは威張るとこじゃないからね？　もー、おなかすいた！　ご飯にしよ。ご飯！」

「そうだなー、俺も腹減ったな」

「あ、そうそう、お土産あるんだった」

「ん？」

パチン
「おい、待て」

アベルが指を鳴らすと同時に視界が陰った。反射的に身体強化をして落ちてきた物を受け止める。

「あのさー、今収納整理したばっかりじゃん？　てゆーか、アベルの持って来た食材もたいがい容量を食ってるよな？」

アベルが空間魔法で取り出してきたのは、五メートルを超える巨大で黒光りする魚の魔物の死体だった。

反射的に身体強化で受け止めたけれど、あまりの重さに、即座に自分の収納の中に放り込んだ。というか、捕れたてをそのまま空間魔法で収納したようで、とても海の香りがする。つまり生臭い。磯臭い。そして濡れている。

「前に言った食材ダンジョンの海の階層で捕れたやつだよ。グラン魚好きでしょ？」

「好きだけど、これは解体しないといけないから、今日は食べられないよ」

「うん、わかってるよ。明日の夕飯？」

「じゃあ、明日は魚だな」

ピエモンは山間部だから、久しぶりに海の魚も悪くないな。

「海の階層の攻略しばらくかかりそうだから、また魚を捕って来るよ。今度はもっとでっかいの持ってくるね？」

「いや、だから、折角収納整理したばっかりだし、てか無駄に貯め込むなって言ったのアベルじゃん？」

「食材は必要な物だからいーの！　それにどうせグランの収納の容量規格外だし？」

「さっきと言ってることちげぇ……」

「そんな事よりご飯ご飯ー。はやくご飯を作らないとそろそろシカ野郎も来る頃だろ？」

「あー、そうだな。もういい時間だから今日は簡単なもんな？」

「美味しければなんでもいいよ」

なんか少し腑に落ちないと思いながら、アベルに引きずられながら母屋へと帰った。

まだ収納には余裕あるし問題ないのだけれど、アベルの持ち込む食材の量を考えると、収納の容量を増やす事――つまり収納のスキルアップと魔力の底上げをした方がいいのかなぁと思った。

うん、容量が多かったら貯め込める量も増えるしな？　多いに越した事ないよね？　大は小を兼ねるとはよく言ったもんだ。

やっぱリサイクルできそうな物は捨てるのは勿体ないし？　そうだ、スキルと魔力を上げて容量を増やしまくろう!!


というわけで、夜はお外でバーベキューにしたのだが。

「外で肉を焼くだけなら、普通の野営とかわらないじゃん？」

とアベルにド正論を言われた。

やっぱ、焼肉のタレがないとダメなのか!?

それともサイドメニューにはカクテキか？　ビビンバか？　ユッケも欲しいな？
くそ！　焼肉のタレを作ってリベンジをしてやる！

本書は、カクヨム連載作品「転生したら器用貧乏な勇者だったけど、平和な世界のようなので辺境でスローライフ始めることにした」を改題、加筆修正したものです。

gran&gourmet 01

キャラクター紹介

名前	グラン
職業	冒険者
年齢	18歳
誕生日	天の月二ノ魚の日（12月11日）
血液型	O型
身長	185cm
体重	72kg

Gran

かつて日本人だった記憶を持つ天職勇者の冒険者。なのに生産系のギフト持ち。

何でもそつなくこなすが、何にも特化していない器用貧乏、その上魔法も使えない。

そのことに強いコンプレックスを持っており、思いつきで田舎に家を買って引っ越しスローライフを開始。

好きなことは素材を集めることで、自他共に認める収集マニアだが片付けは苦手。

職人気質な面もあるが基本的に大雑把で、石橋は叩いて割るタイプの自称常識人。

大は小を兼ねる。溜めておけばいつかは使う。備えあれば憂いなし。ない袖は振れない。魔法がなければ筋肉で殴ればいいじゃない。物理ゴリ押しで全てを解決するしかない。年上巨乳スキ。

“器用貧乏”、“クリエイトロード”、“エクスプローラー”、“転生開花” の四つのギフト持ち。

名前	アベル
職業	冒険者
年齢	21歳
誕生日	風の月一ノ魚の日(2月5日)
血液型	B型
身長	188cm
体重	65kg

Abel

膨大な魔力とあらゆる魔法の才能を持つ天才魔導士で、一般的な魔法からレアな魔法まで多くの魔法を使いこなす上、高性能の鑑定ができる魔眼持ちでもある。そして顔がいい。とにかく顔がいい。

自称末端貴族の庶子で自称グランの親友。グランとは冒険者になった頃からの付き合い。

少々粘着質な性格で自己中で負けず嫌いで大人げないが、意外と面倒見が良く、一度気を許した相手には世話を焼くタイプ。グランより自分のほうが常識人だと思っている。

野菜嫌いでニンジンとピーマンがとくに嫌い。小骨のある魚が嫌い。辛いもの酸っぱいものも苦手。肉と紅茶と甘いものが好きなスイーツ(大好き)系男子。

"黄金の棺"、"森羅万象"の二つのギフト持ち。

名前	キルシェ
職業	見習い商人
年齢	14歳
誕生日	闇の月五ノ竜の日（11月25日）
血液型	O型
身長	150cm
体重	41kg

Kirsche

ピエモンの町にある雑貨屋パッセロ商店の娘。魔物同士の戦いに巻き込まれたところをグランに助けられ、グランがパッセロ商店と取り引きを開始するきっかけとなった。
病気の父親に代わり、遠くの町まで一人で仕入れに行くため、安全を考え男の子のような恰好をしている僕っ子。
やや世間知らず気味で天然なところもあるが、お金と商売のことに関してはしっかりとした信念を持っており、いつかは商人として自立したいと思っている。

名前	アリシア
職業	商人
年齢	20歳
誕生日	沌の月一ノ竜の日（9月1日）
血液型	A型
身長	169cm
体重	58kg

Alycia

キルシェの姉。パッセロ商店の長女。病気の父とその看病に追われる母に代わりキルシェと共に店を切り盛りしている。
元は経理と事務を中心にしていたが、現在は両親が働けない穴を埋めるため店に立っている。
スタイル抜群のおっとり巨乳美人だが、根っからの商人気質でお金と商売に関しては几帳面で、時折厳しい態度になることもある。

あとがき

はじめまして、えりまし圭多と申します。

この度は本書をお手に取って頂き、心より感謝申し上げます。

Ｗｅｂ版より少し加筆をしておりますので、Ｗｅｂ版をお読みになったことのある方には「アッ」となる部分があるかもしれません。


ＲＰＧのようなゲームをやっていると、勇者や魔法戦士という複数の能力をバランス良く持つクラスは器用貧乏だよなぁと思うことが時々あります。

物理攻撃は近接職に負け、魔法は魔導士《メイジ》には及ばず、回復や補助ができても回復役《ヒーラー》ほど使い勝手がいいわけでもなく、壁役《タンク》としても微妙、あと一歩で火力が足りない致命的な時も。多彩さ故にやや低く設定されたステータスであと一押しのダメージが足りず……という場面にちょいちょい出くわします。

魔法と物理、戦闘と生産、何でもやるより何か一つに絞る方が強い傾向。

だけど便利で使いやすかったり、浪漫があったり、ソロコンテンツと相性が良かったり、全能というものへの憧れだったり。

なんというか万能キャラ？　戦う雑用係？

ゲームバランス上、全能にはなれないから器用貧乏になる。しかしどこでもカバーに入ることができるキャラ。

ゲームといえば、レベルをひたすら上げたり、アイテムやお金をひたすら集めたり、そのために効率を突き詰めたりします。

でも、効率を求めすぎて作業と化してきた時にふと我に返り、これって本当に自分のやりたかったことなのかな？　と思う瞬間——そんな要素とＭＭＯＲＰＧのような世界観から生まれた主人公と物語です。

オープンワールドの片隅のような場所で、正義のために戦う使命や特別な目的、高い目標があるわけではなく、気ままにやりたい事をして過ごす異世界生活を感じて頂ければ幸いです。

そんな世界から、色気もへったくれもない男二人とそれほどモフってもない獣一匹の、むさ苦しい食卓風景などをお届けいたします。

すみませんね、ヒロインが来たと思ったらヤンデレ男で。

ラブでコメな異世界スローライフ？　残念、肉で米な胃世界スローライフだよ‼

楽しんで頂けたのなら恐悦至極に存じます。


そしてその世界を美しいイラストとして具現化して下さった榊原瑞紀様、心より感謝を申し上げます。

Ｗｅｂ版では文字でしかお伝えすることができなかった登場人物を、イメージしていた以上の形にして下さいました。

まさに文字通り世界が色付いた瞬間と申しましょうか、そのあまりの美しさ格好良さに語彙力が死滅して「美しい」「格好良い」「尊い」などとしか言葉が出なくなってしまったのは私だけではないと思います。つい延々と見続けてしまいますよね‼

口絵！　口絵は皆様すでにご覧になっていると思いますが、話の冒頭にしか出てこない初期メンバーが勢揃いにっ！　細かい要望にも応えて頂いてっ‼

Ｗｅｂ版から読んで下さっている方は特にニヨニヨするのではないでしょうか⁉

すみません、つい興奮して早口語り気味になってしまいました。

最後になりましたが、本作を書籍という形にして頂きましたことで、携わって頂いた方々にこの場にて謝辞を申し上げさせて頂きます。

初めての書籍化でわからないことだらけで、大変お手数とご迷惑をおかけしてしまいました編集様、まことにありがとうございました。

そしてＷｅｂの頃より読んで下さっている方々、たくさんの感想と応援を頂いたおかげでここまでくることができました。

この本を買って下さった方々、本当にありがとうございました。面白いと思って頂けたのなら幸いです。

よろしければ、今後もお付き合い頂ければと思います。

えりまし圭多

お買い上げ
ありがとうございます
MIZ

グラン&グルメ
～器用貧乏な転生勇者が始める辺境スローライフ～

1

2023年4月28日　初版発行

著　えりまし圭多
イラスト　榊原瑞紀

発行者　山下直久
編集　ホビー書籍編集部
編集長　藤田明子
担当　関川雄介
装丁　一関麻衣子

発行　株式会社KADOKAWA
〒102-8177　東京都千代田区富士見2-13-3
0570-002-301（ナビダイヤル）

印刷・製本　図書印刷株式会社

──お問い合わせ──
https://www.kadokawa.co.jp/（「お問い合わせ」へお進みください）
※内容によっては、お答えできない場合があります。
※サポートは日本国内のみとさせていただきます。※Japanese text only

定価はカバーに表示してあります。
Printed in Japan　ISBN 978-4-04-737109-5 C0093

俺の名はアベル。
勝手にスローライフを始めたグランを追って辺境までやってきたが、
グランに胃袋を掴まれし者が、ここでもどんどん増えていく……

TIGER&BUNNY 2
榊原瑞紀
Mizuki Sakakibara
企画・原作・制作:BN Pictures
シリーズ構成・脚本・
ストーリーディレクター:西田征史
キャラクターデザイン・
ヒーローデザイン:桂 正和
ここでしか読めない
描き下ろし漫画も収録!
あの最強バディが再始動!!
新たに導入された「バディシステム」で
タッグを組んだヒーロー達の絆が試される——!
コミックス第①②巻、
好評発売中!
B6版/定価660円+税
©BNP/T&B2 PARTNERS
■お近くの書店に本が無い場合は、KADOKAWA公式ストアでもご購入いただけます。
https://www.kadokawa.co.jp/ お問い合わせは左記URLのフォームから承ります。
発行:株式会社KADOKAWA
Kadokawa Comics A

悪人面したB級冒険者
主人公とその幼馴染たちのパパになる
01
B-GRADE ADVENTURER WITH A BAD GUY FACE BECOMES A DADDY TO THE HERO AND HIS FELLOW CHILDREN
えんじ
イラスト ハラカズヒロ
ENJI
KAZUHIRO HARA

もっとラノベ読みたい人にこちら!
チート能力を手に入れた青年が理系思考でダンジョンの全てを実験・検証!?
これぞインテリ式ダンジョン攻略!!
スライムがアレでたおせる!?
D GENESIS
ジェネシス
ダンジョンが出来て3年
It has been three years since the dungeon had been made.
I've decided to quit job and enjoy laid-back lifestyle
since I've ranked at number one in the world all of a sudden.
著 之貫紀
WRITTEN BY Kono Tsuranori
イラスト ttl
ILLUSTRATION BY ttl
①～⑦巻 大好評発売中!!